第二次世界大战后美国少数族裔作家文学思想研究

# 苦难中的坚守

## ——伯纳德·马拉默德文学思想研究

**Kunan zhong de Jianshou**

Bonade Malamode Wenxue Sixiang Yanjiu

【林 琳·著】

西南交通大学出版社
·成都·

图书在版编目（CIP）数据

苦难中的坚守：伯纳德·马拉默德文学思想研究 / 林琳著. —成都：西南交通大学出版社，2015.8
ISBN 978-7-5643-4143-5

Ⅰ. ①苦… Ⅱ. ①林… Ⅲ. ①马拉默德，B.（1914～1986）–文学思想–研究 Ⅳ. ①I712.065

中国版本图书馆 CIP 数据核字（2015）第 188316 号

### 苦难中的坚守
——伯纳德·马拉默德文学思想研究

林琳　著

责任编辑　郭发仔
封面设计　墨创文化

| | | | |
|---|---|---|---|
| 印张 | 12.25　字数　196千 | 出版发行 | 西南交通大学出版社 |
| 成品尺寸 | 165 mm × 230 mm | 网址 | http://www.xnjdcbs.com |
| 版本 | 2015年8月第1版 | 地址 | 四川省成都市金牛区交大路146号 |
| 印次 | 2015年8月第1次 | 邮政编码 | 610031 |
| 印刷 | 四川煤田地质制图印刷厂 | 发行部电话 | 028-87600564　028-87600533 |
| 书号 | ISBN 978-7-5643-4143-5 | 定价 | 48.00元 |

图书如有印装质量问题　本社负责退换
版权所有　盗版必究　举报电话：028-87600562

# 前　言

　　美国是一个熔炉性质的国家，虽然它并不像其他国家那样拥有源远流长的历史，但是在世界文学史上，美国的作家们同样作出了不可磨灭的贡献。特别是在第二次世界大战后，美国文坛上出现了一批优秀的犹太裔作家，比如诺曼·梅勒（Norman Mailer）、约瑟夫·海勒（Joseph Heller）、索尔·贝罗（Saul Bellow）、伯纳特·马拉默德（Bernard Malamud），等等。他们以独特的视角、新颖的文体、敏锐的洞察力、细致的观察力、深邃的哲理、炽热的情怀与丰富的经历创作出了令世人瞩目的作品，为美国的文学界添上了亮丽的一笔；他们对犹太文化要素的运用和升华，为其作品增添了无限光彩。他们的作品，不仅阐释了犹太移民在美国的文化适应性和文化变迁历程，而且反映了整个人类的生存境遇和愿望。而在这些优秀的犹太裔作家中，伯纳特·马拉默德（Bernard Malamud）是读者最喜爱的作家之一。

　　伯纳德·马拉默德（1914—1986年）作为20世纪美国文坛十分重要的一位犹太裔作家，在世界文学界享有很高的声誉。他一生阅历丰富、勤勉创作，用文学作品表达他对人生以及人性的思考。他一共创作了8部长篇小说、4部短篇小说集。马拉默德在他的小说中具体而细致地展现了犹太人的生活经历和内心体验，他的作品中有一种郑重的犹太情怀，他也因此被称为最具"犹太性"的作家。他因为写作态度严谨、缜密，小说寓意深刻，语言精练而一直备受读者和学者喜爱，他也因此赢得了国际声誉：多次获得国家图书奖和普利策奖等重大奖项，包括美国全国文艺学院颁发的罗森塔尔奖。人们对他的创作的研究经久不衰。

马拉默德关注普通群体，尤其是社会底层小人物的生存与挣扎。他用细腻的笔触刻画他们的孤寂、挫败、失望、失意、执着与坚持，因此他也被称为美国文学中的"人道主义代言人"。作为犹太裔作家，他以犹太人的生活为题材，以犹太历史生活为依托，进行苦难书写，为人们构建救赎的前景。在作品中，他深入思考犹太人的苦难、人类的苦难，期冀在艺术创作中找到抚平创痛、治疗创伤的途径。

正如刘洪一教授在他的著作《犹太文化要义》中所讲，犹太，本身就是一个文化难题。因此，以犹太为主题思想的犹太文学作品，以及犹太作家本身，都是研究的焦点和难点所在。马拉默德的创作精神、犹太人的精神文化内涵、他独特的创作手法，都丰富了美国小说的创作。正如评论家罗伯特·阿尔特所说："马拉默德的真正的天才体现在他的小说中，在这一领域，他突出了对孤独人物和逆境的逼真刻画。在他的几部力作中，他以十分精湛的笔触表达了丰富的思想内涵和人物十分细腻的情感，体现了他高超的艺术手法和敏锐的洞察力。他的语言简练到不能再简练的程度。人们要了解20世纪的美国小说，这些故事是不可不读的。"①

马拉默德在文学领域的声望不仅仅是其独特的创作手法，在他的作品中，他还深刻地反映了犹太历史和犹太文化的内涵，犹太文化母题在马拉默德的短篇小说中起到了举足轻重的作用。作者通过引入犹太文化母题丰富了小说的内容；他通过对文化母题的运用，寓神于形，使读者更多地了解犹太人。文化母题在马拉默德短篇小说中的运用还体现了神学、历史和文学之间的密切关系：神学和历史是文学创作的基础，是作家创造的灵感和材料；反过来，文学又是对神学和历史的反映，特别揭示了其中的精神文化内涵。可以说，马拉默德的小说的价值更体现在他作品中所要表现的思想内涵上。他高超的创作手法、含蓄的表现风格、言简意赅的写作手法以及对犹太文化母题的深刻理解和有效的应用，把当代犹太人的生活剖面细腻地展现在读者面前，使行将湮灭的犹太文化传统重新焕发光彩，使读者能更深刻地了解当代美国犹太人的生活境遇

---

① 马拉默德：《马拉默德短篇小说集》，吕俊、侯向群译，南京：译林出版社，2003。

和心理状态。

本书旨在强调，马拉默德的整个创作生涯，既是犹太思想和现代美国社会价值观冲突的凝练过程，也是他将传统的犹太文学与现代主义文学创作手法综合实验的过程，是一个具有内在逻辑的连续统一体。本书不像文学史或者文学传记那样面面俱到地探讨马拉默德创作生涯各个阶段的作品，而是选取他的最典型的部分作品，系统、翔实地探讨其主题。

下面就先介绍一下本书的基本框架、思路和内容概要。

全书共分为六章，第一章较为详尽地介绍了马拉默德的生平和履历、文学成就以及其作品中鲜明的"犹太性"，揭示他的经历、生存环境以及他的宗教信仰对于他成为犹太人民"代言人"所起到的重要作用。第二章主要探讨马拉默德独特的艺术手法所表现出的犹太"苦难"主题。苦难书写通常被称为是具有贯穿性和覆盖性的文学创作方法，犹太民族更因为其历史上的众多磨难而以苦难著称。马拉默德的作品真实地展现了早期犹太移民移居到美国后的艰难生活，他们除了物质生活上的匮乏，还有精神上的孤独、挣扎、痛苦与不理解，他们极力寻求改变现状的方法却遭遇失败，这才是真正的生活苦难。在物质匮乏、精神压抑的双重重压下，异族迫害导致的身心磨难，异族人对犹太人的歧视，异族对犹太人的迫害与屠杀，也是苦难主题的重要组成部分。第三章主要探讨马拉默德的作品的人际伦理与犹太伦理问题，以及由此引发的犹太身份认同危机。马拉默德的大部分作品展现了人们在现实生活中的困境，美国社会主流的个人主义致使社会成员产生强烈的欲望，导致他们在人际交往的过程中产生精神困惑，引发持续不断的心理焦虑。在小说人物的身上，极端的个人主义思想表现为自私、陌生、冷酷的形象和性格特征。马拉默德通过这些表象，展现小说人物遭遇的压力、困境，人物与周围世界的对立和冲突，以及冷漠的人际关系。马拉默德在他的作品中展现了与美国现代社会相悖的文化价值观。他对其笔下的人物寄以同情，让他们在经历苦难之后，获得拯救，踏上道德回归之路。犹太伦理意识在犹太民族摆脱生存困境、实现救赎的过程中发挥的重要作用，同样也是犹太文化的重要组成部分之一，也是犹太民族生存的动力和精神上的支柱。马拉默德借助文学作品，提倡一种介于个体与民族之间的道德模式，他对伦理问题的关注也从个体提升到整个民族。美国信仰危机不仅弥漫整个西方世界，也波及犹太社区和犹太思想，犹太人也经历着痛苦挣扎，面临着文化、思想上的矛盾和变革。犹太人处在多元文化氛围中，身份认同危机是他们普遍面临的问题。对于他们来说,"犹太身份"既是福祉又是灾难。他们一方面因为是"上帝选民"而感到骄傲,另一方面又因为几千年所受的民族迫害而感到悲痛。马拉默德认为在目前世界大环境下,并没有实现人类真正的平等,犹太人完全放弃民族信仰并不能获得真正的自由。作品中的人物在经历放弃宗教信仰、竭力融入他者文化惨遭失败后,最后回归本民族信仰就表达了这一观点。第四章涉及犹太人民普遍信仰的"救赎"主题,同时也是和本书题目紧紧相扣的主体部分。犹太文化中的"救赎"思想,是犹太人犯罪—惩罚—悔过—救赎的宗教历史观,面对迫害、屠杀和战争等造成的灾难,犹太教义似乎不能给灾难中的人们以解脱之法或精神慰藉,马拉默德转而寄希望于人性的温暖,以人类共有的人性之光来呼唤人与人之间的和平与宽容。在抛开民族身份、体现人性的救赎之外,马拉默德也在其作品中突出了犹太民族本身对于精神困境的挣扎与救赎。本章还在探讨犹太民族救赎思想的同时,阐述了在救赎的道路上,家庭、父亲、母亲对于犹太儿女们的引导起到了关键性的作用,"救赎"由此成为犹太生活和犹太文学中具有典型意义的又一重要主题,这一点在马拉默德的小说里得到了传承。第五章和第六章主要是从马拉默德的文学创作技巧入手,分析了他的叙事伦理,以及他独特的叙事视角和现实主义写作风格。马拉默德的作品包含寓言和现实、精神的自由和世界的重负。

  在现实困境和道德冲突中,他的主人公总是最终从忍耐、仁爱、宽恕、牺牲等教义中寻找出路:他的人物不断使自己从社会的牺牲品转化为神话式的救赎者,在苦难的坚守中,实现灵魂净化、精神升华。

林琳

2015 年 1 月

# 目 录

第一章　马拉默德与美国文学中的犹太性 / 1
　　一、马拉默德生平简介 / 1
　　二、马拉默德的主要作品 / 5
　　三、马拉默德文学的犹太性 / 7
　　四、国内外相关研究综述 / 13

第二章　苦难主题与意象表达 / 22
　　一、苦难——文学永恒的主题 / 23
　　二、触动——社会底层人物的生存困境 / 25
　　三、震撼——异族迫害导致的身心磨难 / 31
　　四、梦魇——大屠杀及战争带来的创伤 / 35
　　五、苦难的主题意向 / 39
　　六、苦难主题的审美价值 / 50
　　七、苦难主题的现实意义 / 52

第三章　伦理与身份的主题书写 / 55
　　一、困境与救赎的伦理主题 / 55

二、犹太人身份的认同与重构 / 89

第四章　苦难中的救赎主题 / 100
　　一、犹太人犯罪—惩罚—悔过—救赎的宗教历史观 / 102
　　二、犹太救赎中的父与子关系 / 110
　　三、"救赎"之路 / 123

第五章　马拉默德小说的叙事技巧与叙事伦理 / 126
　　一、独到的叙事技巧 / 126
　　二、道德反思的伦理叙事手法 / 137

第六章　无奈的现实世界与充满道德力量的精神世界 / 155
　　一、现代主义的叙述风格 / 158
　　二、独特的犹太式幽默 / 161
　　三、创作中的两个世界 / 165

附　　录 / 170
参考文献 / 174
后　　记 / 185

# 第一章 马拉默德与美国文学中的犹太性

## 一、马拉默德生平简介

　　伯纳德·马拉默德生于美国纽约布鲁克林区一个俄国犹太移民家庭。父亲马克思·马拉默德和母亲伯莎·马拉默德均是俄国犹太人,为了逃避沙皇专制,分别在1905至1910期间移民到美国,然后他们相遇、结婚、生子。1919年,马拉默德五岁时,父亲马克思与人合作在布鲁克林开了家食杂店;第三年,马克思被合伙人欺骗,小店倒闭。后来,马克思一家搬到布鲁克林另一区又开了一家杂货店,并安顿下来。小店生意艰难,马拉默德父母一日16小时、一周7天在店内忙碌,可也就仅仅可维持生计,大多时光是绵绵无期的生意惨淡。所有这一切,都反映在马拉默德的小说《店员》里。小说中莫里斯夫妇就是他父母亲生活的写照。谈到母亲时,马拉默德说:"她对生活很失望。"她没能战胜困苦:长期饱受疾病折磨,40多岁病逝。当时马拉默德年仅十五岁。几年后,马克思再娶,家庭温暖对年轻的马拉默德来说更是奢侈品。他仅有一个弟弟尤金,终年55岁,曾因精神分裂两度住院治疗,一直孤苦、艰难地生活在父亲的那个小店。弟弟尤金一直是马拉默德的责任和负担。

马拉默德的父亲是一位典型的犹太人，勤勤恳恳，努力劳动养家。每天清晨六点起床，一周工作七天，他习惯一直工作到晚上十点甚至十一点。这是他习惯并敬重的一种生活方式，是祖辈留下的生活方式。他尽管没有雄心抱负，但是承担起了作为丈夫和父亲的责任，虽然有时有些固执，但对家人很好。马拉默德的父母像许多犹太人一样，对孩子富有爱心。马拉默德曾经指出，他的父母爱自己的孩子，这对他的创作力是极大的鼓舞。马拉默德从小就富有想象力。他喜欢编一些小故事，讲给同学听，或者写下来。他还擅长为小伙伴生动地复述在电影中看到的故事情节，有时也凭借想象力，讲得更夸张、更生动。他通过讲故事的方式，表达自己对人生和世界的感受，也因此得到了大家的关注和赞美。

虽然马拉默德一家始终过着拮据的生活，但是他的父亲却一直表现出犹太人所特有的善良本质。他很容易被感动，总是向生病的人和遇到麻烦的人伸出援助之手。他一直资助一个家境贫困的医学院学生，他为他出钱付房租，买那些昂贵的教科书。甚至当他毕业时，协助他开了一家诊所，帮助他实现了成为医生的梦想。在马拉默德的记忆里，父亲为人和蔼、善良，值得信任和依靠。

马拉默德在犹太氛围浓厚的家庭里长大，犹太文化传统对他产生了潜移默化和深远持久的影响。他的朋友回忆道，马拉默德曾经说起，他的家人只讲意第绪语，上幼儿园后才开始使用英语。他的父母只阅读犹太报纸《每日前进报》（The Daily Forward）。在庆祝犹太节日时，他们全家人有时候会去曼哈顿的剧院观看肖洛姆·阿莱赫姆等犹太剧作家的作品，这使得马拉默德比较早地接触了传统的犹太文学。马拉默德曾经跟随一位犹太小学教师学习希伯来文。13 岁时，他的父亲按照犹太传统的习俗，在家里为他举行了成人礼。马拉默德的父母提供各种机会让他接触正统的犹太文化；同时，他们所注重的犹太伦理道德观念，对马拉默德人生价值观和文学创作观的形成也发挥了至关重要的作用。正如马拉默德本人曾经所说："他们（父母）的世界教会我他们的价值观。……那是以人为本的世界，看重的是为人的品质。当我想起父亲的时候，我的心里就充满了人性的甜美感觉。"[①] 除此之外，马拉默德也承认自己对犹太历史和文化的了解，还来自纽约的犹太移民：那些来他家坐坐、聊天的客人，或者那些来他父亲店里兜售商品、闲聊的商贩，还有他在街上

---

[①] 丹尼尔·斯特恩：《伯纳德·马拉默德访谈录》，杨向荣译，《现代文学》，2008（8）：34。

和乘电车时看到的路人。

作为在犹太传统中浸润成长并以犹太主题取得成功的作家，马拉默德在文学创作中充分诠释了自己对犹太民族文化的理解。他在开始文学创作的同时就开始钻研犹太民族的历史和文化、犹太人的悲惨境遇，尤其是第二次世界大战中的"大屠杀"事件让他感到震惊；他到过意大利罗马的"隔都"，拜访过遭受纳粹迫害的意大利犹太人。之后，他认真地反思犹太民族的命运。他对于集权主义的兴起、第二次世界大战的爆发、欧洲犹太人的处境等民族社会问题都进行了深入的考察和研究，马拉默德对犹太民族历史的真实感受就是在那时形成的。也就是说，犹太民族的苦难命运对他日后的创作产生了重要影响。正因为马拉默德对犹太民族怀有这种深厚的感情，犹太因素才会在他的作品中留下如此深刻的印迹，他作品中的犹太性才会这么凸显。他在后期创作的小说中，更是凭借犹太主人公的经历，表达了自己对犹太民族、世界局势甚至整个人类命运的关注。

马拉默德的文学作品通过回忆的方式描写自己最熟悉的犹太生活，主题和内容也大多与犹太民族的苦难相关。而且，他也像其他犹太作家一样，在作品中刻画当今世界犹太人身上出现的令人震惊的改变，剖析他们家庭和社会生活发生的变化。他在创作中再现父辈的历史，展示犹太主人公的经验历程，刻意突出其中犹太文化因素。他在普及犹太性方面，比其他同时期犹太作家做得更好一些。犹太文化、历史和宗教等要素与马拉默德的文学创作存在密切的关联，这些对于理解他的创作思想和作品的内容至关重要。

作为在美国长大的犹太移民的后代，马拉默德的人生经历也是他逐步美国化的过程。也就是说，他一方面从犹太文化和文学传统中获取丰富的滋养；另一方面，美国的文化价值观念和文学文化传统显然也对他产生了影响。虽然犹太移民大多群居，并保持自己民族的传统，但是他们也无法抵抗来自学校、社区等异教世界的渗透，因而逐渐接受外来的价值标准。马拉默德本人就接受了美国教育的浸润。犹太人一向注重教育："在犹太人中间，学问最受尊崇，超乎一切——学问不是'纯粹的'活动，不是知识分子的消遣，而是与上帝沟通的路径，有时则是离经叛道的途径。一个人的名望、权威及地位在很大程度上取决于他的学识。"[①]

---

[①] 丹尼尔·斯特恩：《伯纳德·马拉默德访谈录》，杨向荣译，《现代文学》，2008（8）：35。

马拉默德的父母也是如此,尽管家境贫寒,但是他们尽量让孩子受到更多的教育。

因此,在创作的过程中,除了犹太民族问题,马拉默德也始终围绕美国社会的主要问题。"美国犹太小说的主人公犹太身份感的弱化也表明了在现代美国生活情境下,犹太人也已走出传统的犹太圈子,他们不仅逐步汇入到美国的统一生活潮流中,也在更多的生存问题上与美国社会达成了新的契合和一致,更多地与西方人在社会语境、生存困惑等方面形成了认同和共识。"[①] 马拉默德这些美国犹太作家在美国文化价值观的影响之下,有意识地在作品中反映美国现代社会的生存状况。马拉默德的作品在内容和思想意识两个层面,与美国现代社会出现的种种现象有着密不可分的联系。他的小说都是关于现代美国人生活的寓言,体现了战后美国社会的主流价值观,反思了现实生活中存在的各种伦理问题。

从马拉默德的经历来看,犹太传统文化的濡染、欧美文明的浸润,以及传统伦理道德观念的影响在他的创作历程中发挥了主导作用,这些也正是他小说创作的显著特点,贯穿于其创作的始终。

1932年,马拉默德的《生活——柜台之后》曾获得鼓励年轻人的学者出版社奖的第二名。马拉默德从高中毕业后进入纽约市立学院就读。1936年,22岁的马拉默德获得文学学士学位。毕业后曾在拉斐特中学做过一年的实习教师,每天工资4.5美元,但他之后两次没有通过正式教师的资格考试。

1937年,马拉默德获得了政府贷款,进入哥伦比亚大学读研究生课程。之后边打工边学习,但一直不忘写作。他当过家庭教师、夜校讲师、财产调查局雇员,他曾回忆说:"每天上午我都十分紧张地工作,核对阴沟统计报表的估价单,因为美国各县总有这类报表呈上来,尽管这项工作十分累人,可由于我勤奋地工作,三个月后我就得到了提升……而每天午饭以后我就得以伏案写我的小说。"[②] 1942年,马拉默德获得哥伦比亚大学文学硕士学位,他的毕业论文是关于托马斯·哈代的《列王》的。由于马拉默德是他寡居母亲的唯一经济来源,他被批准免服兵役。同年,马拉默德结识了安·德·恰拉(1917—2007年),一位信仰天主教的意大利裔美国人。尽管父母反对,他和恰拉还是在1945年11月结婚了,

---

[①] 刘洪一:《走向文化诗学》,北京:北京大学出版社,2002:48。
[②] 丹尼尔·斯特恩:《伯纳德·马拉默德访谈录》,杨向荣译,《现代文学》,2008(8):34。

婚后有两个孩子：保罗·马拉默德和詹纳·马拉默德。后者后来写了《父亲如书——伯纳德·马拉默德回忆录》。评论家普遍认为马拉默德与异教徒的婚姻对其中后期的文学创作有突出的影响。关于这一点我们会在后面的章节中探讨。

1948—1949 年马拉默德在高中教书维持生计。1949 年起马拉默德在俄勒冈州立大学任教，教授写作课程。由于他没有博士学位，他不能教授文学课程。到了俄勒冈之后，他把自己的第一部长篇小说《浅睡者》烧毁了，因为他觉得"我想我应该写得更好一些"。在之后的几年时间中，他每周上三次课，其余时间写作。1952 年长篇小说《朴实无华》问世。1954 年和 1958 年，马拉默德相继升任助理教授和副教授。1961 年他离开了俄勒冈州立大学，到本宁顿学院教授创造性写作。他在该校一直执教到去世。马拉默德于 1966—1968 年曾到哈佛大学开设讲座，1967 年入选美国艺术与科学院。1979—1981 年他曾经担任国际笔会美国分会主席，1983 年获得美国艺术和文学协会金质奖章，本奖章每五年才评出一次，授奖人是他的朋友拉尔夫·艾里森。1986 年，马拉默德在写作时突发心脏病去世。1998 年，美国笔会设立奖励短篇小说创作的马拉默德奖，约翰·厄普代克、索尔·贝娄和乔伊斯·卡罗尔·欧茨均曾获得此奖。

## 二、马拉默德的主要作品

小说《朴实无华》（The Natural，1952）围绕一位默默无闻的中年网球运动员罗伊·霍布斯展开。

《店员》（The Assitant，1957），又译《伙计》。小说描写了一位来自沙皇俄国的年老犹太难民莫里斯，他开设了一家小杂货店，辛苦经营，但生意全无起色。一位年轻的意大利裔美国人弗兰克发现莫里斯很善良，并且喜欢他的女儿海伦，就到店里当伙计，海伦也喜欢弗兰克。不久，弗兰克因为偷钱被莫里斯赶走，弗兰克和海伦也发生了争吵。莫里斯病故后，弗兰克回到杂货店帮助母女维持生计，最后感动了海伦，他自己也成为了犹太教徒。小说获得美国全国文艺院颁发的罗森塔尔奖，2005 年被收入《时代杂志》百大英文小说中。

《魔桶》（The Magic Barrel，1958），包括十三个短篇小说。其中的《魔桶》将为人作媒的犹太老者拉兹曼刻画得活灵活现。《最后一个莫希干人》则强调了即使在逆境中也要积极生活这一主题。《魔桶》这个短篇小说集获得了当年的美国国家图书奖,弗兰纳里·奥康纳评价说:"我发现一个了不起的小说家,他比包括我自己在内的任何人都强,你到图书馆去把马拉默德所写的《魔桶》借来一读,你就知道了。"①

《新生活》(A New Life,1961 年)写一位穷苦犹太教师好不容易谋到某大学讲师职位,以为可以开始新生活,但在工作和生活中总是不顺利,最后被迫离开学校。但是,他在逆境中仍坚持道德观念,怀着微薄的希望重新寻找新生活。

《基辅怨》(The Fixer,1966),又名《修配工》。小说中的犹太人雅可夫无儿无女。为了追求更好的生活,他离开犹太社区来到基辅,先当装配工,后到一家砖厂干活,认真负责的他反而被人诬告杀死一男孩而入狱。罪名是耍弄巫术,喝基督教儿童的血。排犹主义者企图用这桩案件清洗基辅的犹太人,雅可夫坚决不陷害本族人,坚持对自由的追求。在小说最后,雅可夫被押去审判的路上,有的人向他哭泣,有的向他挥手,有的呼唤他的名字,他得到了众多犹太人的支持。小说获得美国国家图书奖和普利策奖。

《房客》(Tenants,1971)讲的是一幢摇摇欲坠的大楼里,只剩下一位黑人作家和一位犹太作家两个房客,他们各自坚持自我的、闭塞的创作方式,因此导致种种冲突。

《伦勃朗的帽子》(Rembrandt's Hat,1974)和《我的儿子是凶手》分别描写同事之间和父子之间的感情,感人至深,其中的《抽屉中的男人》一篇获得欧·亨利短篇小说奖。

小说《杜宾的生活》(Dubin's Lives,1979 年)的主人公是五十六岁的威廉·杜宾,他是一位成功的传记作家,曾撰写过亨利·梭罗的传记,在撰写大卫·赫伯特·劳伦斯的传记时遇到了精神危机。他和妻子基蒂缺乏爱情,爱上了年轻的清洁工芬妮·比克,两人私奔去了威尼斯。不久,杜宾发现芬妮的青春无法填补自己的空虚,他陷入了矛盾和苦恼中,但是生活还是需要继续下去。小说错综复杂,既有妻子和情人的纠结,又有传记人物梭罗和劳伦斯对杜宾生活的影响。其中许多精彩的大自然图景都表现得栩栩如生,还有大量马拉默德最擅长的犹太人的幽默和诙

---

① 罗伯特·吉罗克斯:《魔桶》,吕俊译,英文版全集出版前言,南京:译林出版社,2003:3-5。

谐的对话。马拉默德曾经指出，他倾向于使用个人所掌握的一切技巧，结合生活来创作，把杜宾写成传记作家，从而使他的生活在读者面前得以充分展现开来，使他的性格更加复杂有趣。

《上帝的恩赐》（God's Grace，1982）是一部借重写"诺亚方舟"的故事来反思犹太民族历史与命运的小说。小说中的犹太主人公科恩是现代社会中的诺亚。这部有着明显宗教意味的小说，难以用简单、明确的字句概述出主题思想。借助人（科恩）与动物（黑猩猩）的恩怨纠纷来影射、反映犹太教与基督教的争斗，应该说是该部小说的主要内容之一。身为犹太人的马拉默德，在小说中一方面揭露了反犹主义者的暴行，另一方面也把反思、批判的锋芒指向了自己的同胞。他以小说主人公科恩的死，预言犹太人试图以"选民"自居，以"善行"来完成"修身齐家平天下"的最终归宿。

《人们》（The People，1989），是一部未完成的作品。

在伯纳德·马拉默德三十多年的创作生涯中，他的小说在思想表现力方面是深刻的，影响了一大批后来者。其小说主题所蕴含的经典的犹太精神也一代一代地传承下来。哈罗德·布鲁姆（Harold Bloom）在他的批评集《伯纳德·马拉默德》（Bernard Malamud，1986）中说："就像一些批评家所说的，马拉默德小说中的犹太性贯穿于其作品的始终。他的眼光是个人的、新颖的，而且几乎完全与传统的犹太思想无关。至于马拉默德的风格，也是奇异的。它可以向一些不懂意第绪语的读者散发出意第绪语的味道，但是对任何一位从孩提时代就开始学习意第绪语的人来说，记忆中的口音特点来自于《赫索格》，而不是《基辅怨》……"[①]

## 三、马拉默德文学的犹太性

犹太民族在历史上很长的时间里都过着四海为家的漂流生活，在其两千多年的流浪生活中，犹太人以坚定的信仰一路走来。作为一个民族，犹太民族在几千年的时间里成了见证人类苦难和沧桑的民族。如今，犹太人分散于世界的各个角落，而美国成了他们聚集人数最多的地方。在美国这个新兴国家里，犹太人经过多年的打拼逐渐站稳了脚跟，他们也

---

① Harold Bloom. Bernard Malamud. New York，New Haven：Chelsea HousePublishers，1986：1.

以自己的聪明才智在这个本不是自己故乡的土地上打拼出了属于自己的一片天地。在文学上，作为美国少数族裔文学之一的犹太文学，自20世纪起便以迅猛的速度发展起来，成为美国文学中的一支重要力量。据不完全统计，在当代美国文学的一流作家中，犹太作家占了60%以上。在这些作家中，不论是艾萨克·巴什维克·辛格（Isaac Bashevis Singer）、索尔·贝娄（Saul Bellow），还是菲利普·罗斯（Philip Roth），或是本书专门论及的伯纳德·马拉默德（Bernard Malamud），他们独特的风格、清新的内容、锐利的视角成了美国犹太文学的主要特色，使犹太文学成为美国文学作品中一颗光彩夺目的明珠。

作为一名犹太作家，伯纳德·马拉默德作品中所蕴含的犹太性一直是文学界研究的重要课题。他的小说中所富含的独特的犹太性深深影响了一代又一代犹太作家和读者。早在20世纪60年代，西德尼·里奇曼在对马拉默德研究的书评中曾这样写道："眼下马拉默德被认为是我们当代最重要的作家之一，他的声誉不仅是巨大的，而且还是国际性的。"① 在众多的犹太作家中，马拉默德的声誉之所以如此之高，是因为他在自己的小说中对新的社会历史条件下的犹太性做出了全新的诠释。大多数评论家对于马拉默德作品的重视，并非仅仅着眼于他小说中所呈现出来的非凡艺术表现力，而是马拉默德在小说创作中所选择的题材以及他所要表达的创作主题。"马拉默德在他长达三十余年的创作生涯中所孜孜追求，呈现于文本内的正是他那独特的犹太主题。"②

犹太文学已经成为当代美国文坛一个重要的文学现象，并占据了重要位置。虽然在文学之前冠以"犹太"二字，但它早已不是原来意义上的犹太文学了，它实际上是古老的犹太文化和现代美国文化相结合的产物。

犹太作家成为美国文学中具有影响的重要作家是在第二次世界大战之后。但犹太作家和知识分子却早已在20世纪初就已经登上美国文坛。1881—1924年间正值犹太人大迁移，俄国沙皇亚历山大二世大批屠杀犹太人，东欧的政治文化运动风起云涌，反犹太运动愈演愈烈，大批犹太移民进入美国。他们开始接触美国文化，而自身鲜明的传统文化与新土地上的文化处在不断的冲突中。第一代美国犹太文学的代表作家表达了与美国同化、同化与怀旧思想产生矛盾与冲突、个人奋斗和犹太身份危

---

① 刘洪一：《走向文化诗学》，北京：北京大学出版社，2002：66。
② 乔国强：《美国犹太文学》，北京：商务印书馆，2008：380。

机等主题。马丽·安廷(1881—1949)十三岁来到美国,在她的作品《希望之乡》中,她把美国称为"希望之乡",祈望与美国同化。亚伯拉罕·卡恩(1860—1951)生于俄国,是《犹太每日前进报》的创办人之一,1889年他发表的《耶克尔——纽约犹太区的故事》描写了一个移居美国的犹太人,无法抹去在俄国生活的记忆,无法忘记妻子、儿子,可又无法使之与美国生活方式一致。在许多第一代犹太作家中,他们的语言基本上是意第绪语夹杂着其他一些东欧语言。

美国第二代犹太人不同于他们那些只沉浸在犹太法典与古籍研究中充满怀旧色彩的前辈,他们更多地接触到各种思潮,更多地领略到英美文学方面的精华。因此,第二代犹太作家大多采用英语进行创作,作品大多反映了双重文化的影响和冲击:一方面他们生活在美国主流文化之下,不断被美国文化所同化;另一方面,他们又生活在保持着传统文化特色的氛围内,传统文化不可避免地在他们身上打下深深的烙印。他们生活在两种文化同时冲击的状态下,同化与传统冲突的主题表现得也就更加突出。迈耶·莱文(1905—1981),生于芝加哥,1937年发表的《昔日的同伙》,描写了一群年轻人努力摆脱老一代传下来的、被他们视为个人前进障碍的东西,融入美国中产阶级的行列。在20世纪30年代发表的许多犹太小说,如米歇尔·戈尔德的《无钱的犹太人》、查尔斯·伦兹尼科夫的《在曼哈顿的水边》、查尔斯·安哥夫的《向黎明前进》、亨利·罗斯的《称之为睡眠》,都反映了犹太的"美国化"这一主题。

第二次世界大战是美国犹太小说发展的一个转折点。在第二次世界大战开始到战后几年的时间里,美国社会发生了深刻的变化。1941年日本偷袭珍珠港,改变了美国战前十多年专注国内事务的局面,而1945年美国对广岛的原子弹轰炸对美国的思想、观念、文化、道德甚至艺术生活也产生了极其巨大的冲击。战争使人变得麻木、冷漠和空虚。而战后人们思想上的空虚、彷徨,精神上的失落、颓废,也直接或间接影响了美国战后国内的一系列政治事件:50年代的麦卡锡政治、对苏冷战、朝鲜战争、对越战争,60年代民权运动、古巴导弹危机等造成了社会成员对个人价值、个人尊严的怀疑。这种价值观的混乱状态在随着科技的发展而物质生活日渐丰足的社会中呈现出一种麻木、冷漠、恐怖和疯狂的病态。诗人庞德说过,艺术家是民族的触角。美国知识分子的这种政治幻灭、精神空虚的状态首先反映到了作家的文学作品中。战后的作家无法再像20世纪中期的作家那样,努力去理解现实社会,用真实可信的描写来插手社会现实。作为作家，他们对于所处的社会无能为力，因为他们无法改变所处时代的性质。战后的作家们以各种现代的手法描写战争、暴力、绝望、死亡，以及人的隔离与异化这样的主题。

  作为美国社会中接受美国式教育却成长在传统家庭的犹太人来讲，他们除了承受着美国知识分子的这种普遍心理状态外，他们自身的源于本民族传统的宗教信仰、历史文化的东西又使他们处处意识到自己与其他美国人的不同之处。一方面，他们处在美国社会本身问题而导致的困境当中，这种困境带有普遍的全民色彩；另一方面，他们的思想感情和观点立场又无时不受着古老犹太民族传统和犹太人长期遭受的悲惨经历的影响，他们敏感地意识到自己不同于其他种族。这种对犹太身份的重新认识，导致他们对犹太身份的敏感。有些犹太人表面上自我否定了他们的犹太遗产，但这种有意识对犹太文化遗产的否定又使他们内心处在苦闷矛盾的复杂状态。正如欧文·豪在1946年10月的《评论》中的一篇文章中所说，对于他笔下的当代知识分子来说，身为犹太人不是一件容易的事，但不当一个犹太人，同样不容易。由于他的社会与他的传统、他的地位与他的愿望互相发生冲突，他陷入紧张状态。他因为作为一个人、一个知识分子和一个犹太人而受苦。

  有评论家把犹太人比作流浪在异乡的孤儿，他们割断了与过去自己民族古老文化传统的联系，又无法把根紧紧扎在所处的繁荣社会之中，也就成了马克·谢纳克所称的"精神孤儿"。如诺曼·梅勒在短篇小说《练习瑜咖的人》中所说的，当代美国犹太人跨在两者之间，一面是他从未见过而已失去了的国家，一面是他目前生活其中而又把他拒之门外的国家。犹太文化传统自古以来也确实是在他们所居住地文化主潮的夹缝中得以延续的。无论美国犹太人在所处社会中具有怎样的困惑，与周围有着怎样的隔阂，他们身上体现的是两种文化的融合——美国的主流文化与古老犹太文化。正是他们所处的这种特定历史文化背景，才使得美国犹太作家成功地把犹太文化传统因素与美国现实生活结合起来，使他们的作品既具有独特色彩，又有普遍意义。著名的美国犹太作家艾萨克·巴什维斯·辛格曾经指出，犹太作家的作品具有两个特点：一是"社会的"，二是"感伤的"[①]。

---

 ① I. B. Singer, "The Yiddish Writer and His Audience." In Creator and Disturbers: Remirciscercces. Jewish Intellectuals of New York. New York: Columbia University Press, 1982: 22.

战后一批优秀犹太作家纷纷用不同的声音和方式表达对现代生活的感受：索尔·贝娄描述了知识分子的内心苦闷和探索，马拉默德探讨了犹太道德危机，菲利普·罗思坦率地描写犹太人与非犹太人，诺曼·梅勒专心于政治权力和竞争，等等。马拉默德是继贝娄之后出现的又一个著名美国犹太裔小说家。他生活在一个动荡不安、新旧世界交替的年代，先后经历了两次世界大战、经济大萧条、东欧无产阶级运动和法西斯对犹太人的毁灭性的种族大屠杀。犹太民族所受到的歧视、迫害、屠杀以及他们所忍受的贫穷、饥饿、屈辱使他们成为人类灾难最典型的受害者。战争、暴行、失业、记忆犹新的恐惧、传统信念的动摇、琢磨不定的新意识形态增加了战后犹太作家的丧失感和沦落感，也成为他们创作独特的现代主题。因此，异化、边缘、疏离这类词成了犹太感觉的同义词。正是犹太人这种独特的历史角色和在文化认同中的感受，使犹太小说在美国文学中逐渐脱颖而出。

在诸多犹太作家中，马拉默德被评论界公认为最具犹太性的作家，他把生存痛苦和道德作为主题，用独特的方式来描绘和阐释；他赞同物质追求和肉体享受损害人的精神生活的观点，但他的小说并不强调社会腐败导致道德准则的瓦解和人的堕落，他反映的是事物的另一端。他的小说集中描写那些没有物质享受的人，描写他们如何在困苦生活中表现出拼搏求存的坚忍性格，如何依然保持道德纯洁，追求精神升华。

马拉默德的创作力图以鲜明的"犹太性"作为对人类普遍心性的理解和体现，在驳杂多变的当代美国文坛上自立风格，独具特色。马拉默德犹太移民家庭背景使得他的作品对犹太人聚居地的描写具有高度的真实性。他认为犹太人本身就是戏剧的素材，还说"我写犹太人，首先是因为我了解他们"。他还声称："就我个人而言，我总是将犹太人视为人类生存的悲剧性经历的象征。我努力去发现体现人类命运普遍性的犹太人。人人都是犹太人，只不过他没有意识到而已。"[①] 也就是说，在马拉默德看来，人类为生存所经历的种种苦难，都集中体现在犹太人身上。犹太人是一种象征，被赋予了"受苦受难"的含义。而马拉默德笔下犹太人的"受苦"更多地体现在精神方面，他们通过苦难和自我牺牲达到精神上的自我完善。

马拉默德的文学创作也受到其他犹太作家的影响。正如西德尼·里

---

[①] 丹尼尔·斯特恩：《伯纳德·马拉默德访谈录》，杨向荣译，《现代文学》，2008（8）：39。

奇曼所说："在马拉默德最出色的短篇作品和小说中，他不仅再现了19世纪意第绪民间文学现实主义大师们笔下忧郁的、饥渴的世界，而且他也像这些作家一样，通过自己独特的力量，让作品充溢着精神上的启示。"①

马拉默德真正地从上一代作家那里承袭了"社会性"和"感伤性"的特点。他的作品不仅以回忆的方式描写自己最熟悉的犹太生活，在主题和内容上大多与犹太民族的苦难相关。而且他也像其他犹太作家一样，在作品中刻画当今世界犹太人身上出现的令人震惊的改变，剖析他们家庭和社会生活发生的变化。除此之外，犹太作家对马拉默德的影响还体现在创作技巧上。马拉默德遵循传统犹太作家的创作方式进行写作。"如果忽略时间和地点，马拉默德作品的喜剧模式与肖洛姆·阿莱赫姆的'流亡喜剧'属于同一类别。"② 他们在处理现实生活中的苦难问题时，都采用乐观的态度去面对。马拉默德作品中的主人公，也表现出犹太民间故事中"傻瓜"人物的特点。他们的无助和可怜，让读者想起犹太人在历史上的尴尬处境。显然，马拉默德的作品在创作技巧上与犹太文学传统存在相似之处，而且他还形成了自己独特的文风，即将神话和现实融为一体，即被评论家称为的"抒情现实主义"。欧文·豪在谈到马拉默德的创作时曾经说："在他的优秀小说中，一种不容怀疑的、强烈的同情，即一种滑稽幽默的特性，远胜于笨拙的爱的表示，使他看起来像一位杰出意第绪作家的后继者。"③

作为当代最好的犹太作家之一，他在创作中再现父辈的历史，展示犹太主人公的经验历程，刻意突出其中犹太文化因子，因此他在普及犹太性方面，比其他犹太作家做得更好一些。犹太文化、历史和宗教等要素与马拉默德的文学创作存在密切的关联，这些对于理解他的创作思想和作品的内容至关重要。同时，作为在美国长大的犹太移民的后代，马拉默德的人生经历也正是他逐步美国化的过程。换而言之，马拉默德一方面从犹太文化和文学传统中获取丰富的滋养；另一方面，美国的文化价值观念和文学文化传统显然也对他产生了巨大影响。

美国文学评论界综观马拉默德的创作做出如下的基本评价——他的

---

① Richman, Sidney. Bernard Malamud. Boston: Twayne Publishers, 1966: 26.
② Sidney Richman. Bernard Malamud. New Haven: College & University Press, 1966: 26.
③ Irving Howe. World of Our Fathers. New York: Harcout Brace Jovanovich, 1976: 539.

小说坦率承认和恪守"犹太身份",寓言性地对"沉静的绝望生活"进行写生,体现"马拉默德式的道德冲突"和"教诲性'。

## 四、国内外相关研究综述

对于马拉默德的研究,新世纪以来,美国的学术界和文学界形成了一股热潮。马拉默德去世之后的三十年间,有关马拉默德的研究成果共出现了12部评论专著,有70余篇期刊论文被收录成书,还有9篇博士论文问世。由此我们可以看出对于马拉默德的研究所出的累累硕果。与美国国内马拉默德研究的如火如荼之势相比,国内文学界对于马拉默德的研究稍显苍白,除了一些有关美国犹太文学的评论性的专著中对于马拉默德的作品有一些简单的介绍之外,并没有出现专门有关马拉默德研究的专著。而在论文方面,时下对于马拉默德的研究也多集中在对他一两部小说的研究,如《店员》《基辅怨》等。相比之下,对于马拉默德主要作品的研究及其主要作品之间的相互联系和主题表达以及作品思想的阐释等方面还显得相对匮乏。

伯纳德·马拉默德从1940年开始写作一直到1986年去世,给世人留下了多部平实却寓意深刻的文学作品。短篇小说家杰伊·坎特(Jay Cantor)是马拉默德于20世纪60年代中期在哈佛开授的写作班学生,他对伯纳德的描述十分生动:"伯纳德个子矮小,总是戴着顶灰布帽子,石墨色胡子修剪得一丝不苟。他行事低调,显得有些拘谨。尽管他总是人群的中心,但无论他高不高兴,气氛总是不对劲,既忧郁又紧张,没人知道他会干吗,是走动、说话,还是径直离去。他看上去像是背着一本厚重的犹太法典。"[①] 2006年,马拉默德的女儿詹娜在父亲去世20周年之际出版了回忆录《我的父亲是一本书》。而菲利普·戴维斯又经过30年潜心耕耘,写出了《马拉默德传记》。戴维斯第一次在那个根深蒂固的刻板、怯弱、多疑的形象之外,展现出一个更立体的马拉默德。[②] 可以说,马拉默德从以前的默默无闻到现在的炙手可热,体现出来的是他作

---

[①] Ken Capobianco, Jay Cantor. An Interview with Jay Cantor, Journal of Modern Literature, 1990 Vol. 17, No. 1 (Summer), P3.

[②] 乔伊斯·卡罗尔·欧茨:《马拉默德:无趣的人与伟大的作家》//蔡宸亦编译,《外滩画报》,2008(268):22。

品的经久魅力和人们对人类普世情怀的无限探求和渴望。

马拉默德的文学成就广为人知。他过去是，也一直是美国小说的佼佼者。很少有作家能够在有生之年得到读者如此的爱戴，也鲜有作家能够在他去世后建立了以他命名的协会（1991年成立）。大批学者一起研究、交流对马拉默德创作的体会、心得，定期发表论文，使马拉默德的研究和影响日愈广泛。从1959年马拉默德因短篇小说集《魔桶》获得国家图书奖而取得成功，人们开始关注他的作品算起，在短短的几十年时间里，国外文学评论界对马拉默德创作的研究经久不衰，主要从马拉默德的文化和社会性、作品的主题，以及叙事策略与创作技巧三个方面展开批评和讨论，内容主要是从作品的主题探索、文化传统、神话原型、宗教救赎、心理分析、社会批判、父亲形象，以及父子关系、不同种族间的人际关系、女性形象等方面，探讨其作品中所体现出来的"犹太性""人文性""普世性"以及其他文学理念。在这三个方面的评述中，马拉默德作品中的文化和社会性问题更是研究的焦点。评论家们主要从马拉默德的民族性与犹太文化传统之间的关系、对美国文学传统的继承和对社会现实的关注等方面入手，考察他作品中的文化、历史和社会背景。其实，"马拉默德在作品中不光是要传达一种对传统犹太性的保护的心声，其更多的着眼点落在了如何使传统犹太性在美国这个文化大熔炉之中更好地保持和发展下去"[①]。这是对于传统犹太性的超越，这就使马拉默德在小说创作方面超越了大多数只是把眼光聚集到犹太身份的探求与建构上的犹太作家。

在所有研究者中，瑞塔·科索夫斯基（Rita N. Kosofsky）对马拉默德研究作出了重要贡献，由科索夫斯基编纂的《马拉默德研究书目全录》（Bernard Malamud: A Descriptive Bibliography）收录了美国大学里研究犹太文学的多篇论文，其中有25篇是专门研究马拉默德的。1970年，里斯利·费尔德和乔伊斯·费尔德（Leslie A. Field and Joyce W. Field）编辑出版的《伯纳德·马拉默德评论集》挑选了21篇分析研究马拉默德作品的文章，体现了早期评论界对马拉默德《店员》《基辅怨》《天生运动员》《新生活》及《魔桶》等作品的研究成果。艾斯卡·阿尔特（Iska Alter）在他的《好人的尴尬——马拉默德小说的社会批评》一书中从美

---

[①] M. H·阿伯拉姆：《简明外国文学词典》，曾忠禄等译，长沙：湖南人民出版社，1987：597。

国的物质主义、种族关系、艺术、历史等多角度对马拉默德的小说进行了详细剖析。罗伯特·索罗塔洛夫（Robert Solotaroff）在他的专著中不仅详细研究了马拉默德的四十余篇短篇小说，还在第一部分提供了珍贵的马拉默德生平资料；第二部分是在各种采访中，马拉默德自己对艺术、创作、文学、人生的观点和评论；第三部分是当时著名作家或评论家对马拉默德的评价文章，比如菲利普·罗思和辛西娅·奥兹克等，为马拉默德爱好者和科研者提供了丰富的第一手材料。后期著名犹太学者乔尔·萨尔茨堡（Joel Salzberg）的《伯纳德·马拉默德：参考指南》和瑞塔·娜塔莉·科索夫斯基（Rita Nathalie Kosofsky）的《伯纳德·马拉默德：文献综述》两部著作吸收历年的研究成果，涵盖了马拉默德的生平、文学主张和社会背景、理论批评等角度的探析，是研究马拉默德比较全面的资料。

到20世纪60年代末，马拉默德的相关研究开始向纵深发展，焦点先集中在神话原型、父子关系、种族间关系以及女性形象方面。学者们对马拉默德小说中的神话原型开始了全方位的研究，这是因为研究者开始在马拉默德的其他作品如《店员》《修理工》以及《新生活》中发掘出类似的神话表现形式。一般认为，厄尔·威思曼（Earl Wasserman）是第一个写论文研究《天生运动员》中的神话原型的。随后，詹姆斯·穆拉德（James Mellard）追寻威思曼的研究思路，进一步论述了上述小说体现出的神话意蕴。威思曼认为马拉默德的四篇小说（即《天生运动员》《店员》《基辅怨》以及《新生活》）以一种统一的叙述方式表达了不同的意境。这种叙述风格形成了作者一种原型叙事模式（关于马拉默德的叙述模式本书在以后章节中也有探讨），包括叙事风格的灵活性、人物性格的持久性、想象力的一致性以及修辞策略的清晰度。位于马拉默德叙述风格中心地位的是体现人类所有生存可能性的犹太人民，这一点又是通过对简单人物表达强烈感情来实现的。在马拉默德的小说中，中心人物是无辜的、毫无城府的，有时甚至是稍显愚蠢、天真单纯的。在这之后，有不少评论者追随威思曼的研究思路，把有关神话原型研究向前推进了一大步，其中研究比较深入的有麦克斯·舒尔茨（Max Schultz）以及弗雷德里克·特纳（Frederick Turner）。前者提炼出马拉默德小说的两大表现模式，即体现在《店员》与《修理工》的"犹太知识分子在30年代所表现出来的突变"与体现在《新生活》和《天才运动员》的"单调枯燥的神话生活模式"。① 后者认为,《天才运动员》中的罗伊·霍布斯无法脱离棒球而生存是一种地道的悲剧,而并非喜剧,而《基辅怨》则是马拉默德重构其作品主题思想的开始。总之,研究者们在这一时期把探索的目光聚集到了马拉默德小说中所体现出的传奇、古老原始神话传说,这些研究无疑丰富和拓展了马拉默德的研究领域,也取得了相当可观的成绩。小说中所体现的人性模式、情感特征和文化心态给马拉默德带来了相当大的影响,也提供了极为丰富的创作素材。马拉默德从神话中汲取了绵延不绝的文化力量,并恰到好处地融入自己的作品中。

马拉默德作品中的父亲形象以及父子关系模式自然也引起研究者的充分重视。研究普遍认为,欧文·马林(Irving Malin)是第一位体察并指出马拉默德小说中的父亲形象在美国犹太文学中的重要意义。在其专著《美国人和犹太人》一书中,马林专门用一整章节的篇幅选取了包括马拉默德在内的7位作家来探讨犹太文学中的父亲形象以及父子关系。马林指出:"犹太文学中的父与子之间充满了敬意,即父亲是慈祥的老师,儿子则是听话的学生。"在欧文·马林的开创性研究之后,有不少论者及论文或专著涉及了父亲形象以及父子关系的研究。罗伯特·杜卡密(Robert Ducharme)在其研究中特别强调了马拉默德作品中父亲形象所体现出的"遭受苦难"与"勇于承担责任"。哈维库德勒(Harvey Kudler)在其研究中从"恋母情结"的角度探讨了马拉默德作品中的父亲形象以及父子关系。库德勒认为《天才运动员》中的棒球其实就是一个联结父与子的一个隐喻。依兹哈克·巴莫(Yitzhak Barmer)在其研究中则分析比较了索尔·贝娄、菲利普·罗斯以及马拉默德等作品中的父亲形象,指出尽管"父亲"在多数情况下没有承担起传统继承与身份传承的责任,但"父亲"一直保持了体现传统犹太父辈强烈情感的本性。简而言之,父子关系自古就是希伯来民族的文化母题,作为一名虔诚的犹太人,马拉默德毫无疑问会尽力表达养育了自己的文化精华。在他的小说里,"父亲"是"孩子"的人生向导,又是犹太文化的传播者。马拉默德的作品,无一不受犹太传统文化的影响,他所创作的人物都是在经历现世苦难后获得新生,并对自己的父辈也即犹太文化有了某种程度的大彻大悟。这正是马拉默德探索父子母题的意义所在。

---

① Max Schulz. Bernard Malamud's Mythic Proletarians. Radical Sophistication: Studies in Contemporary JewishAmerican Novelist. Athens, Ohio: Ohio University Press, 1969: 190.

马拉默德小说所塑造的人物形象中有犹太人、美国基督教白人、黑人以及形形色色的其他种族人物。有关种族关系的研究，即如何处理生活在美国中的犹太人与其他种族间的矛盾和冲突，在马拉默德作品中的体现是比较复杂的。在犹太文学中，如何表现犹太人与非犹太人的冲突，以及如何反映生活在社会边缘以及中心位置的犹太人一直是一个很大的研究课题。首先关注犹太文学作品中体现种族关系的研究者是恰尔德·费奇（Harol Fisch）。通过细读小说文本，费奇指出《店员》和《基辅怨》的非犹太人物充分体现了如下观点：非犹太人之所以能够走进犹太人的'精神领域'（spiritual zone），是因为他们体验了犹太人所遭受过的苦难。对这一话题探讨比较充分的是斯福德·宾斯克（Sanford Pinsker）。宾斯克指出，像辛格一样，马拉默德生活在一个介于犹太文化和基督文化之间的地带并进行写作。麦尔文·福瑞德曼（Melvin Friedman）进一步拓展了宾斯克的观点。福瑞德曼指出，《杜宾的生活》这篇小说充分体现了马拉默德自己杜宾式的、由过去的犹太文化与现在的基督文化激烈碰撞所带来的身份认同上的游移不定。[①] 海伦·凯（Helen Kay）在其研究中同样阐述了两种文化冲突带给马拉默德的巨大影响。另外，辛西娅·欧兹克（Cynthia Ozick）和埃德蒙德（Edmund Spevack）在研究了马拉默德的三篇小说，即《莱文天使》《黑色是我的最爱》以及《佃户》后指出，从三篇小说中可以看出马拉默德对犹太人与黑人的关系是有一个变化过程的，即从最初的乐观到后来的逐渐悲观。事实上，马拉默德笔下所描写的正是一个世界性的民族大家庭，他所创造的人物促使人们对世界多元文化以及冲突的全方位思考，并从中体会出马拉默德在其作品中所要表达的心声：犹太伦理价值与其他民族文化价值平等相处，相通共融。

马拉默德不同创作阶段的女性形象，则是马拉默德研究中又一个备受关注的焦点。在该领域的研究中，埃德温·伊格纳（Edwin Eigner）可以说作出了开创性的贡献。通过分析《天才运动员》中的女性形象，伊格纳指出马拉默德的每一位女性形象都是具备中世纪骑士精神的男性的潜在救世者。但他同时也指出，马拉默德并不是以很积极肯定的态度来描写他笔下的女性形象的，这是因为马拉默德的早期作品集中反映了东

---

① Melvin J. Friedman. The American Jewish Literary Scene, 1979: A Review Essay. In Studies in American Fiction, 1980 (8): 240.

欧犹太妇女的传统,即其性格表现为冷漠、自私和狭隘,其原因就在于她们的生活完全依赖于男性,没有独立和自由。① 到了 20 世纪 80 年代,对马拉默德作品中的女性研究达到了一个新的阶段,但此时人们对马拉默德作品中的女性形象的认识仍然不是正面的。有研究者指出,马拉默德对小说中男人与男人的关系的描述是积极肯定的,因为其作品倾向于表现一个男人往往可以促使另一男人的成熟与成长,但在表现男人与女人的关系时,其结局往往是失败的和不成功的。对此,吉尼·莱昂斯(Gene Lyons)总结说:"在马拉默德的作品中,没有一个女性形象是温而文雅的,是能够从骨子里体现犹太民族精神的。"② 然而,并不是所有的研究者都同意上述评论。马拉默德在创作晚期终究还是突出了女性的作用,这尤其体现在他对女性婚前性行为、未婚同居、婚外恋等行为的宽容,而对妓女听任天性发展的描写以及对她们获得完整自我生命体验的认可,这些都标志着女权主义思想对马拉默德在女性形象塑造上的巨大影响乃至质的飞跃。

马拉默德在晚年接受丹尼尔·斯特恩的采访时说了两句意味深长的话:"我在不同的世界讲着同样的故事。""在自己的作品中,我是在不同的世界走着相同的道路。"回应了他所谓的"借助犹太因素的特殊性表现形而上的普遍性"。他的小说叙事总是呈现出"追逐—落空—平静"的人物命运轨迹。死亡是回归平静的一种方式,接受死亡也是;跌入墓穴重又爬出的情节象征了某种死亡,也象征了某种回归和再生;痛哭悔罪后的茫然与悲哀,殴斗吵闹或者苦苦追求某种幻影后无聊与空寂,是心灵归于平静的开端。这都可以看作充满宗教色彩的训谕,也是富含审美意味的人生哲理讽喻。③

相较于国外对马拉默德创作的研究成规模、体系化,甚至多元化的发展趋势,我国对他的研究起步较晚。在 20 世纪 70 年代末,评论家欧阳基、柳鸣九等发表过文章,对马拉默德的作品有所涉及,但是这只是初期的介绍。欧阳基 1980 年发表在《文史哲》期刊上的《伯纳德·马拉默德作品中的异化问题》是早期对马拉默德作品进行专项研究的文章。

---

① Leslie Field & Joyce Field eds. Bernard Malamud: A Collection of Critical Essays. Englewood Cliffs: Prentic-Hall, 1975: 90.

② Gene Lyons. A Chosen People. Newsweek 102, 1983: 86-87, 3.

③ 丹尼尔·斯特恩:《伯纳德·马拉默德访谈录》,杨向荣译,《现代文学》,2008(8):39。

文章指出犹太小人物在美国社会的无根基感和陌生感导致他们的异化感，悲怆成为马拉默德作品的基调。① 厦门大学杨仁敬教授1980年在《译林》第一期上发表的《美国当代作家马拉默德和他的小说》，从主题、写作手法等角度比较全面地介绍了马拉默德的小说创作，认为"马拉默德的小说别具一格……他继承了19世纪末至20世纪初英美文学中批判现实主义的传统"②，使中国读者第一次真正接触、了解这位美国犹太作家。杨仁敬教授1980年翻译了《店员》，1981年《译林》第一期他再次发表《会见马拉默德先生》，近距离接触和介绍马拉默德。1984年他翻译了《基辅怨》，随后马拉默德的短篇小说也陆续被翻译成中文。1999年，杨仁敬又翻译《杜宾的生活》。2004年3月，杨教授在《中华读书报》上撰写了《好书、挚友终不忘》，回顾他和马拉默德的友谊、书缘。可以说，杨仁敬先生为马拉默德的作品在中国的传播作出了卓越的贡献。他不仅翻译原著，撰写研究学术论文，而且近距离接触、了解作家本人，在拉近作家和中国读者的距离的同时也拉近外国作家和中国的距离。马拉默德对杨教授说，他喜爱中国文化，对中国人民怀有友好感情，也认为中国读者会理解他的作品。③ 20世纪80年代末，李岫从比较文学的角度对《店员》和茅盾的《林家铺子》在人物塑造和艺术构思上进行对比研究，指出两人生活背景不同，观察社会、处理问题方式也有差异。④

　　进入90年代，随着马拉默德作品的不断引入，国内更多的读者开始重视马拉默德的作品。王林1992年在《外国文学研究》第7期上发表文章对《杜宾的生活》里的欲望进行解读。刘洪一总结出包括马拉默德作品在内的犹太文学遵循了父与子的文化母题，是普遍存在的主题形式。1997年，乔国强在《青岛大学学报》上发表的《论伯纳德·马拉默德的犹太道德观》认为马拉默德的道德观和犹太文化、犹太民族的命运紧密相连，也开始了他对犹太文学的长期研究。1999年他的《论伯纳德·马拉默德与当代美国犹太文学运动》从宏观上把马拉默德纳入美国犹太文学运动中，指出他提出的弘扬"犹太性"其实是美国犹太文学运动的一个基调。

---

① 欧阳基：《伯纳德·马拉默德作品中的异化问题》，《文史哲》，1980（5）：35。
② 杨仁敬：《美国当代作家马拉默德和他的小说》，《译林》，1980（1）：175。
③ 杨仁敬：《美国当代作家马拉默德和他的小说》，《译林》，1980（1）：178。
④ 李岫：《马拉默德的〈伙计〉与茅盾的〈林家铺子〉》，《北京师范大学学报》，1986（4）：43。

进入 21 世纪后，国内对马拉默德的研究日益繁盛。根据中国期刊全文数据库统计，进入 2000 年以来，研究马拉默德的文章逐年增加，尤其近几年，每年三四十篇的数量，甚为壮观。研究态势沿着最初的作品单一化、主题单一化发展到现在的百花齐放、百家争鸣。迄今为止，相关文章 160 余篇，硕士论文 50 余部，其中四篇与马拉默德研究有关的博士论文值得一提。朴玉的《于流散中书写身份认同》（2008，吉林大学）将战后美国犹太文学之研究置于流散视野中，从身份认同角度，以战后美国犹太作家艾·辛格、伯纳德·马拉默德、菲利普·罗斯为研究对象，深入挖掘众犹太作家于构建文化身份方面表现出的独特之处，提出美国犹太文学体现了美国多元文化背景下犹太文学之特色的观点，其对战后犹太作家"文化认同写作"之研究为深入探讨美国其他族裔作家之创作提供了有效范例，进而提升对多元文化背景下的美国文学的整体认识和研究。论文的结论指出犹太民族千百年来的流散历史、犹太作家双重甚至多元文化立场以及各自不同的生活经验造就了三人各具特色的写作风格。论文通过对三位作家创作中具有共性问题之探讨，得以窥见美国犹太作家及其美国犹太文学在动态中求生存、求认同、求发展。周南翼的论文《追寻一个新的理想国：索尔·贝娄、伯纳德·马拉默德与辛西娅·奥芝克小说研究》（2001，厦门大学）旨在通过研究三位作家的文学作品及人生经历，揭示出他们在创作中如何吸取犹太文化和美国主流文化的精髓，构建自己的理想社会，以改变美国社会的道德困境。论文指出三位美国犹太作家作品具有普遍性，他们都刻画了现在人的迷茫、迷失、异化和边缘状态。他们都认同文学创作中的两个世界，现实与普遍价值间存在距离，现实和理想在矛盾统一中前行。他们相信人通过努力可以接近并实现普遍价值，希望并相信社会在不断进步和完善；尽管没有一个最终的完美状态，但它是一种乐观的观念、积极奋斗和追求的态度。论文强调，对贝娄、马拉默德和奥芝克小说的研究显示，不同的文化都有其珍贵的遗产，但不同的文化又有一些价值观是共同的。魏啸飞的论文《美国犹太小说中的犹太精神》（2001，中国社科研究生院），采用与《圣经》典故紧密联系的结构形式，通过对四位美国犹太作家代表作的详细分析，试图展示小说中新观念与旧传统的冲突和激荡，透视主人公理性思维与情感纠葛的矛盾和统一，在重点考虑作品的文学性的同时，探索美国犹太文学中的哲学精神，发掘人与人之间的本质关系，加深人们对美国犹太文化内涵的理解。李莉莉的《困境与救赎——伯纳德，马拉默德小说的伦理主题研究》（2013，上海外国语大学），集中探讨了马拉默德的长篇小说《天生的运动员》（1952）、《基辅怨》（1966）、《房客》（1971）和《上帝的恩赐》（1982 中的伦理主题，分析其中的伦理内涵及其在不同时期的变化，指出小说折射的伦理困境和救赎途径，并借此表现马拉默德深厚的人文主义精神。作者指出，马拉默德这四部小说探讨的共同主题是伦理问题，它们之间存在内在的、紧密的联系。在发表于不同年代的小说中，马拉默德对伦理问题的认识包含四个方面的内容：一是关注社会生活和职业发展中的人际交往困境；二是探讨犹太民族在反犹主义背景下遭受的迫害和磨难；三是解读不同民族文化发生矛盾和冲突时的尴尬境遇；四是分析人类文明进程中所面临的生态危机。马拉默德对伦理主题的阐释经历了一个由浅入深、层层递进的发展变化过程，展现了他对个体与他者、个体与集体、民族与民族以及人类与生态系统之间伦理问题的思考。作者认为马拉默德在小说中流露出对人类生存困境的忧思。但是，他描写主人公遭遇的痛苦和折磨，其意图不仅仅是为了让人们认识到世界上还存在苦难和压迫，还更加强调困境中的救赎。马拉默德通过主人公来探讨走出困境、恢复人性、实现再生的途径。因此，马拉默德的小说不仅展现了社会生活中的苦难，而且更加关注实现救赎的方式。它们考察的是人类的生存困境以及救赎过程中各种关系的变化，蕴含着深刻的伦理内涵，为马拉默德的研究提供了一个新的视角。

# 第二章 苦难主题与意象表达

马拉默德说:"……人们会早早地受家庭生活影响来解释这个世界。不管获得多大的幸福或者成功,人都不可能摆脱掉早期的生活经历,它会一直跟随着你。"① 可见早期生活尤其是拮据的家庭生活在很大程度上影响了马拉默德人生观的形成。正是他异乎寻常穷困潦倒的父母、艰难生存的童年、少年甚至青年时期,使得马拉默德对苦难有了直接、切肤的体验,他对人生的思考也迈出了重要的第一步。

他的苦难人生经历和细腻、内敛的性格铸造了他的人生价值观和文学创作观。作为犹太裔作家,犹太人的颠簸迁徙、苦难史,以及自古至今的社会地位、社会待遇都使得马拉默德沉思;个人从童年开始经历的家庭磨难、社会动荡以及观察到身边社会小人物的各种挣扎、艰辛和痛苦都在他的思想意识中沉淀积累。苦难和创伤体验激励着他思考人类受难的根源和解决途径。同时,苦难书写也成为他对创伤体验的一种艺术应对,成为他宣泄焦虑、缓解压抑和抚平自我创伤的有效途径。评论家普遍认为,艺术形式的苦难再现能够在读者内心引起共鸣,从而对他人在某种程度上能起到创伤治愈的作用,实现艺术的审美价值和现实意义。

---

① Kakutani Michiko. Malamud Still Seeks Balance and Solitude. New York Times, 1980(7): 4.

66 岁的马拉默德在解释为何他的作品笼罩着苦涩的味道时说："人们说我写了太多的痛苦，但人都是写他最拿手的……在苦水里泡大，注定是悲伤的。"① 由此可见，坎坷的人生经历与他的艺术观和文学创作密不可分。马拉默德属于第二代移民，父母均为俄国犹太移民。他共发表八部长篇小说：《天生运动员》（The Natural, 1952）、《店员》（The Assistant, 1957）、《新生活》（A New Life, 1961）、《基辅怨》（The Fixer, 1966）、《费德尔曼的画像》（Pictures of Fidelman: AnExhibition, 1969）、《房客》（The Tenants, 1971）、《杜宾的生活》（Dubin's Lives, 1979）、《上帝的恩赐》（God's Grace, 1982）；四个短篇小说集：《魔桶》（The Magic Barrel, 1958）、《白痴优先》（Idiots First, 1963）、《伦勃朗的帽子》（Rembrandt's Hat, 1973）以及《马拉默德故事集》（The Short Stories of Bernard Malamud, 1983）。除了第一部小说《天生运动员》外，其他作品都以犹太人，尤其生活在美国社会底层的犹太小人物为主人公，揭示小人物的苦难命运与挣扎、困苦与艰辛、生活和精神所遭受的伤痛。他以艺术的笔触对普通犹太人的悲苦处境进行了最客观细腻的描述，表现了极大的同情，对他们苦难中的坚守，他们的坚忍、积极、乐观给予肯定。小说人物尽管历经肉体与精神的创伤、困苦、磨难，依然默默承受，心中对未来充满希望，在忍受苦难中完成自我救赎与救赎他人，达到道德上的升华，从而抚平和修复创伤。马拉默德因此被称为"不幸者的人道主义代言人"。人们对他的这一评价，显然是和犹太民族的整体历史经验分不开的。

## 一、苦难——文学永恒的主题

文学是以人为本，探求人与社会、人与自然、人与他人、人与自身等的关系和矛盾冲突的学科。苦难书写被称为是具有贯穿性和覆盖性的文学创作，其根本原因是人类自身局限性和大自然的无限性之间的冲撞、矛盾，人类自身发展需求与社会群体局限性之间的冲撞、矛盾，使苦难贯穿整个人类发展史。综观古今中外，几乎所有人类学科都在从不同角度、层次研究人类及其环境的关系，解决人类生存的各种难题，以此改

---

① Kakutani Michiko. Malamud Still Seeks Balance and Solitude. New York Times, 1980(7): 7.

善、提高人的生存环境和生存质量。科学力求从物质角度提升人类；哲学从思维角度对人生进行思辨；而文学则从精神文明出发，反观现实，从各个方面思考人生、反映人生，力图在思想上进行挖掘，对人生以及存在意义进行探索。

在各民族文学史中，苦难书写屡见不鲜。古希腊悲剧是人类文学史上的奇葩，作为开端便上演了人类的苦难，也催生了最初的悲剧理论；莎士比亚的悲剧演绎了文艺复兴时期人们冲破中世纪神学束缚、伸张个人欲望时所遭遇的苦难经历；托尔斯泰以自己笔下的男女人物揭露了19世纪末俄国的阶级矛盾和人性挣扎；巴尔扎克的《人间喜剧》实则是19世纪法国资产阶级的家庭悲剧、人性悲剧。至于中国从古到今的苦难和创伤书写，更是不胜枚举，众多文人墨客在作品中或辛辣、或悲愤、或呐喊、或呼告，以各自的方式对人生各种苦难、伤痛进行描绘、揭露或者批判。

通过对古今众多伟大文学家的作品和创作进行详尽考察，我们会发现作家的坎坷人生经历是他们洞察人生苦难、思考人类伤痛的主要来源之一。托尔斯泰缺少母爱的童年生活、颇受挫折的情感和婚姻生活、大起大落的社会生活等磨难使他发愤图强、战胜逆境，创作出不朽作品；巴尔扎克虽有父母，却从小寄人篱下，经历过家庭、学校的冷酷和事业上的债台高筑，最终成就了他的《人间喜剧》。

中国古代文学批评史上对作家的创伤体验与艺术创作之间关系也有成熟的理论可以借鉴。屈原明确提出"发愤以抒情"和司马迁的"发愤著书说"异曲同工，指出创作意图是发泄内心积聚的忧愁和不平，体现了现实主义批判精神；在唐代，韩愈进一步提出的"不平则鸣说"，是他总结前人经验、自己十数年仕途坎坷路并结合现实感悟出的理论。他强调外部环境对作者的影响，人的理想抱负得不到实现，对现实不满就会在创作中鸣自己内心的不平。北宋文人欧阳修进一步发展韩愈的理论，提出"穷而后工"，这里"穷"不局限于物质贫穷，还包括坎坷的生活遭遇，由此产生的人生痛苦体验和焦虑等情感体验。他认为诗人只有遭受到现实生活中各种艰难困苦磨砺，才能写出优美动人的诗篇。

当观察敏锐、思想深邃的作家苦难创伤性体验积累到一定程度时，就需要用文学创作来缓解、宣泄郁积的愤恨、不满和焦虑。这些创伤体验与艺术创作之间关系理论，可以说是一脉相承，层层推进。尽管文人们不同时代的具体表述不尽相同，但他们都表达了忧患、苦难、挫折中的情感激荡对创作的作用和影响。当然，对创伤体验和文学创作的关系要辩证分析。不是所有经历过生活坎坷、人生悲苦的人都能够成为伟大的作家、写出流芳千古的文学作品，但古今中外的事实和理论证明，创伤体验、人类疾苦可以帮助作家创作出更加绚烂、更加具有审美价值的文学作品。

## 二、触动——社会底层人物的生存困境

20世纪上半期的西方社会对于绝大部分普通民众来讲，是一个动荡、充满灾难的社会，其中的主要灾难有1913年始于美国的世界性经济大萧条、法西斯主义的兴起、第二次世界大战、美苏长时期的冷战、核危机等。从19世纪70年代起，俄国国内就不断地发生大规模排犹反犹的暴行，马拉默德的父母于19世纪末期为躲避俄国反犹主义的迫害而转移到美国。出生后的马拉默德正值第一次世界大战，成长于美国纽约犹太移民居住的布鲁克林区，亲眼目睹那些犹太移民物质的匮乏和生活的艰辛。身为犹太人的马拉默德，了解犹太民族的苦难历史，也深知犹太民族在历史上遭受的种种歧视、迫害与屠杀之苦，同时感受了战争给人所造成的创伤。马拉默德在作品中就着重反映了以犹太人为代表的人的生存性困境，这些困境既包括物质上的匮乏、生活的艰难，也涉及犹太人遭受的迫害史实、屠杀和战争给人造成的伤痛，以及精神上的孤独与信仰被冲击的痛苦等。

张群在《当代美国犹太小说之基本主题刍论》中这样说道："任何社会都是由无数的普通百姓构成的。小人物的命运往往是普通百姓命运最忠实、最准确的缩影，也是一个民族兴衰的象征。当代美国犹太文学同意第绪语文学一样，常常把这类人物作为作品描写的中心角色，表现他们的喜怒哀乐。"[①]

正如上一章节所提到的，马拉默德在作品中描绘了社会底层形形色色的小人物，如房屋中介人、媒人、修鞋匠、店员等，他们的职业不同，人生命运和经历迥异，但相同的是他们都经历着关乎生死的生存性苦难。这样的生存性苦难涵盖了很多方面，不仅仅是美国社会底层的人为维持最低层次的吃、住等基本生存需要而作的挣扎，还有他们生活中种种精

---

[①] 张群：《当代美国犹太小说之基本主题刍论》，《英美文学研究丛论》，2001（00）：212。

神上的痛苦。马拉默德以同情的眼光关注着这些小人物,他们处于美国社会底层,没有土地、资本、生产资料和社会地位,在这样的条件下,他们要独自谋生,甚至肩负整个家庭的重担。

　　本节将从两种形态来考察他们的生存性苦难:一种是从物质层面着手,涉及身体状况、经济状况、生活情况等方面。另一种是精神层面的苦难,这主要存在于人的意识中的苦恼、痛苦、孤独、无助与不被人理解的精神苦难中。

　　人本主义心理学家马斯洛的需要层次理论将人的需求划分为基本需要和发展需要两个大部分,并概括了生存的五种"需要",分别是生理需要、安全需要、社会需要、尊重需要和自我实现需要五类。他认为生理需要是维持自身生存的最基本的需要,包括饥、渴、衣、住、性等方面的要求。如果这些基本要求得不到满足,人的生存就成了问题。马拉默德在作品中描写了社会各类底层小人物,这些人中"有退休的推销员,有年迈的房客,有不得志的艺术家,有贫病交加的鞋匠,有孤独的歇业医生,还有孤儿寡母、缝衣匠、面包师、穷学生、小商人"[①],他们尽管在年龄、职业、经历上不尽相同,但共同之处是他们当中没有一个人是命运的宠儿:或为贫穷所困扰,或为孤寂所折磨,或因儿女的背离而痛苦,或因婚姻恋爱的不圆满而沮丧失望。总之,这些人没有社会地位,经济困窘,终日操劳,却依然得不到温饱。他们顽强地挣扎,竭力想改变自己的处境,希望通过自身努力能过上好的生活,结果却相反,现实带给他们的却是失败的生意、贫苦的生活、无尽的痛苦和悲伤。

　　马拉默德作品中描述了社会底层人物在维持最低生活上所作的努力。小说《店员》中的主人公莫里斯经营着杂货店,因患有胸膜炎不能抽烟,一旦抽烟就咳嗽不止,身体状况不佳。可即使在这样的前提下,为了能卖给那个波兰女人3分钱的面包,他需要每天六点起床,然后开始一天的经营,持续到晚上十点左右。即使他这样日复一日地长时间操劳,杂货店的生意仍然冷淡,不能维持生存,需要女儿海伦的工资贴补家用。小说中这样说道:"他去年每周开业七天,一天工作十六小时,还能勉强度日。……可如今他操劳如旧,却濒于破产了。"[②] 小说中的弗兰克在物质方面也贫穷,他本想在美国找工作独自谋生,可现实是不仅没有找到

---

① 刘海铭:《小人物的脸谱集》,《外国文学》,1986(7):89。
② [美]伯纳德·马拉默德:《店员》,杨仁敬译,南京:江苏人民出版社,1980:10。

工作，而且花光了所有的积蓄，只能流落街头，居无定所，食不果腹。再如《瞧这把钥匙》（1958）中的房屋中介人比维拉库，他身世艰难，十岁就辍学干活，利用午睡的一点到四点钟做房屋中介人，以此来补偿生活。在这三个小时的时间内，他领着雇主坐公交车辗转到各处看房子，然后还要赶回去上班。又如《女仆的鞋子》（1959）中的老女仆，为了生存只好做女仆赚钱，鞋子开口了也不舍得买，衣服也裂了两英寸长的裂缝。

马拉默德的作品真实地展示了早期犹太移民移居到美国后的艰难生活，这些人住的是简陋的居所，吃的是所能支付得起的廉价食物。欧文·豪（Irving Howe）在《父辈的世界》中就这样描述："母亲起初为全家供应的饭食，大多采用他们在故国习惯的一套；众所周知，贫困的家庭靠鲱鱼、面包、茶、土豆和肝肺之类廉价肉类度日。"①《店员》中的卡尔一家穷苦至极，没有钱可以供给生活，当孩子们吃不饱饭时，卡尔的妻子就让孩子们睡觉。《头号白痴》（1961）中，主人公门德尔想把39岁的白痴儿子送到加州去，可是没有钱买车票。门德尔当了唯一值钱的破金表，才拿到八美元。门德尔跪求菲什拜因捐赠一些钱，反而被轰了出去。直到进入教堂，穷拉比把自己的旧长袍送给门德尔，才凑够了去加州的车票。《头七年》（1950）中修鞋匠的助手索贝尔是从希特勒的"炼人炉"里逃出来的，穿着破烂的衣服流亡到美国。后来在修鞋店里工作，他向修鞋匠所要的报酬极少，住的地方又小又乱又穷。

人生中充满了偶然性，艺术创作又使得这种偶然性的概率大大增加。许多偶然事情的发生在某种程度上又加剧了底层人的命运苦难，因为他们本已无力承担生存的重压，偶然的一系列打击又在一定程度上使他们的生活雪上加霜。《店员》中的莫里斯祸不单行，又遭到了抢劫：沃德·明诺格与弗兰克·阿勒拜因本想打劫卡帕的酒店的，结果却抢走了莫里斯的现款，还打伤了莫里斯的头部。莫里斯有一次在楼上休息时，忘了关煤气，结果煤气中毒，幸好尼克与弗兰克及时发现并救下了他。当生意惨淡时，莫里斯失望至极，竟然想到放火烧掉店铺，却把自己的衣服点着了，又是弗兰克及时将他救出。之后莫里斯又因肺炎住院，出院后的他，本可以不在四月严冬里扫雪，然而出于为顾客着想的目的，他冒着严寒扫雪，终因延误治疗时间而去世了。短篇小说《天使莱文》

---

① ［美］欧文·豪：《父辈的世界》，王海良译，上海：三联书店，1995：167。

(1955)中,马尼斯彻维兹的生活也是如此:先后失去两个孩子,店铺因火灾而被毁,自己患有腰疼病,现在自己的老婆也卧床不起,穷裁缝的日子过得真是很辛苦。《店员》中的布列巴特也是不幸的,九年前自己开了个店,他的弟弟赌钱输光了,又把他的钱全拿走并且和布列巴特的妻子私奔,给他留下个五岁的孩子。布列巴特只能依靠救济生活,后来成了卖灯泡的小贩,背着灯泡整日走街串巷。他才50岁头,发就全白了,每天都要背着灯泡,一个店接着一个店地卖。

通过以上例子可以看到,马拉默德小说中的主人公大部分是在社会底层的,从事着一些盈利微薄的行业的小人物,除了物质生活的贫穷外,意外事件的发生使他们各自本已不幸的生活更加艰难,他们有着各自的辛酸与不幸。尽管他们都在为生存为挣扎,然而最终还是无法摆脱贫苦的命运。这些人物生活在崇尚自由竞争的美国,但大鱼吃小鱼的社会现实使本来就没有资本的犹太移民无力与之竞争,他们也不懂得如何在这样的新社会里参与竞争。以莫里斯为代表的犹太移民恪守犹太信仰:诚实、善良,然而却不能看到周围其他人的欺骗与狡诈,很容易上当受骗。这些犹太移民满心希望能在美国过上好的生活,然而上述种种情形以及在美国基督徒对犹太人歧视的背景下,他们的理想往往不能实现,他们要面对的仍然是无力改变的物质贫穷和生活困境。

有人曾经这样说过:我们不单单是靠吃面包活着的。我们的生存不仅仅是物质方面的,更重要的是精神方面。诚如美国学者赫舍尔这样论述:"成为人就是成为一个难题,这个难题表现为苦恼,表现在人的精神痛苦中。……人的难题产生于我们意识到了存在与期望之间的冲突或矛盾,即人是什么与人应当是什么之间的冲突或矛盾。正是在苦恼中,人对自己成了难题,长期被他忽视的东西突然涌现在痛苦的意识中。"[①]

马拉默德在作品中就描写了这种难题,表现了人的精神苦恼。这种苦恼既包括善与恶、对与错的冲突与斗争,也包括精神上的痛苦和孤独、信仰被质疑等方面。在《店员》中,马拉默德详尽地描述了弗兰克内心的挣扎与痛苦。弗兰克是意大利人,是个孤儿,流浪到美国,他没有工作,甚至连住的地方都没有着落。弗兰克的精神苦恼主要表现为内心的矛盾与冲突,内心想要向善而在行动中却不停地做错事。尤其是在莫里斯道德榜样的影响下,自己内心的挣扎更加激烈。小说中,提到弗兰克

---

① [美]赫舍尔:《人是谁》,隗仁莲译,贵阳:贵州人民出版社,1994:3。

与沃德打劫莫里斯的商店时,他本人并不想这样做。文中这样写道:"进入杂货店的时刻起,他就觉得整个计划变得毫无意义了。他心里感到没劲了,他的犯罪计划也告吹了。郁郁不乐的心情压得他透不过气来,他想冲出去,冲到街上去,让这世界把他吞噬掉,但他又不能让沃德一个人留在里面。"① 犹豫的最终结果还是打劫了莫里斯的杂货店,不久他就意识到打劫莫里斯的杂货店是一个无法弥补的错误,他想要用实际行动来弥补自己干过的坏事。当好心的莫里斯留他在店里工作时,他却禁不住自己欲望的驱使,不断地从莫里斯的进款中揩油,且心安理得地认为是自己的劳动所得。在经营杂货店的同时,弗兰克爱上了海伦并找机会接近海伦。弗兰克对海伦的爱激起他对生活的勇气,但他在欲望的驱使下,竟爬上竖井偷看海伦洗澡。当莫里斯发现弗兰克的偷钱行为将他赶走时,弗兰克又在失望之时将海伦从沃德手中救出,并强奸了她。由此可以看出:弗兰克本性中善的品格使他不停地意识到自己做了错事,并时刻提醒他要用实际行动来弥补。同时他又不能理智地控制自己,欲望的驱使又使他不停地做错事:打劫莫里斯的杂货店、偷窥海伦洗澡、偷拿莫里斯的钱、强奸海伦等。小说中,马拉默德突出地描写了弗兰克内心的矛盾与挣扎。当他强奸过海伦后,"他多么希望能把自己做的错事连根拔除,全部销毁,使它永远消灭。但丑事已是既成事实,他想挽回也无能为力了。它已经在他的心中发臭,永远消除不掉了。……他失败过那么多次,现在又增加了一次,他早该悬崖勒马,改弦易辙,改变自己,改变自己的运气了"②。但是最可贵的是,弗兰克并没有泯灭掉做人的良知,在莫里斯无形的道德感染下,他能从心中认识到自己做过的错事,精神上痛苦不堪,并下决心痛改前非。

展示人的孤独、精神之痛苦、心理的隔阂、信仰的缺失等苦恼是马拉默德作品的又一主题。评论家罗伯特·阿尔特说:"马拉默德的真正天才体现在他的短篇小说中,在这一领域,他突出了对孤独人物的逆境的逼真刻画。"③ 孤独是马拉默德笔下主人公最深的精神创伤之一。《春雨》(1942)中的乔治内心十分孤独,有些事情他只能自己和自己说,没有倾

---

① [美]伯纳德·马拉默德:《店员》,杨仁敬译,南京:江苏人民出版社,1980:97。
② [美]伯纳德·马拉默德:《店员》,杨仁敬译,南京:江苏人民出版社,1980:186。
③ [美]伯纳德·马拉默德:《魔桶——马拉默德短篇小说集序》,吕俊、侯向群译,南京:译林出版社,2001:2。

听者。他与保罗的一次短暂沟通,使他从保罗身上得到了从未有过的理解。《我梦中的女孩》(1953)中的穷作家米特卡为躲避芦茨太太,一连几个星期孤独地待在屋子里,他不与人交往,拒绝与芦茨太太接触,内心极其孤独。直到他与女作家奥尔加谈话之后,他对她充满了同情,孤独的心得到慰藉。马拉默德在作品中还描写了人与人之间的隔阂,由此反映出人们之间的冷漠与无情。《哀悼者》(1955)中的凯斯勒,靠社会保险金生活。凯勒斯也是一个孤独的人,住在一个公寓的人几乎都不和他打招呼,他只和伊格内斯交往多一些。但是有一次他们发生了争吵,伊格内斯就诽谤他,说凯勒斯的房屋味道难闻,想把他从公寓中驱逐出去。当凯勒斯被扔在大街上时,他想到自己曾经丢下家人不管不问,不禁为自己所做过的事情而哀悼。《我之死》(1957)中的马库斯是个裁缝,他雇佣了熨烫工乔西普·布鲁扎克和裁缝埃米利欧·维佐。他们各有各的苦楚,乔西普有着远在波兰患肺结核的妻子和十四岁生病的儿子,每周三都会收到他们的来信,然后痛哭一场。而艾米利欧是一个孤独的人,总是自言自语,老婆反复离开又回来已经三次了。虽然他们都是不幸的人,可不幸的生活并不能使彼此理解、互相同情。不知什么缘故,这两个人经常争斗。好心的马库斯本想阻止他们打架,结果自己却倒下了。

  如果说物质生活的匮乏,是较低层次意义上的苦难,那么精神上的孤独、挣扎、痛苦与不理解就是较高层次的苦楚。作品中的社会小人物面对物质生活的困窘状态,极力寻求改变现状的方法却遭遇失败,其内心充满了苦恼。马拉默德也描写了人物内心的挣扎与痛苦:本性善良而现实中却又不断做错事,这种内心的深刻反省困扰着主人公。马拉默德的短篇小说侧重描写了人的孤独感受:犹太移民作为客民生活在美国,他们与美国的主流文化格格不入,而社会现实又使其不能很好地信守犹太民族的文化传统,因而犹太移民生存在文化夹缝中,进退两难,无所适从,由此引发精神上的不安、传统信仰被质疑以及孤独的内心感受。

  马拉默德笔下社会底层的小人物尽管品德高尚、心地善良,然而这些美德不仅没有使他们摆脱贫困,反而使之更容易遭受到别人的欺骗。他们总是不幸的典型代表:物质匮乏,生存艰难,精神孤独,痛苦与存在隔阂等,他们也试图寻求新的生活,却总是遭到失败。张璐在《人人都是犹太人——马拉默德短篇小说》中论述:"在他们身上,我们几乎看不到成功的欢呼、幸福的微笑、救赎的热情,有的只是心酸的眼泪、无语的悲哀、无限的惆怅与无边的痛苦。"①

马拉默德满怀同情地关注着这些小人物的悲惨命运,心酸地看着他们在异乡遭受一系列打击。虽然他也描述了这些小人物对理想生活的追求,但他们在现实中处处碰壁,无法看到未来。难能可贵的是,马拉默德在描述其艰难生活的同时,也体现了他们面对苦难的勇气:他们并没有丧失生活的信心,而是忍受苦难,坚忍地生活。

### 三、震撼——异族迫害导致的身心磨难

马拉默德在其作品中突出描写了作为犹太人而遭受的灾难,其中,不仅涉及异族人对犹太人的歧视,而且还写到了异族对犹太人的迫害与屠杀,其中以《基辅怨》最具代表性。马拉默德从犹太人上千年的苦难历程中获取创作灵感,直接引用迫害犹太人的历史事件来架构小说,因而此部小说就典型地代表了犹太人遭受迫害的苦难史实。如果说以莫里斯为代表的社会底层人物是为了维持个体生存而忍受生活中的各类苦难的话,那么《基辅怨》中深陷牢房的雅可夫则是为了民族而承受种种磨难,从某种意义上讲,雅可夫就是犹太民族的"替罪羊"。

美国学者哈桑在《当代美国文学》中论及该作品时这样说道:"作品中随意引用了一件迫害犹太人的事件:对1913年被捕,在基辅'依宗教仪式谋杀'了一个基督教儿童的门德尔·贝利斯的审判。这部作品把历史资料提炼成一个寓言,一个始终遭受抵制的恐怖的和荒谬的寓言。"②也有学者认为《基辅怨》反映的不仅仅是反犹现象,还以此为代表来反映美国社会一切其他少数民族的命运遭遇。周南翼这样论述:"反犹主义只是美国社会诸多不平等现象中的一例。马拉默德的《基辅怨》发表于20纪60年代,正是民权运动如火如荼的时候。书中将主人公雅克夫的受难不仅与犹太人民的命运联系起来,而且与其他受压迫的少数民族联系起来,揭示了美国社会的种种不平等现象,是对美国民主准则和价值观的背叛。"③

如果说以莫里斯为代表的社会底层小人物的苦难是个体生命的生存

---

① 张璐:《人人都是犹太人——马拉默德短篇小说解读》,西北大学硕士论文,2007:46。
② [美]伊哈布·哈桑:《当代美国文学》,陆凡译,济南:山东人民出版社,1980:52。
③ 周南翼:《追寻一个新的理想国》,厦门大学博士论文,2001:6。

性苦难，那么雅可夫所遭受到的身心磨难就是个体在被限定的状态下的一种生存性苦难。雅可夫在被诬告为凶手之前，他的生活中并非没有苦难：出生后不久就成为孤儿，没有享受过生活的甜蜜。尽管有份装修工的工作，却赚不到钱。他结婚五年却一直没有小孩，妻子后来还和别人私奔了。在这里，之所以强调雅可夫是被异族迫害而入狱的，正是为了突出雅可夫在牢房中所受到的种种磨难，均是由于被捕这一事实而来的，而他被捕的原因就只是他是犹太人，他的过错在于其滞留在不允许犹太人居住的地方工作，因此而被强加于杀害基督徒小孩的罪名，由此带来一系列身心磨难。被关进牢房中的雅可夫，忍受着常人所难以忍受的痛苦。这些苦难包括肉体上的毒打、居住环境的恶劣、疾病的侵袭、内心的孤独与恐惧等。从小说中可知，雅可夫在牢房中首先是不断地遭到不同人的暴打。刚开始被关在区法院的牢房中时，其他的囚犯知道他是"那个杀害基督小孩的犹太人"之后，动手打他，"直到他失去了知觉，躺在地上，一动也不动"。① 而当他被转移到基辅监牢后，由于被保留了头发，又被其他犯人误认为是密探，结果又被其他囚犯狠打一顿。当雅可夫被带出牢房去见检察官格鲁贝索夫时，因不满格鲁贝索夫的言论而反击，反而被其用木尺抽打，士兵又用拳头揍他。当雅可夫被锁在墙上失去自由后，本想憋住不上厕所却把裤子和鞋子弄湿了。看守卫兵勃列津斯基发现这情况后，就用手不停地猛击他的脸，直到天黑才止，使雅可夫的右耳几乎失聪了。雅可夫在牢房中遭受诸多人的暴打，只是众多苦难之一。值得一提的是雅可夫居住的环境以及他的待遇。牢房的冬天冷得像个冰窖，整个囚室又湿又暗，还夹杂着浓烈的臭味。寒冷的天气如果还能够忍受的话，那么使人受不了的是每天两次的"搜身"。士兵命令雅可夫把衣服脱光，身体的任何一个部位都要仔细检查，这样的例行检查即使到了寒冷的十二月份也不放松。在他岳父斯莫尔来看望他之后，甚至变本加厉地加到每天六次"搜身"。当雅可夫知道坚持公正的检察官比比柯夫被吊死后，他的内心充满了恐惧。他在牢房中不停地走，他的脚被鞋子和地板磨得溃烂了，"脚底布满了血淋淋的伤疤和流着脓的疮，它们好像被风吹得鼓鼓地袋子快炸开似的"②。医生检查后告知他需要到治疗室治疗时，雅可夫只能爬着从牢门中出来，进过院子然后到达治疗

---

① ［美］伯纳德·马拉默德：《基辅怨》，杨仁敬译，南京：江苏人民出版社，1984：103。
② ［美］伯纳德·马拉默德：《基辅怨》，杨仁敬译，南京：江苏人民出版社，1984：174。

室。更为残忍的是，医生竟然不用麻醉剂，直接给他动手术。除了上面提到的各种磨难外，雅可夫还遭受了其他的磨难。在牢房中，伪造者格隆芬假装要帮雅可夫捎信出去，但他为了保全自己反而把信交给监狱长，雅可夫为此而遭受更多的苦难。副监狱长为了使雅可夫早点认罪而在饭菜中下毒，使他频繁腹泻，体力不支。岳父斯莫尔设法探望雅可夫被发现后，监狱长对雅可夫实施了更加严厉的看管：首先是窗户和门都加固，其次是把雅可夫锁在墙上，更加频繁地对其进行"搜身"。

除去肉体上的折磨，雅可夫在精神状态方面是孤独的。在他离开犹太区时，他没有多少朋友。当他只身前往基辅后，本想找一份工作安心生活时却被捕了。原因只是他是犹太人，且滞留在非犹太区工作。他被诬告为杀害小孩的凶手，认为其是出于宗教原因而杀死这个小孩，他对此很苦恼：自己盼着有个小孩怎么能忍心去杀害小孩子呢？而沙皇当局硬是让他当"替罪羊"。小说中，将雅可夫在牢房中的生活作为重点来写，并突出描写了他在牢房中所受到的折磨，这不仅包括身体上遭到虐待，还包括雅可夫精神上的苦恼。

这种精神上的苦恼主要有以下三个方面：

第一，彻骨的孤独感。刚开始，雅可夫被关入到法院区的监狱时，尽管遭到其他犯人的殴打，但至少他和别人是在一起的。当格隆芬把他的信交给监狱长之后，他就被关在了单人囚室，孤独笼罩着他，尤其是当他知道隔壁也关着一个犯人，而两个孤独的人却无法交流时。这时，雅可夫多么渴望自己再被关在普通犯人的囚室，他再也忍受不了这种绝望的孤独。

第二是他对死亡的恐惧。当雅可夫知道比比柯夫被吊死后，内心充满了对死亡的恐惧。他梦见比比柯夫对他说："那些人真没道德。他们恐怕也要杀你。"[①] 带着这种恐惧的心情，雅可夫噩梦连连，他甚至已经梦见自己被杀死了，他的尸体已经被放在坟墓中；还梦见反犹主义组织黑色百人团想要用铁锤将他打死，甚至梦见士兵想要老鼠药害死他，等等。在开庭前的那个晚上，他都比任何时候都惧怕死，当他刚要合上眼皮，就想到会有人拿着刀要割断他的喉咙，吓得他一晚都不敢睡觉。

第三是那遥遥无期的等待。当他知道坚持正义的比比柯夫被处死后，他知道了自己等待出狱的日子将是漫长的，并且是毫无希望的。小说中

---

[①] [美]伯纳德·马拉默德：《基辅怨》，杨仁敬译，南京：江苏人民出版社，1984：172。

的时间副词很好地交代了时间的流逝，如"秋天""秋末""十二月的清晨""冬天某日""春天""五月份"或"六月份的一个傍晚""第二个冬天""第三个夏天"，等等。马拉默德巧妙地运用这些时间副词，准确地传达了雅可夫在等待时的无可奈何：因为看守不告诉他具体的时间。文中这样写道："他要等待多久呀？他那沉重的脑袋瓜里装着月、日、分在等待着；那标志着时间的长短木片上累积着白天和黑夜重复的周期，他带着这些等待着，犹如用手指头挖喉咙那样难过地等待着；他等待着那不知道的时间，跟他脑袋瓜里的时间概念不同的时间。这是对可能永远不会发生的事情的一种无休止的等待。"①毫无疑问，毫无希望的等待是痛苦的。随着他的岳父、妻子、证人和律师依次来监狱中看望他，他才重新看到了走出监牢的希望。尤其是律师给他分析了俄国的情况后，使他认识到："对于异教徒来说，一个犹太人的身份代表着他们全部。如果雅可夫被控告杀害了他们的一个小孩，那么他的整个民族也就被控告了，因为在十字架上钉死耶稣基督的凶手的罪就是一切犹太人的罪。'他的血在我们和我们的孩子们身上。'"②至此他才又树立了与困难作斗争的信心，积极地等待着审判的来临。雅可夫在牢房中，拒绝听从神父改信基督教，也不愿违背自己的良心在格鲁贝索夫的坦白书上签字嫁祸于其他犹太人。到小说的最后，雅可夫终于等到了审判的这一天。雅可夫曾经认为，他不为别人受苦。而经过两年半的非人牢狱生活后，他变得愿意为别人受苦，且认识到自身的受难是有意义的。由以上的论述可知，反犹主义者控告了一个犹太人，就相当于整个犹太民族都犯了罪，他们往往以此为借口来展开对犹太民族大规模的屠杀。雅可夫以"替罪羊"的形式为民族受难，他以非凡的坚毅和忍耐，忍受着那些非人的肉体与精神的折磨。对于雅可夫个人来说，牢狱之灾犹如从天而降，面对着突如其来的灾难，雅可夫也曾经感到困惑与痛苦。他从斯宾诺莎的"必然论"哲学与犹太苦难史实中认识到：作为一个人，尤其是犹太人，无论如何挣扎最终也无法摆脱困境，只有勇敢地面对自我身份，承担其责任与道义才有希望获得成功。

马拉默德这样安排作品的情节的目的在于其认为作为犹太人，在面

---

① [美]伯纳德·马拉默德：《基辅怨》，杨仁敬译，南京：江苏人民出版社，1984：205-206。

② [美]伯纳德·马拉默德：《基辅怨》，杨仁敬译，南京：江苏人民出版社，1984：259。

对异族歧视、迫害与屠杀时，就应该勇敢地面对自己的民族身份、民族历史，把自己与民族的命运联系在一起，应该为他人、为民族而忍受痛苦。马拉默德简单地引用一则对犹太人诬告的历史材料进行创作，在小说中还侧写了犹太人在历史上遭受到的歧视与大规模屠杀的事实。马拉默德的长篇小说《基辅怨》典型地代表了犹太民族上千年受歧视、遭迫害、遇屠杀的苦难史实。

## 四、梦魇——大屠杀及战争带来的创伤

现代犹太人遭受的空前浩劫"大屠杀"（本书中特指纳粹德国在第二次世界大战期间对欧洲犹太人的灭绝人性屠杀），也是马拉默德作品中反映的一个重要主题。犹太作家之所以会描写大屠杀，"是因为根据犹太民族意识，历史并非转瞬即逝，而是永远并同时存在的。发生在过去的事，也就是发生在现在和将来的事"[①]。马拉默德在作品中或者以寓言形式写出大屠杀的暴行，以此来揭露纳粹灭绝人性的残暴；或者通过犹太幸存者讲述纳粹大屠杀和战争给人们，尤其给犹太人所带来的创伤。刘海铭认为："希特勒对犹太民族的大迫害就在他们的记忆中投下了一束极为阴郁的黑影。在《哭丧者》中，年迈的房客把受到的欺侮和希特勒式的迫害相比较。在《头七年》中，鞋匠和伙计都是从法西斯魔掌下逃出来的难民。在《最后一个莫希干人》中，在《借钱》中，在几乎所有的作品中，马拉默德的人物都是希特勒的冤家。"[②] 除了描写大屠杀给犹太人带来的灾难外，马拉默德在作品中也写到了战争给人们尤其是犹太人所造成的创伤。马拉默德很少对纳粹大屠杀与战争进行正面描写，主要从大屠杀对人造成的创伤的角度进行描写，以此来揭示战争与纳粹屠杀的毫无人性，并热切呼唤人性的温暖，希冀人与人之间多些宽容与理解。

马拉默德作为犹太人，深切感受到犹太民族20世纪遭受到的史无前例的大屠杀。他在文学作品中批露了纳粹对犹太人的暴行，揭示了纳粹的凶残。短篇小说《犹太鸟》（1963）以寓言形式写出纳粹大屠杀对犹太民族所带来的灾难。犹太鸟施沃兹被允许留在科恩家里，但只能待在阳台的鸟笼中。科恩不肯放弃任何机会找他的茬：嫌他不干净、晚上打

---

[①] 曾令富：《美国犹太文学发展的新倾向》，《外国文学评论》，1995（4）：134。
[②] 刘海铭：《小人物的脸谱集》，《外国文学》，1986（7）：90。

鼾,介意每天要喂养他,只想把他弄死。科恩趁他睡觉时故意拍手来惊吓他,还买了猫整天追着施沃兹,使施沃兹在生活中充满了恐惧。尽管鸟笼暂时为他提供了居所,可外部以科恩为代表的排犹主义势力总不免使他心惊胆颤,不能安心地生活。在现实生活中,在"隔都"内居住的犹太人的心境与这只鸟的心境类似:虽然可以暂时免于受到排犹分子的骚扰,但"隔都"以外的任何"风吹草动",尤其是排犹主义势力有所行动时,"隔都"内的人们就诚惶诚恐了!科恩趁伊迪和孩子不在家时,极其残暴地将施沃兹弄死了。在现实生活中,我们可以想到六百万犹太人在纳粹的集中营中也是以极其残忍的手段被杀害的:要么活埋,要么被开枪射死,要么被毒气毒死再烧掉。小说中马拉默德借犹太鸟施沃兹,诉说了犹太人所遭受的苦难。当科恩去击打他时,他喊到:"天哪,大屠杀!"说明大屠杀给犹太人所造成的伤害已经成为一种潜意识的恐惧。当犹太人在现实生活中将要受到伤害时,马上会想到那惨绝人寰的大屠杀。当伊迪问到:"什么样的排犹分子连鸟儿都排斥?"① 这只鸟这样回答:"什么样的排犹主义分子都是如此。"② 以残害鸟儿为象征的纳粹的暴行也是如此,无论青壮年的男人还是手无缚鸡之力的妇孺,都要杀死,甚至孕妇都不放过。马拉默德以施沃兹为寓,把纳粹的暴行公布于世人,让世人谨记犹太人无辜受过的苦难,记住纳粹的残忍与凶险。

纳粹屠杀的六百万犹太人是一个个鲜活的生命。在大屠杀给人带来的伤害中,最大的莫过于那些亲人被纳粹杀害的幸存者。短篇小说《最后一个莫西干人》(1958)中,当画家费尔德曼为寻找萨斯坎德来到墓地时,发现了一个空墓穴,读完碑文才知道,这个人在奥斯彻维茨被纳粹杀害,连尸骨都没有找到,作者单单把焦点放在一个被纳粹而杀害的坟墓上,其用意是很明显的。马拉默德没有正面描写这个儿子对纳粹有怎样的仇恨,只是以"可怕的罪行"来警醒世人,使世人认识到纳粹的罪恶。短篇小说《湖畔少女》(1958)表面上讲述了一个犹太青年追求爱情的故事:亨利刻意隐瞒了自己的犹太人身份,当心仪的女孩伊莎贝拉反复问他是否是犹太人时,他不停地否认自己的身份,而女孩却因此拒

---

① [美]伯纳德·马拉默德:《魔桶——马拉默德短篇小说集》,吕俊、侯向群译,南京:译林出版社,2001:238。
② [美]伯纳德·马拉默德:《魔桶——马拉默德短篇小说集》,吕俊、侯向群译,南京:译林出版社,2001:238。

绝了他。原因就是女孩本身是犹太人,并且是集中营中的幸存者,她所受的苦难与民族的苦难是难以忘记的。由此可见纳粹给幸存者留下的不仅仅是躯体上的一列编码数字,也不仅仅是肉体上留下的伤疤,还有心灵上永远也抹不掉的痛。这种痛对于伊莎贝拉来说,是一种永远也摆脱不掉的梦魇,并且时时提醒自己的犹太身份。正如欧文·豪所说:"大屠杀的记忆深深地嵌入犹太人的意识之中,所有或几乎所有一切均使他们感到,不管作为一名犹太人意味着什么,它都要求他们一定要尽量永久做犹太人。在某种程度上,这是一件恐怖的事情,在更大程度上是一件需要的事情,在最大程度上是一件荣誉的事情。除此之外,在无法讲述的情况下,解释大屠杀的任何借口,关于其原因的任何理论都必将落得不合逻辑,沦为纯粹的玩弄概念。除了记住之外,别无他事可做,而且最好是独自默默地牢记。"① 短篇小说《德国流亡者》(1963),讲述了从德国逃出来的犹太幸存者奥斯卡,逃到美国生存的故事。奥斯卡在英语老师的帮助下,一步步克服语言难关,完成了他的第一次讲演。可就在这时,他却因不能忍受妻子被纳粹杀害的事实而自杀了。小说中这样写道:"他(奥斯卡)用十分蹩脚的英语讲述了他对纳粹的仇恨,是他们毁了他的事业,让他流离失所,他就像一块带血的肉,扔给了一群饥饿的鹰,他对他们的仇恨是那么强烈,恐怕一生也难以消除。"② 虽然奥斯卡在肉体上摆脱了纳粹的折磨,但无法摆脱精神上的创伤。正如张群在《当代美国犹太小说之基本主题刍论》中所言:"如果说作为一段历史,'大屠杀'早已过去,然而,作为一场恶梦,它却永远留在犹太人的记忆中,使他们难以摆脱,面对新的人生。这是'大屠杀'给犹太人精神上造成的可能比肉体上更大的摧残,也是像纳泽曼一样的幸存者们无法面对现在和未来的根本原因。当代美国犹太人挥之不去的痛苦正在于此。"③人们对战争基本上都持厌恶态度,因为战争必然伴随着生命的消逝。中外作家在作品中对战争都有描写,如曲波的《林海雪原》、吴强的《红日》、诺曼·梅勒的《裸者与死者》、约瑟夫·海勒的《第二十二条军规》等,这几部作品都涉及真正的战争,他们通过对军人、战争的描写

---

① [美] 欧文·豪:《父辈的世界》,王海良译,上海:三联书店,1995:571。
② [美] 伯纳德·马拉默德:《魔桶——马拉默德短篇小说集》,吕俊、侯向群译,南京:译林出版社,2001:290。
③ 张群:《当代美国犹太小说之基本主题刍论》,《英美文学研究丛论》,2001(00):218。

来展示战争下的人生百态,同时表明本人对战争的诸多看法和战争中残酷的现实。马拉默德也写到了战争,但他在作品中没有对战争进行正面描写,只是通过人物对战争的反应、幸存者对于战争的恐惧,来表达战争给人带来的创伤,以及人对战争的厌恶之情。

马拉默德的短篇小说《停战协议》(1940)中描写了战争对生活在美国的一对犹太父子的影响。小说中的战争指第二次世界大战,尤其特指德国对周边邻国的侵略战争。莫里斯是从俄国逃到美国的犹太人,幼年时经历过的沙皇对犹太人的屠杀事件清晰地印在他的脑海中,他害怕异族对犹太人的迫害与屠杀,时刻关注时下欧洲犹太人在纳粹执政下的命运。每当莫里斯从收音机里听到欧洲犹太人受难的事情后,他都会感到恐惧。身为犹太人,他将自身与民族的命运联系在一起,当欧洲犹太人受到纳粹迫害时,他与那些遭受迫害的犹太人有着同样的恐惧。小说中的美国人加斯根本不理会犹太民族的苦难,只顾着自己的喜好来发表言论,他希望德国能节节获胜,以至于莫里斯和他争斗,骂他是"纳粹分子"。

既然有战争,就免不了有军人参战。马拉默德在小说中反映了应征入伍者对战争的态度。在《杜宾的生活》中,杜宾的儿子吉里·威利斯(或者吉拉尔德·杜宾)厌恶战争,不愿应征入伍。即使参军后,也发现自己厌恶战争,然后在离入伍期限还差三个月的时候,本应乘陆军运输机前往东南亚丛林,结果他却私自逃到瑞典。为了逃避美国当局的追捕,他不敢回美国,在瑞典等地流浪。短篇小说《我的儿子是凶手》(1968)中写到哈里对战争的看法:"夜里我看电视里的新闻节目。我每天都在看这场战争,一个小屏幕上的大激战,炸弹如雨点般倾泻,烈焰腾空而起。有时我俯身去用手掌去触摸战争。我等候我的心被炸毁。……我盼望着哪一天被选去当兵,但是那种惯常的方式我不以为然。我不愿意去。"[①]哈里有抱负,希望参与战争,然而却接受不了战争的残酷事实。无可否认,战争是以牺牲无数个生命为代价的,包括作战的士兵以及无辜的普通百姓。战争使太多的人失去了亲人、亲情、家园,使那些本能够很好地服务社会的青年虚耗了青春、光阴,以至于青年人都不愿触及战争,不更愿去参加战争。马拉默德在1972年写的《银冠》中,也表明了对战

---

① [美]伯纳德·马拉默德:《魔桶——马拉默德短篇小说集》,吕俊、侯向群译,南京:译林出版社,2001:341。

争的气愤态度。

马拉默德的作品涉及第二次世界大战、1972年的越南战争等。这些战争给人类造成了巨大的伤害：不仅仅是肉体上的，更主要的是精神上的创伤。正如欧阳基在《马拉默德作品简析》中的评论："这些犹太主人公在战争中肉体上和精神上均遭受到创伤，但是目前他们仍然受到遏制，特别是他们精神上的创伤，迄今仍不能大白于世，还埋藏在这些苦难的人的内心深处。马拉默德自己说过：'我并非以恐怖的心情写作的，而是以悲痛的心情写作的。'"[1] 众所周知，战争是没有人性的，亲人的永久离开、家园的毁坏、肉体的伤痛、心灵上的创伤，这些都是战争造成的，恐怕也是永远也无法弥补的痛。马拉默德怀着人道主义精神关注战争中人的生存状态，描述战争给人所带来的一系列痛苦，以此来揭示战争的残酷及毫无人性，呼唤人间的和平、理解与正义。

## 五、苦难的主题意向

从马拉默德的创作中可以看出，作者本人因为经历过众多苦难洗礼，他对人性、对人生有了更现实的思考，不再遵循古典艺术中的优雅抒情、浪漫完美或者高尚冷峻，他的苦难书写展现平凡生活中的小人物甚至卑微人物内心与外界的关系。因为天灾人祸，人意识到人性中的弱点和不完善，世界是残缺的，现实是残缺的，人是残缺的。马拉默德的独特之处是他的创作流淌着现实主义的血液，他在写作技巧上糅合了现代意象手法，使他的作品更具艺术感染力和审美效果，使读者回味无穷。学者豪维茨指出，当代美国作家"承担起了见证文化中普遍存在，但同时被个人经历、阐释为个人创伤的创伤事件……个体通过象征、想象和隐喻将他们生活的物质状况内化，目的是建立一个独一无二的个人化对世界的阐释"[2]。

关于意象的定义和概念，理论界众说纷纭，从亚里士多德开始，到20世纪现代派代表庞德、劳伦斯、乔伊斯及艾略特等人，都认为意象既属于心理学范畴，又是一个文艺学概念。在心理学上，"意象"是有关过

---

[1] 钱满素：《美国当代小说家论》，上海：学林出版社，2000：198。
[2] Deborah. M. Horvitz. Literary Trauma: Sadism, Memory, and Sexual Violence in American Women's Fition. Albany: State University of New York Press, 2000: 1-9.

去在感受上、知觉上的经验在心中的重现或者回忆；在文本上，它或者以一种描述而存在，或者作为一种隐喻而存在。马拉默德擅长运用各种意象来深化苦难主题，增加艺术感染力。其中，哭泣意象和监狱意象是马拉默德小说中典型的两个意象，它们以各种形式反复出现在长、短篇小说中，形成马拉默德独特的艺术风格，透射出他写作的基本意旨。研究这些意象的生成机制与文化内涵有助于深入理解作品的主题意义与审美价值。

## （一）哭泣意象的运用与生成机制

阅读马拉默德的长、短篇小说，我们会发现一个有趣的现象，就是"哭泣"意象频繁出现。在他的长篇小说《店员》《基辅怨》中，莫里斯、艾达、海伦、斯莫尔、雅可夫、拉伊莎纷纷被泪水洗礼过。哭泣场景更是贯穿中译本《魔桶——马拉默德短篇小说集》，这个作品集选取了马拉默德最具代表性的26篇短篇小说，时间从他的第一篇《停战协议》（1940）到最后一篇《被救赎的阿尔玛》（1984），跨度比较长，题材多样，其中不少作品在欧美及世界文学领域享有很高的声望，基本上代表了马拉默德的主要创作思想和写作风格。在这26篇小说中，有25篇不同程度地出现了"哭泣"的意象，最少的一篇出现一次，最多的一篇出现了7次。更值得思考的是，这些哭泣场景大多都是描写男人的哭泣。

马拉默德的短篇小说以语言简练、惜墨如金著称，他如此频繁地运用"哭泣"意象的意图是什么？他想通过这一意象来表达什么思想呢？众所周知，美国文化、文学向来突显个人价值，崇尚自立、自强，很多美国作家都是以写刚强著称的，比如海明威着力塑造"只能被打倒，不能被打垮的硬汉形象和精神"，杰克·伦敦在作品中讴歌不屈的奋斗意志。那么，为什么马拉默德却反其道而行之，偏离美国"主流文化"，使得本应该"有泪不轻弹"的男主人公沉浸在泪水中呢？哭泣意象的运用和马拉默德的个人经历、创作思想以及犹太民族的宗教、历史有着颇深的渊源。首先，哭泣是人类一种情绪发泄或情感表达方式之一，哭泣的原因和形式多样，有人喜极而泣，有人疼痛难忍，有人因感动而泪流满面。但在马拉默德的小说集里，主人公没有一次是因为欢喜而流泪，男主人公的哭泣大多是因为失望、困苦、绝望或孤独、失败而哭泣，或为自己或为亲人而流泪，因此哭泣描写成为马拉默德表现苦难主题的主要方式之一。

小说《杂货店》(1943)是马拉默德童年时父母拮据生活的缩影。店主萨姆·卡普兰为人忠厚、十分勤劳。他苦心经营小店十九年,每天工作长达十八个小时,累得浑身是病,但仍挽救不了小店濒临倒闭的厄运。因无钱进货,同妻子发生口角,"艾达这时很不解地看着他,接着她的嘴唇开始扭曲变形,脸上的肉也开始向上堆积,有点像滴水怪兽的脸,身子也因抽泣而一抖一抖的,热泪也止不住地流了下来。她一屁股坐在椅子上,把头埋在两手臂间,伤心地号啕大哭起来"①。对女人的哭泣马拉默德描写得毫不客气,形象、细致甚至丑陋,而对丈夫的泪水则比较含蓄和简洁:"……强烈的灯光对他的眼有些妨碍,水不停地从他发红的眼睑上滴下。他太乏了,不住地打着呵欠。"② 这似乎是因眼病和困乏流的泪水。"他的脸让冷风吹得通红,冷冷的泪水从眼里流出。""他清理完人行道时,也快冻僵了。他流着鼻涕,眼睛里充满泪水,视线已十分模糊。"③ 这似乎都是风吹出来的泪水。可通篇读下来,到最后萨姆因绝望产生自杀的念头,上床时,煤气是开着的,幸亏被邻居及时发现而救起,让人感到其实那是一个男人绝望无奈的泪水。在故事的这段描写中,马拉默德没有直接描述这位丈夫如何哭泣,如何打算了结生命(似乎是忘记关煤气,是次意外),可读者正如同小说中的妻子一样知道真相,他是失去了在困苦中挣扎的力量。好在通过这次"意外",妻子终于开始理解丈夫,在结尾为了让丈夫多睡会,她早起默默地做着平时应该丈夫做的活计。也许支撑他们活下去的就是相互的扶持和需要。正因为马拉默德亲身经历、观察到了贫穷、困苦的生活,他才能描写得如此细致入微、扣人心弦,引起读者的共鸣,并与主人公一起流泪。

相比于《杂货店》里男人的间接和含蓄的哭泣,《我之死》(1957)这部作品中的男人们就大哭特哭了。《我之死》的主人公马库斯是个小裁缝店老板,手下有两个雇员,这两雇员因各自生活的不如意经常互相争斗,常常你死我活地殴打。马库斯这位经历了生活苦难但依然善良的波兰籍犹太老人总是苦口婆心地劝解、安慰他们。在这篇小说里,"哭泣"

---

① [美]伯纳德·马拉默德:《魔桶——马拉默德短篇小说集》,吕俊、侯向群译,南京:译林出版社,2001:17。

② [美]伯纳德·马拉默德:《魔桶——马拉默德短篇小说集》,吕俊、侯向群译,南京:译林出版社,2001:14。

③ [美]伯纳德·马拉默德:《魔桶——马拉默德短篇小说集》,吕俊、侯向群译,南京:译林出版社,2001:18。

意象出现了 7 次之多，而且都是男人的哭泣。熨烫工乔西普妻子和孩子生活在波兰，十四年没能见过一次面，接到患病妻子的信时，"他的脸就开始变了形，并哭了起来，眼泪流得两颊上，下巴上到处都是，就好像让人用灭蝇剂给喷了一脸。最后大声地抽泣着，那样子实在吓人，结果几个小时他什么也不能干，一上午白白过去了"①。这种哭泣让读者真正体会到男人无法忍受的痛苦心情。缝制工艾米利欧也是个孤独的人，经常自言自语，他的妻子总是回到他身边，然后又离去。这两个人有着共同的特点，即孤独、寂寞，找不到生活的真谛和意义，所以总是互相殴斗，彼此伤害。经历过二战的马库斯理解他们的痛苦，总像父亲一样劝解他们："马库斯看到他们这么听话，心又软了，眼里噙着泪，像对孩子一样说道：'孩子们，记住，不要打架。'"②"马库斯哀求他们，为他们感到羞愧，同时也流下了眼泪。"③他劝这两个雇工："我父亲说：'孩子们，我们是穷人，无论到哪儿，也没有人同情我们，可我们自己不能再互相伤害了……'""乔西普的眼里充满了泪水……后来竟是号啕大哭起来……乔西普哭着答应了，艾米利欧眼睛已湿润了，也严肃地点了点头。"④ 一个场景里就出现了三次哭泣意象。但马库斯改变不了他们生活的困苦，也就阻止不了两人的争斗。"制衣商连哭带喊地冲了进来，没管他们的伤，而是叫他们去收拾行李。"⑤ 最后这位善良的老人在劝架时因心脏病发作死在两雇工面前："尽管这个犹太老人倒下去时，眼光已经呆滞，但这两个助手还是可以从中清楚地看到这样的眼神：我是怎么告诉你们的？你们看？"⑥ 这篇小说情节简单明了，但语言朴素、感情真挚，读者读后也不禁潸然泪下，一个纯朴、善良的犹太老人形象让人无法忘怀。他的眼泪是一生困苦的总结，也表达了在困苦中对他人的关爱，在

---

① ［美］伯纳德·马拉默德：《魔桶——马拉默德短篇小说集》，吕俊、侯向群译，南京：译林出版社，2001：37。

② ［美］伯纳德·马拉默德：《魔桶——马拉默德短篇小说集》，吕俊、侯向群译，南京：译林出版社，2001：39。

③ ［美］伯纳德·马拉默德：《魔桶——马拉默德短篇小说集》，吕俊、侯向群译，南京：译林出版社，2001：42。

④ ［美］伯纳德·马拉默德：《魔桶——马拉默德短篇小说集》，吕俊、侯向群译，南京：译林出版社，2001：42。

⑤ ［美］伯纳德·马拉默德：《魔桶——马拉默德短篇小说集》，吕俊、侯向群译，南京：译林出版社，2001：43。

⑥ ［美］伯纳德·马拉默德：《魔桶——马拉默德短篇小说集》，吕俊、侯向群译，南京：译林出版社，2001：43。

救赎他人的过程中牺牲了自己，实现了自己生命的升华。

类似的表现小说人物失望、伤心、痛苦甚至失败、绝望、孤独的哭泣经常出现在马拉默德其他小说里，比如《春雨》里的父亲为自己和女儿流泪；《头七年》的鞋匠为爱情哭泣；《魔桶》的利奥因发现自己没有爱的能力而哭泣，等等。马拉默德就是这样通过哭泣——这一最自然、最直接、最原始也最无奈的情感流露方式，深刻、生动地对人类苦难主题进行了挖掘和反思，形成了他独特的写作风格。但是，从另一个角度思考，许多马拉默德同时期的文艺作品都描写了人类的苦难和孤独，比如海明威的《太阳照样升起》和《永别了，武器》中深受战争创伤的年轻人，《老人与海》里与年龄、孤独、失败战斗的老人，但他们却依然是"硬汉"形象。那么，马拉默德哭泣意象是如何形成的呢？为了解答马拉默德哭泣意象的生成机制和含义，我们需要回到犹太民族宗教和历史的特殊性上。

英国思想家卡莱尔曾经讲过，未曾哭过长夜的人，不足以语人生。犹太民族是人类史上一个奇特的民族。犹太民族的历史就是一部受难史，因而犹太民族尤其哭过长夜也思考过人生，包括马拉默德在内的犹太作家的苦难、磨难主题来自于他们的宗教和历史。

在《旧约》中，犹太民族的领袖们就甘为民族受苦以拯救民族。亚伯拉罕、雅各、约瑟、摩西都经历了千辛万苦、作出巨大牺牲才带领本族人寻求到地理意义和精神意义上的家园。犹太人，这个以犹太教为传统宗教的民族，深受《旧约》影响，深深体会并接受《旧约》里关于受难的信息，认定只有经历过磨难才能给自己和他人带来解脱和幸福，达到精神上的升华和胜利。在犹太圣经中，哭泣经常出现，是人们表达情绪的正常方式。他们会因失去亲人而痛哭，如亚伯拉罕因爱妻撒拉去世而哀恸哭号，约瑟伏在死去的父亲身上哀哭。他们也会因见到离别的亲人喜极而泣：雅各与兄长以扫多年不见，兄弟相见相拥而泣；约瑟见到从未谋面的弟弟便雅悯，伏在他身上哭泣；大卫与约拿因离别而哭泣；以扫没有得到长子祝福而哭；摩西去世，以色列人哭三十天来寄予哀思，等等。在犹太人眼里，哭泣不是软弱的表现，是自然的人性反应。所以，犹太人不以流泪为耻。

此外，更重要的是，哭泣在古代是犹太民族的一种宗教习俗。每当灾难临头，犹太人对耶和华的哭泣就如孩子在苦难和委屈中对家长的哭泣一样，没有丝毫羞怯感，也不会与尊严感相抵触，那是在神面前承认自己的无力，呼吁神的顾念，要求神的拯救，是祈福的一种途径。例如，在《士师记》中，以色列的十一个支派和便雅悯支派战争，以色列战败，"未摆阵之先，以色列人上去，在耶和华面前哭号，直到晚上……"① 耶和华同意他们再攻打便雅悯支派，没有战胜，于是"以色列众人就上到伯特利，坐在耶和华面前哭号，当日禁食直到晚上……耶和华说：明日我必将他们交在你们手中"②。于是，以色列支派战胜便雅悯支派。这样的哀歌在犹太圣经中随处可见：以色列人受到严重旱灾时，"犹大悲哀，众人披上黑衣坐在地上，耶路撒冷的哀声上达"③；以色列人遭受蝗灾，上帝叫他们"应当禁食，哭泣，悲哀，一心归向我"④。哭泣是犹太人对上帝倾诉他们苦难、灾害的途径之一，是寻求帮助的途径，是人与神沟通的方式。《诗篇》里说："流泪撒种的，必欢呼收割。那带种流泪出去的，必要欢欢乐乐地带禾捆回来。"⑤ 这是犹太人对哭泣的理解，也是他们对苦难和创伤的理解。眼泪让他们明白受苦的意义，苦难是为了罚恶，也能使人谦卑，省察自己，寻求上帝的救恩，追求个人和集体的洁净，得蒙拯救。在苦难中，不能自暴自弃、陷入绝望；也不能自以为义、怨天尤人。应仰望上帝，相信上帝的爱永远长存。犹太民族宗教精神和生活紧密联系，这种宗教习俗深入每个信奉犹太传统的犹太人的生命里。作为民族意识强烈的犹太作家，马拉默德把哭泣上升到一种象征和隐喻来表现犹太人的苦难，他的人物在向整个世界哭诉，警醒世人，呼唤人间的真、善、美。

犹太民族的特殊历史遭遇从亚伯拉罕率领众人自美索不达米亚迁往迦南开始，经历了几千年的迁徙、流散历程，他们被罗马帝国逐出耶路撒冷以来，长期没有自己的家园，被所在地的主流文化排斥在外，时常遭受到他族的迫害和屠杀。在中世纪，对犹太人小规模的迫害变成大规模的血腥屠杀；到了近现代，欧洲各个国家，尤其是俄罗斯、匈牙利、波兰、保加利亚等，曾经多次对犹太人进行集体迫害；将犹太民族的苦难推到巅峰的是第二次世界大战，希特勒灭绝人性地把600万犹太人送进了毒气室和焚烧炉。钟志清在她的《当代以色列作家研究》中写道：

---

① 《圣经》引文均出自《圣经》，南京：南京爱德印刷有限公司，2008（士20：23），下同。
② （士20：26-28）。
③ （耶14：2）。
④ （耶2：12）。
⑤ （诗126：5-6）。

犹太作家卡·蔡特尼克是大屠杀的幸存者，生于波兰，德国占领波兰期间被送进奥斯威辛集中营，1945年获救，后来开始写他在集中营的经历。当他让一位士兵把第一本书带到巴勒斯坦时，士兵低声说："你忘记写作者名字了。"他哭了："作者名？写这本书的是那些进了焚尸炉的人！叫卡·蔡特尼克135633吧。"①（卡·蔡特尼克乃德文"集中营"一词的缩写，135633是集中营编号。）在作证审判纳粹时，当被问及为何他的书不署真名而用卡·蔡特尼克135633时，他虚弱地晕倒在地。面对这种惨绝人寰的大屠杀，任何一种表达方式都是苍白的，哭泣、晕倒是最本能的反映，同时也反映出他们是最有资格哭泣的民族。

　　长期以来犹太人遭受了挑战人类承受力的压迫，他们需要释放和排解的途径。于是，犹太人把哭泣变成了民族的悲情方式。在耶路撒冷有犹太人的圣迹——哭墙，也称"西墙"。公元70年，罗马人摧毁古以色列王所罗门建立的圣殿，后来圣殿几经摧毁和重修，公元135年彻底毁于罗马人之手，犹太人也开始了大流散生活。此后千百年，分散世界各国的犹太人遭遇了各种非人的排挤、迫害，他们常从世界各地来到耶路撒冷号哭，寄托对故国的哀思，对民族命运的控诉。这就是"哭墙"的来历。如今每逢宗教节日，总有大批犹太人聚集墙下，举行缅怀和追忆民族苦难的祈祷仪式，在那里完成压抑千年的倾诉。哭墙是历史的见证，是犹太民族遭受不公平待遇的见证，同时也是他们苦难和创伤的见证。它也唤起人们的一种责任，时刻提醒人们怎样使过去的苦难不再重复和延续。由此看来，犹太人的哭泣源于他们的宗教和历史遭遇，是犹太民族的一种悲情方式，长久以来已经融入犹太民族情感和性格中。马拉默德突出地运用哭泣意象来表达犹太人的无声控诉，哭泣是因为苦难太深。犹太人只有形成外柔内坚的性格才能在所在地生存下去，这是他们的历史遭遇造成的结果，也是犹太民族的生存策略和智慧。了解了犹太宗教、犹太民族的历史遭遇，也就理解了他们的性格，也才能真正理解为什么马拉默德如此突出地运用哭泣这一意象。

　　苦难是因，哭泣是果，哭泣是对苦难的宣泄，也是重新积聚力量继续面对苦难的现实、努力生存的过程。马拉默德小说中主人公的哭泣，是整个犹太民族在为他们的苦难哭泣。通过哭泣意象的充分运用，马拉默德对犹太人的艰难境遇表示了极大的同情，对他们的坚忍精神给予了

---

①　钟志清：《当代以色列作家研究》，北京：人民文学出版社，2006：175。

充分肯定，不管条件多么艰苦，也不管生存环境多么恶劣，他们都能在那里顽强生存下去，在表面的软弱下孕育着的坚忍和顽强，是任何民族的人们都应该学习的精神。在马拉默德看来，这种精神是芸芸众生中小人物具有的共同特征，所以他提出了著名的说法："所有的人都可能是犹太人，只不过他们自己没有意识到而已。"这是指包括犹太人在内所有人类那种孤独无依、经历困苦磨砺的生存状态，也指人们与困难搏斗，战胜自己，战胜自然，勇于追求真、善、美的可贵品质。因此，马拉默德被称为"不幸者的人道主义代言人"。他的长、短篇小说都从不同角度、以不同方式对犹太民族的苦难历史，对现代人的孤独、困境做了思考和诠释。在他的短篇小说中，他用"哭泣"来表现的正是这种受苦受难的人们的真实处境。马拉默德试图通过对"哭泣"的描写来告诉人们：哭泣是软弱，是孤独无助，是宣泄，但也是坚忍不屈的表现，而这也正是犹太民族性格的一种真实写照。

在马拉默德笔下，男人代表着整个犹太民族的脊梁，而整个犹太民族又隐喻了全人类。他虽然围绕犹太民族性这一主题展开，但他通过小说的形式对无处不在的人类灾难做了历史的反思，是对整个人类苦难的一种关怀。他写犹太人，是因为他了解他们，更主要的是，犹太人最集中最典型地代表了现代人所遭受的不幸的一方面。犹太人是载体，马拉默德的文学创作不仅是我们了解20世纪美国小说的一个重要窗口，同时也是了解人类自身的一面镜子。马拉默德较完美地用文学的民族性映射出了深刻的世界性。

### （二）监狱意象的运用和生成机制

监狱是频繁出现在马拉默德小说中的苦难主题的另一个重要表现方式。"很大程度上，马拉默德的人物经常被隐喻的或者真正的监狱囚禁着，充满焦虑和恐惧。"[①] 他在1950年发表了短篇小说《监狱》，主人公汤米的生活被困在一个糖果店，他看不到未来，就如被囚禁在监狱一样没有希望。这一意象在后来其他作品中不断出现。《店员》中莫里斯的食杂店多次被比喻成监狱，莫里斯对弗兰克说："铺子等于是牢房。另找个

---

① Robert Solotaroff. Bernard Malamud—A Study of the Short Fiction. Boston: Twayne Publishers, 1989: 3.

好一点的事吧。"①《基辅怨》中雅可夫说:"犹太人住的小镇是个监狱,从克梅尔尼特斯基时代到现在,什么变化也没有。这个小镇衰落了,犹太人也在小镇里衰落了。这里,我们全是囚犯。"②他离开小镇,遭遇诬陷进入真正的监狱,失去人身自由。马拉默德对他在监狱的生活描写得客观、写实,让读者感觉到一种窒息、绝望的氛围。在《杜宾的生活》里,囚禁杜宾的是中年危机、日益的衰老与生死的困境。监狱意象贯穿马拉默德的苦难主题书写中,通过对监狱意象的反复强调,马拉默德让它转化为蕴含着丰富意义的象征性意象,从而引起读者的注意和追索性思考。沃伦认为,象征"具有重复与持续的意义。一个意象如果作为呈现与再现不断重复,就变成了象征,甚至是一个象征系统的一部分"③。

"监狱"意象和犹太人的历史也息息相关。首先,它来自于犹太历史上"隔都"(ghetto)概念,"隔都"是犹太人大流散时期客居国中的排犹意识不断强化的产物,也是各国对犹太人歧视、迫害的方法和手段之一。所谓"隔都",是指划分出一个专门的区强迫犹太人居住,以便与其他居民隔离开。用法律强迫隔离犹太人的做法始于 12 世纪末,1179 年召开的第三次拉特兰宗教会议上,基督教世界明确用法律条文形式规定不允许犹太人与基督徒住在一起。1276 年这一法令最早在伦敦实行,随后其他欧洲国家纷纷效仿,14、15 世纪欧洲的隔离区已经普遍存在。"隔都"一词最早出现在 1516 年的威尼斯,政府在工厂附近隔出一块街区,周围用高墙与城市其他部分隔离,出入口有基督徒把守。一个个"隔都"就像监狱一样把犹太人与外界隔离开来。1555 年,教皇颁令罗马教皇统治国内的犹太人必须永久佩带犹太标志,严禁他们与天主教徒来往。④"隔都"的出现是对犹太人歧视性的限制,随后各国颁布法律在职业等各方面对犹太人进行管理和约束。犹太人同囚犯一样必须各方面遵守所在国针对他们颁布的各种法令,稍有触犯就会招致惩罚甚至大面积的驱逐和屠杀。

"隔都"选址一般都是比较偏远、条件恶劣的地区。《基辅怨》中雅可夫把犹太人生活的小镇说成是监狱:"在这贫困的小镇,我过着乞丐般

---

① [美] 伯纳德·马拉默德:《店员》,杨仁敬译,南京:江苏人民出版社,1980:38。
② [美] 伯纳德·马拉默德:《基辅怨》,杨仁敬译,南京:江苏人民出版社,1984:9。
③ [美] 勒内·韦勒克 奥斯汀·沃伦:《文学理论》,刘象愚等译,上海:三联书店,1984:24。
④ 徐新:《反犹主义解析》,上海:三联书店,1996:35。

的生活。"① 他离开家乡来到基辅附近的隔离区，发现那里拥挤不堪、臭气熏天，生活没有任何改善，只不过从一个监狱到了另一个监狱。他鼓足勇气到非犹太人居住区寻找工作机会，结果含冤被抓进真正的监狱，遭受两年多非人的折磨和摧残。这种隔离制度剥夺了犹太人的自由，他们也被完全排斥在居住国主流文化之外，成为所在国一个特殊的、与众不同的群体，他们在服饰、生活方式、职业等各方面被烙上特殊标签。这种隔离制度虽然在18世纪以来有所改善，但历史上大范围形成的隔离概念已经根植在犹太人思维里。逐渐地，犹太身份、犹太信仰、犹太精神都成为束缚犹太人的因子。他们被排犹思想囚禁着，得不到彻底自由。马拉默德在他作品中持续地运用"监狱""囚禁"这一意象来批判历史上长期的排犹思想和做法，对犹太人处境给予深切同情，在苦难主题的深化上起了重要作用。

马拉默德笔下的监狱意象有不同的表现形式，可以是具体物体如食杂店、糖果店、犹太居民区，也可以是一种身份、某种信仰、贫困生活、某种认知、焦虑精神状态等抽象概念。他灵活运用这些意象来揭示主人公生存的困境和挣扎。

马拉默德笔下的监狱意象的形成有多种原因。首先，作家的创作是个体生活体验与感受的产物，相同的生活环境、社会环境下，不同个体对生活观察角度、思考方式、表现形式都会因个体差异而不同。这种差异会导致他们的文学方式、文学语言的表达都会不同，这些是由作家心理机制决定的。心理学家认为过去经历的重大事件，尤其创伤性体验会被压抑在意识和潜意识里，影响人的情感、认知和观念。有评论家推断："很可能根植在作者情感中最初的、影响很大的监狱意象来自于他父母的小店。"② 马拉默德的父母经营食杂店几十年，每天工作16个小时，甚至犹太教的安息日都不休息，但依然经营惨淡。食杂店承载着父母的心酸、生活的艰辛，伴随着马拉默德的童年少年成长时期，这种痛苦体验深深刻在他的脑海里。一再在他的作品中出现，传达着落后、衰败甚至死亡的信息。"这铺子看起来就像一条长长的、黑黢黢的隧道。……莫里斯又

---

① ［美］伯纳德·马拉默德：《基辅怨》，杨仁敬译，南京：江苏人民出版社，1984：11。
② Robert Solotaroff. Bernard Malamud—A Study of the Short Fiction. Boston：Twayne Publishers，1989：3。

进去等待。二十一年来，这家铺子改变不大。"① 莫里斯就像个囚犯一样一辈子囚禁在这个不景气的小店里。"下面街上的遮蓬摇动着，唤起他对杂货铺的恐惧。……他听到楼下静得令人感到压抑。静得像一块块无声无息的墓碑压着伤心的泥土的坟场，你还能听到什么呢？死亡的气息从地板裂缝里冒上来。"② 莫里斯夫妇的生活就是马拉默德父母辛酸一生的写照，也是当时住在布鲁克林区大部分东欧犹太移民的写照。大部分东欧犹太移民贫穷、落后，没有一技之长，只能从事食杂店、小商贩、服装裁剪、修鞋等工作。他们终日劳作却挣扎在温饱线上。马拉默德把他们的生存环境比喻成监狱，他们犹如囚徒一样被贫穷钉在社会底层。他们不仅要忍受物质贫穷的煎熬，还要面对精神上与旧传统割裂，与美国主流文化疏离、隔膜的精神禁锢的尴尬状态。监狱这一意象从生活中来，投射到作家情感世界里，又在作品中反映了客观现实。

当有评论家问及监狱意象、囚禁主题时，马拉默德说："它是历史上整个人类困境的隐喻。自然规律（必要性）是最根本的囚禁，尽管看不到牢房。然而有人为的监狱——社会不公、冷漠、愚昧，还有其他的，根据个体脆弱性不同，（囚禁）或紧或松、或看得见或看不见。因此，我们最非同寻常的发明是人类自由……"③ 囚禁主题已经冲破监狱的直接含义表达，马拉默德把它扩展到人类中普遍存在的各种不平等、非人性现象和状态。这和他作品中贯穿的困境与自由主题相符合。《天生运动员》中的罗伊挣扎在理想与现实的差距和碰撞中，找不到自己的位置；《店员》里的莫里斯、海伦、弗兰克只能用默默忍受来面对生存的困境；《基辅怨》中的雅可夫个人命运在民族、宗教矛盾冲突中沉浮。马拉默德笔下人物的共同特点就是精神、物质、生理、心理等各个方面处于各种困境中，他们陷入孤独、彷徨、迷茫、苦闷中，无法获得自由，这也影射出现代人生存的困境。马拉默德认为："人必须构建、创造自己的自由。想象力能做到。真正了不起的男人或者女人在创造自己的自由过程中也帮助他人拓展。"④ 马拉默德用自己的想象力创造了他的世界，在某种程

---

① ［美］伯纳德·马拉默德：《店员》，杨仁敬译，南京：江苏人民出版社，1980：2-3。
② ［美］伯纳德·马拉默德：《店员》，杨仁敬译，南京：江苏人民出版社，1980：231。
③ Leslie A. Field and Joyce W. Field eds. Bernard Malamud and the Critics. New York: New York University Press, 1970: 10-16.
④ Robert Solotaroff. Bernard Malamud—A Study of the Short Fiction. Boston: Twayne Publishers, 1989: 152.

度上获得自我释放和理想的实现，体现自我存在价值和意义，从而获得个人的满足和自由。

马拉默德笔下的监狱意象具有多元含义，父母的杂货店是个体囚禁，象征着小人物的贫穷、困顿；犹太人历史上的"隔都"经历是整个民族曾经遭受过的血泪伤痛，犹太民族的信仰、身份在迫害中像咒符一样危及每个犹太人的自由和生存；整个人类社会的不公正、不平等、不完善使人们处于各种精神樊篱中不能获得心灵的宁静和解脱。马拉默德用监狱意象层层递进地象征、隐喻人类生存的各种障碍和苦难，从个体到全体，从民族到普世，用他的文学创作和想象力，为世人留下追寻自由、追逐理想的途径和方法。

## 六、苦难主题的审美价值

马拉默德基于苦难和创伤体验，对个体的孤独、挫败、压抑、挣扎等苦难经历进行构建和书写，揭示出个体与外界环境的矛盾和冲突中个体的毁灭与失败等命运的起伏，给读者带来心灵的震撼和艺术审美上的陶冶。他早期的短篇小说和《天生运动员》《店员》《基辅怨》等长篇小说不同程度地在读者心理、心灵和精神上产生共鸣与情感激发，带来悲剧审美上的净化与洗涤。马拉默德艺术的悲剧人物塑造、情节安排和独特的叙事手法加强了作品的净化审美效果。

亚里士多德认为理想的悲剧人物不是完美无缺的人，如果主人公与现实距离遥远，无论好人由顺境转入逆境、坏人由逆境转入顺境还是恶人由顺境转入逆境都不能激起足够的怜悯与恐惧，达不到理想悲剧效果，而恰恰是和观众相似的人物遭受了不应遭受的厄运才会引起观众的怜悯与恐惧。主人公性格中的某种弱点和过失，加上客观环境叠加导致的悲剧，会产生更合理的艺术审美效果。

马拉默德在他的文学创作中擅长塑造反英雄人物。《天生运动员》中的罗伊、《店员》中的莫里斯及《基辅怨》中的雅可夫都是生活在社会底层的小人物。他们怀揣理想，努力奋斗，但是命运回报他们的却是一次次的失败、失意，甚至含冤入狱。个体在面对社会环境压倒一切的强大情境时，显得如此渺小和脆弱。在古典悲剧中，主人公或者出身名门，或者才能出众，他们或者因为偶然倏忽，或者因为命运无常而陷入厄运时，这些悲剧人物与读者无论在时间还是空间上都有遥不可及的距离，对读者的冲击和影响也就是净化作用会减弱。而以马拉默德为代表的现代作家塑造的反英雄人物虽然在社会地位和行为上无法与古典英雄人物相比，但他们在追求理想和幸福、在同命运的抗争和搏斗中却表现出相同的坚强与意志。读者看到这些与自己相似的普通人一次次地与残酷的命运做抗争，却一次次承受苦难，甚至最后希望破灭、生命消亡时，能够更加深深体会到怜悯和恐惧，并从中受到强烈的震撼。

《天生运动员》中的罗伊，一生漂泊，怀揣追求成功的梦想，但意志力薄弱、贪图美色，性格中的缺欠加上外界环境的强大，他两次在接近成功之际梦想破灭。《店员》中的莫里斯从沙俄军队冒着生命危险逃到美国，期望通过自己的努力获得安稳生活和家庭幸福。他一生遵循犹太律法做人：诚实、善良、勤劳苦干、诚信经商，命运却一次次把他打翻在地：被合伙人欺骗，款被卷走，使他本已可怜的经济雪上加霜；亲爱的儿子早早病逝使他一直沉浸在巨大的精神痛苦之中；从早到晚每日工作16个小时的食杂店在美国商品经济的冲击下处于风雨飘摇之中，不得不依靠女儿可怜的薪水一起维持生计；终年的劳累，步入老年的莫里斯身体十分羸弱，疾病缠身，即使这样，又遭遇到抢劫、被殴打、煤气中毒等厄运，最后在疾病、惊吓、焦虑中死去。《基辅怨》中的雅柯科夫也是不断经受命运的折磨。他童年失去父母，在孤儿院忍饥挨饿生存下来；在养父母家经历过寄人篱下，没有任何温暖的生活；长大后，被迫参军，面临战争的威胁；长期颠簸生活，使他身体受损，倍受哮喘之苦；结婚后，妻子长期不孕，他对后代的期望落空；妻子与人私奔使他贫困的生活雪上加霜；终于他决心走出贫穷的犹太居住区，开始新生活时，却因为犹太人的身份被诬杀害基督教男孩而锒铛入狱，在狱中受尽非人折磨，近3年之久。故事结尾，他终于走在去接受审判的路上，结果未知。

亚里士多德认为："怜悯的对象是遭受了不该遭受之不幸的人，而恐慌的产生是因为不幸者是和我们一样的人。"[①] 马拉默德笔下的莫里斯和雅可夫等人，都是挣扎在社会底层的小人物，他们生性善良，向往美好生活，并为心中的理想倾力奋斗，却遭遇一连串的厄运与打击，他们又和我们一样具有人性的缺点和不足。罗伊对物质过分重视而忽略了自身的品质弱点，在美色诱惑前丢弃了爱情；莫里斯虽然正直、本分，却没有足够的斗志和拼搏精神，不求创新；雅可夫怨天尤人，一心想摆脱痛

---

① [古希腊] 亚里士多德：《诗学》，郝久新译，北京：九洲图书出版社，2007：97。

苦的命运，不想承担对自己不利的责任和义务。这些人物的厄运是由自身性格缺陷与外界环境的扭曲合力造成的。读者联想到自身这样或那样相似的弱点，看到他们的悲剧，产生同情、怜悯的同时也会产生心灵的震惊与恐惧，担心自己或者亲人遭受相似的厄运和苦难。怜悯是推己及人，恐惧是推人及己，读者的日常情感随着小说人物经历的发展转化为艺术的体验性情感。在日常生活中，人们因为各种欲望受阻和受到压抑，因为个人与外界的冲突，因为生存的有限和自然的无限等，会产生众多的烦恼、焦虑和忧愁等负面情绪。随着阅读悲剧人物的苦难经历，读者的情绪也跌宕起伏，被激发并宣泄出去，最后达到心灵的缓解和平静。这种情绪一旦得到表达、宣泄，就会给人带来轻松和愉悦感。这个过程就是艺术净化和陶冶的过程，也正是马拉默德苦难主题书写的主要成就。

正因为马拉默德塑造的人物和读者一样并非完美的英雄形象，有人性的弱点，但他们本性善良，期望通过自己的努力与命运抗争。如果受难者身上所具有的人格价值愈大，人们对他的同情程度就愈能被灾难所提高。读者能在马拉默德的众多人物身上找到自己的影子，因此他作品中的艺术净化效果更加明显、有效。

## 七、苦难主题的现实意义

在上一节中我们提到了悲剧主题对于人心理的净化作用。朱光潜在分析净化作用时认为："悲剧的净化作用对观众可以发生心理健康的影响"，人受到净化之后，会"感到一种舒畅的松弛"，得到一种"无害的快感"。[①]

首先，读者被马拉默德主人公的苦难、悲苦的人生激起怜悯和恐惧的情感体验，经历过情绪上的紧张、悲伤、无奈、难过等后，随着故事的结束，慢慢恢复到正常的平静状态，这个过程本身是自我情绪的宣泄过程。从低谷到恢复，从悲伤到平静，读者在艺术审美中得到舒缓的精神享受。

其次，马拉默德的人物来自现实，来自生活，读者在他们身上可以发现自己的相似经历，并产生共鸣。比如罗伊对成功的渴望，在接近成功时理想破灭，显得沮丧而悲伤；莫里斯老老实实做人，却在商业经济

---

① 朱光潜：《西方美学史》，北京：人民文学出版社，2004：85-87。

大潮中屡屡受挫；雅可夫只想追求个人幸福，却含冤入狱受尽折磨。这些个体与外界的冲突、外界带给个体的压抑和打击成为读者情感体验的切入点，使读者联想到人生经历中类似的悲伤情感，在怜悯、同情小说人物的同时，为自己的人生及命运叹息，这种共鸣有助于现代人舒缓紧张情绪。在生活节奏加快、社会竞争激烈的今天，个体对生命质量的要求提高，面对的外界阻力也加大，欲望与现实的冲突加剧，带来更严重的生理、心理和精神压力。在参照悲剧人物的悲惨遭遇中，反观自身，由此明白人生处处充满变数，通过他人灾难来消解自身的压力和烦恼，获得心灵的洗涤和净化，从而缓解读者的心理压力。读者在共鸣中让自己积累已久的负面情绪也得到宣泄、疏通和调节，获得慰藉，身心经历波动起伏后趋向平和、安静的自然状态，使精神舒畅，恢复内心世界的平衡，最后获得审美愉悦。

此外，读者与悲剧人物的距离也会使读者产生审美的愉悦。康德在论及崇高与美时说："好像要压倒人的陡峭悬崖，密布在天空中迸射出迅雷疾电的黑云，带着毁灭威力的火山，势如扫空一切的狂风暴，惊涛骇浪中的汪洋大海……使我们的抵抗力在它们的威力之下相形见绌，显得渺小不足道。但是只要我们自觉安全，它们的形状愈可怕，也就愈有吸引力。"① 这段话精辟地解释了距离与美的关系：在自我安全的前提下，越可怕的事物和经历带来的美感或者愉悦感越强烈。英国美学家博克也得出相似的结论："如果处在某种距离以外，或是受到了某些缓和，危险和苦痛也可以变成愉快的。"② 这也是为什么有人会在恐怖影片和惊悚小说中获得快感的原因。在看到小说中主人公受苦受难，读者在怜悯和恐惧的同时，会因为不是发生在自己身上而暗生庆幸与喜悦。读者可以在马拉默德的苦难书写中获得悲剧审美愉悦，在情绪的跌宕起伏中宣泄自己内心积攒的各种压抑、烦恼和焦虑，使心灵得到洗涤与净化。

18世纪启蒙主义潮流中的莱辛更强调净化的道德教育意义。他力图从道德教育的角度去理解"净化"："简单说来，亦即这种净化只存在于激情向道德的完满的转化中。"③ 他认为悲剧的目的是把激情转化为符合道德的内容。这就要求悲剧的内容和形象贴近现实，他认为早已过去的

---

① 朱光潜：《西方美学史》，北京：人民文学出版社，1979：370。
② 朱光潜：《西方美学史》，北京：人民文学出版社，1979：231。
③ 程孟辉：《西方悲剧学说史》，北京：商务印书馆，2009：203。

灾难产生的怜悯效果远不如眼前灾难产生的强烈。只有符合时代精神和审美的作品才具有最巨大的净化力量，才具有广泛深刻的道德教育意义。莱辛的悲剧净化说虽然是在启蒙运动注重教育、教化的时代大背景下产生的，但也符合现代苦难写作净化审美的道德要求和标准。

马拉默德力求在苦难书写中提升道德的拯救力量，用道德来拯救故事主人公的灵魂，也抚平了读者即整个社会的创伤。《天生运动员》中的罗伊及其他人物受金钱至上的指引，在尔虞我诈中互相利用、蚕食，个体创伤无以治愈，个体价值无以体现。最具道德寓意的是《店员》，马拉默德并没仅仅停留在莫里斯受尽磨砺、穷困潦倒一生的苦难书写上，在他笔下，莫里斯是传统道德的化身：集真、善、美于一身。他个人虽然在贫困中死去，但他的精神照亮了他人：女儿海伦充满人道主义精神，流浪汉弗兰克更是像他的儿子一样认同他的人生哲学，接过他的食杂店，在苦难中把他的精神传承下去。在马拉默德笔下，莫里斯是物质上的穷人、道德上的巨人。《基辅怨》中的雅可夫也是在责任与义务中重构认知体系，获得精神上的解脱和重生。苦难和创伤书写只是马拉默德的道具，传递出道德信息、强调道德的力量才是最终目的。他着眼于人类自身的提升和道德救赎。在个体与外界的冲突中，在命运的漩涡里，个体要从内心、从精神上、从道德上磨砺自我，无论面对何种灾难、困难，要坚强面对，遵守做人基本准则，不迷失自我，直到最后的救赎。即使如莫里斯一样在物质上一贫如洗，也取得了精神和道德的胜利，获得了心灵上的平和与安静。

现代社会，科学技术、信息产业飞速发展，物质文明极大丰富，处在复杂的社会大背景下，个体日益被迷茫、紧张、忧郁、孤独和恐惧等消极情绪包围，现代人的精神拯救是所有社会人面临的问题。马拉默德用他的苦难书写试图探索出解决途径：爱、责任、人道精神是归途，道德是永远的弥赛亚。

马拉默德的现实主义苦难、创伤书写具有突出的净化功能和审美价值，可以使读者受到艺术的熏陶，使读者自身情绪与艺术创作产生共鸣，使其心境达到和谐宁静的状态，使其压抑的情感、情绪得到释放和恢复。

# 第三章 伦理与身份的主题书写

本章主要立足于马拉默德小说的伦理主题与犹太身份主题研究。正如前面章节提到的,马拉默德成长和生活的时期,正是世界格局发生巨大变化的历史时期。他亲身经历过或者间接地体会到一些重大的历史事件,例如持续数年之久的全球性经济大萧条、第二次世界大战的爆发、法西斯主义对犹太人的迫害和屠杀、广岛的核爆炸、声势浩大的争取民主权利的运动、美苏之间长期的冷战对峙,等等。同时,科学技术迅猛发展,经济持续增长,这些都给美国人民和人类各民族的生活带来巨大的变化。在这样的时代背景之下,作为著名的美国犹太作家,马拉默德一直置身于犹太文化与美国文化相融合的宏观文化背景中。他的作品深入地探究了犹太文化传统的精神价值,同时也对美国社会的价值观进行了深邃的思考,反映了他对社会生活中的个体与他者、个体与集体、集体与集体之间伦理问题的深刻反思。本章将着重分析文本中主人公面临的伦理困境和身份迷失困境,探讨他们走出危机、实现救赎的途径,从而展现马拉默德小说蕴藏的苦难—坚守—救赎的思想。

## 一、困境与救赎的伦理主题

一般意义上的伦理是指人与人之间、事物之间、人与事物之间,以及事物内部天然形成的关系、结构和秩序。伦理是在一定的文化、历史、社会背景下产生的,不同的文化、历史、社会条件,会形成相应的迥然不同的伦理。不同的伦理会呈现出明显的时代印迹,展示出独特的本质特点和意义内涵。因为人与人之间、事物之间、人与事物之间,以及事物内部的关系是复杂多样的,所以反映这些关系的伦理也就衍生出多种与之相呼应的概念。我们可以把一种关系就视为一种伦理,人或事物之间的关系错综复杂,伦理也就多种多样。

本章将以马拉默德的代表作《天生运动员》和《基辅怨》为切入点,探讨作品中最突出的"人际伦理"和"犹太伦理"主题。"人际伦理"是人们在日常的社会生活中,与他人交往时形成的关系。这其中可以包括人们在职业发展中结成的同事关系,与领导结成的上下级关系,在生活中结成的邻里关系、朋友关系,以及与异性结成的两性关系,等等。"犹太伦理"也可以称为犹太教伦理,指的是犹太教信仰中传统的伦理价值观。这些价值观包括犹太责任伦理、伦理乐观主义、犹太家庭伦理、犹太自由观,等等。它们渗透在犹太人生活的各个方面,指导和约束犹太人的思想观念和行为举止。

### (一) 人际伦理欲望之累

马拉默德的作品大多展现人们在现实生活中的困境。在《天生的运动员》中,这一点体现得最为突出。个人主义致使罗伊产生强烈的欲望,他在人际交往的过程中产生精神困惑,引发持续不断的心理焦虑。

美国文化传统的核心强调个人主义,其目标就是追求个人利益。个人主义价值观最早源自殖民地时期的英国清教徒,他们在险恶的生存环境中,凭借坚忍不拔的意志和不屈不挠的精神,辛勤劳作、严于律己。这种为了实现自己的梦想而努力、讲究创造性和实际性的个人主义精神,成为美利坚民族具有的独特品质。个人主义价值观为个体和美国社会的发展作出了巨大的贡献。在美国人的观念中,勇敢和进取的精神以及抓住机遇的能力是值得欣赏和赞美的,也是取得成就的主要途径。

但是,个人主义思想同时也带来了负面的影响。两次世界大战之后,美国的国家实力大大增强,进入了经济发展和物质生活的繁荣时期,人们对美好生活的向往,一步步地演变成为对成功和财富的渴求。在这种价值观的影响下,一切都成为商品价值交换的环节,都可以用金钱来衡量。美国人对事业、财富和爱情的欲望引发传统的道德观念发生了变化。

同时，极端的个人主义过分强调个人的重要性，为了达到成功的目的，可以采取一切必要的手段，并常常损害他人的利益，这样就妨碍了人们之间关系的发展。《天生的运动员》中的罗伊就受到个人主义价值观的影响。他在事业和生活中渴望获得成功，获取名誉、财富和爱情。这种价值观给他造成了巨大的心理压力，致使他在与周围人接触时常常处于矛盾、困惑和纠结之中。

罗伊对事业和生活持有永不满足的欲望，这是他陷入人际伦理困境的一个主要原因。在《天生的运动员》中，马拉默德详细地刻画了罗伊的欲望从开始出现到极度膨胀，再到一度无法控制的过程。十九岁的罗伊是一个出身贫寒的乡间男孩。他童年时的家庭生活很不幸福：父亲虽然爱他，引导他从事棒球运动，但是父亲沉迷于酗酒，对生活感到绝望；母亲则只关心自己，她"不爱任何人"。在美国文化价值观的影响下，罗伊成为个人主义的忠实信奉者。他决心与过去的一切断绝联系，开始自己新的事业和生活。他深深地热爱自己从事的棒球运动，而且还把这一运动视为实现理想和追寻幸福生活的一种途径。他相信凭借天分，再加上努力和奋斗，可以逐渐地接近自己的梦想。罗伊的命运同棒球运动紧密地联系起来，他与这种运动之间存在着某种特殊的精神上的关联，因此具有更深刻的意蕴。

罗伊去芝加哥试训，在与惠莫的对抗中获得胜利之后，他就开始了自己的棒球运动生涯。这一情节具有一定的象征意义，比赛中的对抗实际上暗指罗伊在道德战场上经受的考验，意味着他从此以后陷入了是与非、善与恶的漩涡中。对于此时的罗伊来说，人生的航程才只是开了一个头，但是他的欲望已经呈现初步的萌芽。在他的观念中，一切都"以自我为中心"。他想出人头地、功成名就，其中也包含满足享乐的欲求。在个人主义的驱使下，罗伊只想利用棒球运动得到属于个人的名利，只把注意力都放在如何满足自己的欲望上。他不理解人生追求的本质，领悟不到想要成为英雄，只具备天分是不够的，还必须拥有崇高的人生理想，承担应该担负的道德责任。他虽然在比赛中获得胜利，但是没有经受起道德的考验，被哈利埃特诱惑，使得自己身受重伤。欲望让罗伊没有很好地利用自己的天赋，毁掉了美好的前程。芝加哥是他梦想的起点，也成为他梦想的终结点。

十五年后，三十四岁的罗伊签约纽约"骑士"队，决心开始新的生活。他第一次参加比赛，就有着出色的表现。他凭借自己制作的棒球拍，取得一场场比赛的胜利。球队在他的带领下走出失败的阴霾，在联赛中的排名不断上升，甚至有希望争夺冠军。球迷们都注意到赛场上的这张新面孔，罗伊也不再默默无闻。他摆脱年龄等不利条件的束缚，以惊人的速度接连打破纪录，很快就成了最有名气的棒球运动员。罗伊的棒球事业进行得顺风顺水，他获得了初步的成功，看似赢得了人生的辉煌。但是，随着名气的迅速上升，他的欲望也急剧膨胀。罗伊被这种欲望完全征服，他没能将世俗的欲望化为精神诉求，在与他人交往时陷入困境之中，导致最后在赛场上失败。

在马拉默德笔下，罗伊周围的人信奉极端的个人主义。罗伊在这些人的诱惑下，逐渐接受他们的价值观，这是他陷入人际伦理困境的一个重要原因。罗伊不仅受到梦想和欲望的诱惑，还陷入周围人为他所设的圈套中，金钱和名利成为他与这些人发生联系的主要媒介。他也逐渐认识到自己的生存状态出现了问题，但是此时他还无法找到解决的办法，他也因此感到困惑和迷茫。

身为球队老板，班纳对罗伊产生了重要影响。班纳是极端个人主义的绝对拥护者。他手段卑鄙，为了获取物质财富，不择手段，甚至无视做人的准则，违背正义和良知。班纳操控球队和赛场上的一切，目的仅仅是为了追求个人利益，而不是获得比赛的胜利，球队队员也只是他获取更多财富的工具而已。最具讽刺意味的是，他为了节省开支，与一家妇产医院签约，让他们负责诊察队员的伤病。他甚至参与赌球，为了赢得赌金，想方设法让球队输掉比赛。罗伊在球队的薪金无法满足自己的生活需求，尽管他在比赛中表现出色，帮助球队接连获胜，但是班纳还是按照合同的规定，拒绝给予他更多的薪水，同时他还给出许多理由，为自己辩解。他对罗伊说："对金钱的贪欲是一切邪恶的根源。……一个人如果沉溺于欲望之中，就相当于将刀架在喉咙上。"

赌球经纪人伽斯对罗伊产生了一定的影响。伽斯也是一个典型的极端个人主义者，他认定获取钱财不仅要靠努力和节俭，还需要心肠凶狠，手段毒辣。伽斯利用人的弱点和贪欲来发财致富。他告诉罗伊，生活的目的就是为了金钱，为了实现这一意图，他可以在一切事物上下赌注。伽斯采用美国商业运营中惯用的恶毒手段，目的是减少意外的发生，从而掌控自己的运气，赚取更多的钱财。

罗伊追求的女友迈莫·帕里斯对他的影响是致命的。迈莫曾经参加选美比赛，获得冠军。后来，她到好莱坞发展，因为上镜的效果不是很好，没有被录用。迈莫信奉个人主义和拜金主义，缺少真挚的情感和正直的品质。她倡导享乐的生活，不仅仅是不受贫困威胁，她理想的生活状态是现代社会普遍认可的安逸生活。而且，她认为婚姻是一种有价格可谈的商品，可以作为筹码，让她过上幸福的生活。她希望通过婚姻的方式，能够把自己卖个好价钱，换取那些让她过上奢侈生活的东西。她对罗伊说，她期望将来的丈夫可以让自己过上梦想的生活。"我害怕过贫穷的生活。……我是那种需要别人资助，过上像样生活的人。我不想像个奴隶似的生活。我要有自己的房子，一个帮我干活的女仆，一辆不错的汽车供我购物使用，冬天冷时能穿上毛皮大衣。……我决心要拥有这些东西。"① 对迈莫而言，她需要这些东西。这不仅因为它们是现代社会女人生活中的必需品，能够满足本能的生理需求，更主要的原因是使用这些东西、占有它们，可以满足她对虚荣和名利的欲望。

周围人信奉的个人主义和物质主义给罗伊带来了巨大的压力和伤害，导致他后来产生了强烈的拜物主义思想。他开始认同金钱和财富的主导作用，这种变化是一种无奈的沉沦，同时也使得他在与周围人交往的过程中陷入困境之中。罗伊原来看重精神追求和理想主义，可是在现实世界物质至上的理念面前，他变得举步维艰。他想送给迈莫像样的礼物，请她去夜总会，去听音乐会，但这些都需要足够的金钱保证才能实现。此刻，罗伊就已经表现出对物质财富的强烈欲望，他渴望物质主义的生活方式，拥有漂亮的衣服、豪华的汽车和美丽的女人。追求物质主义的欲望促使罗伊想尽办法赚钱，享受财富已经成为他的生活目标。同时，这种对物质主义的狂热追求也给罗伊带来了巨大的困扰。他没有坚守自己的道德立场，没有捍卫自己的做人原则。他向奢靡的社会现实屈服低头，接受了贿赂他的金钱。

强烈的爱欲的诱惑是罗伊在与女性交往时陷入困境的一个主要原因。罗伊渴望与女性建立亲密的关系，满足自己情感的欲望。强烈的情感和欲望会产生一定的危害，使人背离道德原则。在某些情况下，一方面，明确知道一些行为可以带来善良和美好的结果，但是不能去做；另一方面，身处于邪恶之中，却不能自拔。马拉默德在小说中两次刻画了罗伊受到强烈的情感和爱欲的诱惑。第一次是神秘的女子哈利埃特·波德。对于罗伊与哈利埃特的第一次见面，马拉默德给予了生动细致的描

---

① Bernard Malamud. The Natural. New York: Avon Books, 1980: 199-200.

述。这是一个让人兴奋的晴朗的早晨,火车停靠在一个凄凉的车站。尽管清晨还很寒冷,哈利埃特在等车时却将外衣搭在胳膊上。"她容貌出众,脸色疲惫,有些苍白。哈利埃特登上火车,罗伊看到她穿着尼龙长袜的美腿,心跳的速度加快了。"哈利埃特衣服上的一朵白色玫瑰花掉在地上,罗伊把花拾起来递给她,她极有兴趣地睁大眼睛看了罗伊一眼。罗伊觉得这种相互对视对他来说特别重要,并且感觉到"生命中的巨大渴望"。这种眼神交流表明,他们之间已经产生好感和暧昧之情,象征着罗伊对爱欲的妥协,也预示着他们之间必将会发生复杂的情感纠葛。

  罗伊在竞争中打败惠莫,赢得哈利埃特的关注。他明显感觉到哈利埃特对自己的爱慕,认为自己对她有着足够的吸引力。在这种极不正常的欲望的控制下,罗伊很快就丧失了应有的理智,变得昏头昏脑。罗伊不顾萨姆"提防陌生人"的警告,好像被爱欲驱动一样,不停地偷偷观察哈利埃特。在与哈利埃特认识的当天,当火车通过隧道时,他就用胳膊搂住她的肩膀。他甚至在颠簸的行进中,随意地将手放在她丰满的胸上。霎时间,一股控制不住的冲动溢满他的全身。这些行为使得罗伊魂不守舍,心神激荡,无法控制自己的理智和情感。罗伊到达芝加哥后,接到哈利埃特的电话。他迫不及待地前往她的房间,但是等待他的却是一把闪闪发亮的手枪。小说的第一部分以哈利埃特扣动扳机,击中罗伊的腹部结束。哈利埃特想要毁掉罗伊,原因是她厌恶罗伊只想成为最出色棒球运动员的个人主义理想。于是,她利用罗伊最脆弱的一面,激起他对爱与性的欲望,趁机向他开枪。同时,罗伊也暴露了自己性格的缺陷。他有能力,却没有崇高的人生理想。他只想满足个人的虚荣和欲望,屈从于爱欲的诱惑,无法成为真正的英雄。罗伊被爱欲迷惑,失去了辨别和判断的能力。他陷入欲望的沟壑之中,毁掉了自己的事业前程。

  小说从第二部分开始,讲述了罗伊签约了纽约"骑士"队,开始与另一位女性迈莫交往,也陷入困境之中。在马拉默德笔下,迈莫是一种爱欲的象征,具有很大的迷惑性。罗伊将她看作是"真正漂亮的洋娃娃",受到她的致命诱惑。由于邦普的故意安排,罗伊与迈莫有了一夜情。之后,罗伊深深留念这次短暂的亲密接触。他在此后的生活中,不断经历着爱欲和性欲的折磨,成了爱与性的奴隶。但是迈莫在罗伊的生活中,自始至终都扮演着"他者"的角色。在马拉默德笔下,迈莫被刻画成"绿眼睛海妖"。罗伊完全被迈莫的花言巧语迷惑,丝毫不顾及波普的警告——"她会削减你的力量"。甚至当他发现迈莫与班纳法官和伽斯相互勾结之后,对她的爱欲也没有丝毫减少。但是,罗伊对迈莫的欲望是不会得到满足的,他们之间的距离不可能消除,很难达到和谐统一的状态。罗伊很清楚,自己与迈莫的爱情不会有美满的结局,但是他却执迷不悟。他在迈莫的摆布下,接受贿赂,同意在比赛中打假球。罗伊无法克制自己的欲望,消耗尽了自己的力量,他的事业和人生也就此毁掉了。

罗伊不间断的流动的生活状态是他身处困境的一种重要表现。美国人一向反对长期固守在一个地方,他们认为,稳定的生活意味着保守、落后、停滞不前,会妨碍社会的发展。如果人们生活在这样的环境中,就会失去自己的个性。在罗伊的观念中,流动的生活能够带来更多的机遇,带来成功的希望。他可以在流动的过程中,寻找到更适合生存发展的环境。因此,他从西部来到东部,从家乡的农村小镇来到了大城市芝加哥。罗伊前往东部的旅程,可以被看作是一种命运的象征。他对此充满敬畏和渴望,却又无法把握,就如同通过火车车窗看到的快速掠过的风景一般。罗伊受伤之后,无法从事棒球运动,过着居无定所、到处漂泊、靠打零工来维持的生活,不停地迁移和追寻成为罗伊主要的生活方式。

在某种程度上,流动的生活使得罗伊产生强烈的欲望和情感,这在两个方面有所体现:一方面,新的历程让罗伊对未来充满希望和梦想;另一方面,他在冒险和居无定所的生活经历中,感觉到自己是大无畏的英雄,不会轻易向命运低头认输。罗伊努力实现成为伟大运动员的梦想,改变自己的生存状况,之后他大部分时间都花费在赶路、去打比赛的行程之中。只有当罗伊想起家乡时,才会有一种安全感,才会在漂泊之中产生一种轻松的感觉,使得流动中那种由雄心抱负产生的震撼身体的撞击有所缓解。但是,他已经永远离开了那里。罗伊处在不停的流动之中,他像马拉默德其他作品的主人公一样,都沿袭一种流动的生活模式,这种生活模式与梦想和欲望有着密切的关联,使得罗伊在人际交往中,始终无法摆脱困窘的状态。

罗伊身陷困境的原因,一方面在于周围人的社会价值观对他产生的影响;另一方面也在于他自身的性格缺陷。罗伊有着无限的欲望,对财富和名利等抱有贪婪的、永不满足的追求,导致他必将一步步地走向道德沦丧的地步。罗伊的性格缺陷是他痛苦和困境的原因所在，而他人的社会价值观则加剧了这种苦难。罗伊生活的时代，美国已经是发达的工业化国家。社会财富急剧增长，城市化进程已经完成，贫富差距越来越大。在这样的社会文化环境中，人们的幸福观指向以满足无限的欲望为标准。罗伊周围的人渴求拥有大量的金钱和财富，例如迈莫就认为，他们需要至少五万美元，将来的生活才有保障。罗伊已经被这些人的社会价值观侵蚀，被欲望驱动，没有了道德责任意识。他本应该拥有更高层次的精神追求，现在却被生理欲望和物质主义需求所取代。在社会文化大环境的影响下，罗伊在与他人交往的过程中，选择了欲望、金钱、背叛和不负责任，没有发挥一个真正棒球英雄的作用。

## （二）人际伦理之困境中的抉择

罗伊在事业和爱情上都陷入了他人布下的阴谋中，成为被利用的对象。罗伊处于复杂的人际交往中，无法与他人建立亲密的关系，陷入困境之中：他想要成为最伟大的棒球运动员，而班纳的目的是通过比赛获得最大的收益，他们没有共同的事业理想；他想要的是稳定的家庭婚姻生活，而迈莫追求的是虚荣和享受，他们没有共同的人生观、价值观和道德观。罗伊为了适应城市的生活，为了得到爱情、温暖和关爱，没有洁身自爱。他出卖自己的良心，背叛自己的人格，与班纳和迈莫同流合污。

当然，这种现象的背后存在着深刻的社会和文化方面的原因，并且在不同程度上映射了美国社会生活中的个人主义和物质主义思想。20世纪50年代的美国，两次世界大战的爆发导致广大民众的心灵受到了严重的伤害，人们传统的道德准则和价值观念遭到了极大的冲击。同时，对个人主义和物质主义的过分追求，导致精神力量迅速削弱，给心灵世界带来了巨大的压力。人们的价值观和情感生活受到了个人主义的影响，彼此之间不是真诚相待，而是彼此欺骗、互相利用。个体与他人之间失去了直接对话和信任的基础，加大了彼此间的陌生感和疏远感。

在小说中人物的身上，极端的个人主义思想表现为自私、陌生、冷酷的形象和性格特征。马拉默德通过这些表象展示罗伊遭遇的压力、困境，他与周围世界的对立和冲突，以及他的选择和结局。个人主义价值观致使罗伊与周围人之间形成了冷漠的人际关系。

在罗伊的困境和抉择中，球队老板班纳在这其中扮演着非常重要的角色。事实上，班纳的思想和行为深刻地体现了现代美国社会的价值观，反映了个人主义和物质主义的重要影响。对他来说，无论做什么事情，都是以取得利益和效果为最终目的。他通过劝说，仅用一点点资金，便从波普那里获取百分之十的股份。当罗伊向他寻求金钱上的资助时，遭到了冷酷无情的拒绝。他对整个球队也表现出冷漠和残酷的一面，他的所作所为给球队产生了伤害，这些都不在他考虑的范围之列。班纳表现得非常自私和冷酷，在他的影响下，罗伊一直处于犹豫不决的两难处境：他想赢得比赛，承担对球队的道德责任；同时，他也期望获得物质财富，过上奢华享乐的生活。罗伊因此陷入精神上的痛苦境地。

罗伊与女友迈莫之间的冷漠关系，也表明了他困窘的生活状况。迈莫靓丽迷人、才智出众，但同时也是一个自私自利、安于享乐的女人。罗伊对爱情的渴求清晰而且强烈，期望能够与迈莫有密切的交往。因此，当迈莫答应与他一起游玩时，他那喜不自禁的心情显而易见。迈莫也回应罗伊的情感，她的亲吻让罗伊兴奋不已。然而，这种兴奋更多的是肉体欲望的贪婪，而不是精神渴望的愉悦；是他征服爱恋目标后的狂喜，而不是彼此间情深似海的爱情；是个人自我满足的陶醉，而不是与爱人的纯真分享。迈莫最终也以胸部的疾病为借口，拒绝进一步发展与罗伊的关系。于此同时，迈莫还与伽斯关系暧昧。伽斯很富有，可以让她过上寻欢作乐的生活。伽斯在她心里的位置可能比罗伊更重要。罗伊与迈莫之间的感情基础是不平衡的，只能算作是罗伊对迈莫的单恋。他对迈莫的倾慕和追求，不可能给他带来幸福，只会使他更加痛苦。

罗伊对稳定的家庭生活有着深切的渴望，可是他的这种愿望在迈莫身上难以实现。罗伊期望在充满爱与和谐的家庭中，与妻子和孩子生活在一起。有时他想象自己会有个家，有个孩子，迈莫是他的妻子、孩子的母亲。每天傍晚，她会做好晚饭，和孩子一起等他回家。这是他理想中的家庭模式。然而，迈莫不是这样的女人。她出身于信仰传统伦理观的家庭，目睹了母亲的生活，知道这种生活让她备受折磨。迈莫不打算遵从传统的伦理原则，她不会全身心投入到与罗伊的恋爱中，也不可能尽妻子和母亲的职责，在家庭中承担自己的道德责任。她并非真心地爱罗伊，对罗伊只是逢场作戏而已。她更不可能跟罗伊进入婚姻的殿堂，因为他无法满足她对奢华生活的需求。罗伊始终无法摆脱对过去的依赖，但是迈莫却无法帮助他正确地理解自己以往的经历。对罗伊来说，他之所以留恋往昔、迷恋年轻的时代，是因为他渴望保持那时的天真无邪、简单质朴和纯洁善良。他年轻时的生活让人感到踏实,他希望自己少年时代的生活能够持续更长的时间,但是正是迈莫毁掉了罗伊对过去和纯真的梦想。罗伊始终没有真正地忘记自己的童年,没有忘记他魂牵梦绕的在西部乡村的故乡。他也没有非常确定地接受个人主义的价值观,因为这些与他在乡村所接受的教育是不同的。罗伊和迈莫在一起,自己的精神追求和情感寄托都无法实现,他始终无法摆脱困惑和迷茫的状态。

　　罗伊始终无法理解父亲(包括精神之父),不能处理好与父亲的关系,这也是他生活在困境之中的一个重要标志。罗伊对自己的亲生父亲持有复杂的态度。首先,他对父亲有着一种崇拜的心态。罗伊对棒球的热爱,在很大程度上源于父亲的启蒙和指导。以前父亲常常在夏天带他出去,教他如何抛球。同时,罗伊与父亲之间也存在矛盾和冲突,因为祖母去世之后,父亲在工作时,常常把他扔在一个又一个儿童福利院。从某种意义上说,星探萨姆是罗伊的精神之父。他原来的工作是职业棒球运动员。退役后,他到处挖掘有棒球运动潜质的人。后来,他发现了罗伊。萨姆对待罗伊如同己出,对他特别关爱。他自己已经不能实现夺取冠军的梦想,便把希望都寄托在罗伊身上。然而,事情总是事与愿违,他们之间的亲密关系没能持续多久。在与惠莫的比赛中,罗伊打出的球意外击中萨姆,导致萨姆受到致命的伤害而死亡。

　　罗伊与自己最重要的精神之父波普之间,也无法建立亲密的关系。波普本人对棒球队有着深厚的感情。他花掉多年的积蓄,购买球队的股份,渴望能够带领球队,夺得棒球大联盟比赛的冠军。他还劝说罗伊,要他离开迈莫。他指出,迈莫总是不知足。如果一不小心,她就会让罗伊纠结于她的麻烦之中,那会分散他的精力,使他的力量受到削弱。波普人生阅历丰富,他的话对罗伊来说,的确是切实可行的忠告。但是,罗伊却不顾波普的劝告,继续与迈莫交往。罗伊的行为使刚刚有起色的球队又陷入困境之中,波普已经伤痕累累的心灵也再次受到了极大的伤害。波普就像父亲一样对待罗伊,但是罗伊却用残酷的现实,伤害了波普。

　　为了让罗伊能够摆脱人际交往中的困境,马拉默德在小说中还塑造了一位与迈莫形象完全对立的女性人物——艾丽斯。在某种程度上,这也是为了弥补罗伊在迈莫那里遭受到的情感挫折。艾丽斯遵循传统的伦理准则,她有责任感,对家庭生活抱有挚爱的情感。她是一位合格的母亲,也是一位性格坚强的女性。她十七岁时,就成了未婚的单身母亲。

但是，她不因为孩子带来的麻烦而怨天尤人。她宁可自己吃苦，也要让女儿快乐成长。为了实现这一目标，她辛苦工作、日夜操劳，承担了作为母亲的责任。女儿对她来说，既是精神支柱，也是生活乐趣的来源。正如她对罗伊所说的，孩子对她来说意味着一切，孩子让她感到幸福。罗伊在艾丽斯的影响下，逐渐转变自己的价值观，努力建立与他人之间的和谐关系。

艾丽斯的做法明显与迈莫不同：罗伊状态不好时，迈莫总是躲着不见他；艾丽斯虽然是一个陌生人，却为罗伊做了旁人无法做到的事情。艾丽斯表达了对罗伊的信任，她让罗伊知道，还有人相信他。她关注罗伊，认为他有能力，可以为他人做些事情。对于罗伊来说，艾丽斯是唯一能够给他带来幸福和快乐的女性。她发挥的是教导和拯救的作用，在关键的考验中挽救了他。罗伊和艾丽斯谈得拢，他跟艾丽斯讲起自己过去犯下的过错。罗伊第一次向他人诉说自己过去的隐私，他发现，说出来不像他认为的那样困难。艾丽斯聆听他的苦难遭遇，抚慰他心灵上的创伤。她指出，许多人都有两个人生。从儿童时期到青年时代的成长历程中，由于某些原因，人们常常会做出一些错事。遭遇失败之后，就会进入第二个人生。在苦难之中形成成熟的价值观，渐渐长大成人。艾丽斯与罗伊有着类似的苦难经历，所以她能够充分地理解罗伊。她与罗伊又有所不同，她把自己的青春年华都花费在照顾女儿身上，而罗伊却荒废了自己的年轻岁月。艾丽斯用自己的经历说明，在现代社会的生存环境中，人们可以发挥自己的潜能，能够在苦难中实现更有意义的人生。罗伊和艾丽斯向彼此敞开心怀，两个人之间交流的屏障消除了，这样有助于形成亲密无间的关系。

这里值得一提的是，罗依和艾丽斯一起开车出游，前往密苏里湖边。"新月在蓝色的天空上越升越高，洒下的月光如同雨水一样。……微风徐徐，湖水荡漾。"① 在恬静怡人的景色中，'罗依第一次向他人诉说自己过去的隐私。罗伊和迈莫也曾经一起开车出游，但是周围的景色却大不相同。当时，天空乌云密布，车子停靠的河边还有告示，提醒河水有污染。

但是，此时的罗伊还不具备成为英雄所必须具备的德行，没有放弃低贱的本能冲动。罗伊在迈莫与艾丽斯之间选择了前者。他只是把与艾

---

① Bernard Malamud. The Natural. New York: Avon Books, 1980: 153.

丽斯的情事，当作与迈莫之间感情的一种调味料和助推剂，他甚至没有想到让艾丽斯做自己的情人。他一旦走出事业的低谷，重新获得力量，成为"骑士"队的"救世主"，就会疏远艾丽斯。罗伊与艾丽斯之间本来可以继续发展的和谐关系，被稀释得如同白水一样。

　　罗伊与两个女友的关系展现了两种对比鲜明的女性形象：艾丽斯富有爱心、责任感和牺牲精神；迈莫则贪婪、自私、奢侈。在某种程度上，对罗伊来说，艾丽斯是现实生活中的导师，而迈莫则只是幻想的缔造者，以及梦想的毁灭者。

　　最终，罗伊对爱情和婚姻的追求以失败而告终，这一点是很容易理解的。他一直渴望纯真之爱，但是从来没有真正地理解这种爱。他很在意迈莫的年轻、漂亮。与迈莫相比，艾丽斯不仅是一位母亲，还当了外祖母，这就使得艾丽斯的形象在他心中大打折扣。罗伊如果与艾丽斯结合，那就意味着，他不仅成为丈夫，而且还必须要承担父亲和外祖父应该担当的责任。他一直"以自我为中心"，对责任和义务没有心理准备，所以选择了更加年轻貌美的迈莫。罗伊没有认识到，感情不仅需要激情，也意味着承担责任。正是这一点阻碍了罗伊与艾丽斯之间关系的发展。

　　罗伊本应该能够与波普和艾丽斯建立美好和谐的关系。他们相互理解，相互关心。但是，由于个人主义价值观的局限，他们之间的关系始终没能达到完美和谐的状态。在这种价值观占主导地位的情况下，罗伊一味地追求自己的梦想和欲求，形成了自私自利的观念，并且这种观念蔓延到他生活的方方面面。小说中数次提到罗伊无法承担道德责任。例如，他因为胃肠疾病，在球队指定的妇产医院进行治疗。那里有许多刚刚成为父亲的男子。罗伊在这里感到无所适从，决定离开医院，去训练场看看。当时，正是喂养婴儿的时间，他在一群离开医院的父亲中间，偷偷地溜出大楼。其他男子正在承担丈夫和父亲的责任，罗伊却与他们形成鲜明的对比，他没有牵挂妻子和孩子，一切"以自我为中心"。罗伊认为，对自己利益的关注是首要考虑的事情。他拥有成为棒球英雄的能力，但是他的目标仅仅是打破纪录，成为最好的棒球运动员。他在追求事业的过程中，只是希望获得个人荣耀和个人名利，没有服务他人的意识，也没有更高的人生目标。罗伊专注于理想的实现和欲望的满足，几乎因此酿成大错，浪费了青春岁月。受到迈莫的诱惑之后，他又毁掉了自己的事业前程。

　　罗伊生活在困境之中，原因主要在于以下两个方面：其一，他内心充满强烈的情感和欲望。为了爱情，他心甘情愿地接受迈莫的驱使。其二，作为现代美国社会的一名成员，他必然受到了占主导地位的个人主义和物质主义价值观的影响，甚至养成了与这种价值观密切相关的一些品性。罗伊没有接纳艾丽斯的爱情，主要原因是他不敢承担责任和义务。他选择了迈莫，也就难以对自己的职业和生活持有正确的态度，身不由已地陷入"名利场"的包围之中。罗伊无法克服自己的致命缺点，所以最终与迈莫之流妥协，毁掉了自己的事业和人生。

　　罗伊在婚姻上也持有比较传统的观念。他认为婚姻要以爱情为基础，恋人之间应该互相尊重、互敬互爱。他为了赢得迈莫的芳心，不断地向她道歉，让她不再记恨自己。他甚至从微薄的薪水中挤出钱来，给迈莫送贺卡、糖果，以及其他一些礼物，目的是让她从波普意外去世的悲伤中走出来。他这样做主要是因为他爱迈莫，所以为了她，他甘愿做任何事情，甚至逐步接受她所认同的物质主义的道德观。罗伊对迈莫付出了真情，努力适应她的生活方式，尽力缩小彼此之间的距离。他后来认可班纳的阴谋，最主要的原因就在于，他认为自己对未来的妻子有一种义务，要让她过上理想中的生活。罗伊从来没有想过凭借爱情去牟取利益，但是迈莫却利用了罗伊对她的感情。

　　在罗伊的内心深处，他根本不愿意打假球。他开始反省自己的行为，几乎不敢相信自己的所作所为。他认为，如果自己还年轻，前途还有希望，就不会将肮脏的手伸向这宗交易。在关键的决定比赛胜负的赛场上，罗伊感到力不从心。罗伊受到良心的谴责，真正认识到自己的选择是错误的。道德上的内疚感促使他开始反思自我、事业和爱情等问题。他自责自己贪恋女色和安逸的生活，为了满足迈莫的物质欲求，答应了班纳的计谋，拖累球队无法发挥出应有的水平。他非常内疚，觉得自己应该对此负责。在球迷的呐喊和助威声中，在波普的鼓励下，他甚至有了放弃与班纳的罪恶勾当的念头。

　　罗伊重新恢复了力量，他在比赛场上的斗志又一次被激起。他用力击球，每一板都可能是本垒板。但是因为波普的嘲讽，他不断打出界外球，浪费了一个又一个的机会。最后一个界外球打在了艾丽斯的脸上。罗伊得知艾丽斯已经怀孕，自己即将成为父亲。他终于意识到自己只是被迈莫和班纳利用的工具而已，是他们获取利益的垫脚石。罗伊长期受到压抑的传统的道德价值观被唤醒了，意识到了爱与责任的重要意义和价值。他亲吻艾丽斯坚挺的腹部，充满对她和孩子的爱恋。他告诉艾丽斯，为了她和孩子，也要赢得比赛的胜利。他接受父亲的角色，这就意味着他承担自己的责任，从"以自我为中心"转变到无私奉献。罗伊回到赛场，这时他已经成为道德上新生的人。但是，他已经浪费掉太多的机遇，无力扭转比赛的局面，只能承受失败的苦果。

马拉默德在创作中常常利用苦难主题，在他看来，苦难是美国现代社会普遍存在的一种现象。他认为，在物质主义泛滥的社会，人们在经历各种境遇的过程中，遭受到了前所未有的生存困境。个体处在异化的生存状态，不可避免地成为受难者。他指出，既然人生不是一帆风顺的，苦难也是无法避免的，那么对人们来说，重要的就是要在苦难的境遇中，探寻人生的意义。罗伊最终流下了悔恨的泪水，他认识到，自己从未在过去的经历中吸取教训，现在不得不再次承受苦难。罗伊历经苦难，绝处逢生，彻底警醒了。他归还贿赂他的钱财，回到了艾丽斯的身边。他打算与她和孩子一起，开始新的生活。

马拉默德让罗伊摆脱个人主义和物质主义带来的困扰和折磨。罗伊最终在爱与责任之中，找到了救赎的途径，做出正确的抉择，走出困境，完成道德成长的精神历程。罗伊开始时的所作所为，缺少英雄所具有的道德品质。他内心缺乏爱，很少想到要在事业和爱情生活中承担责任。他的行为也绝对不能说有责任感。罗伊经历苦难后，实现了重生，最终寻觅到了人生的意义。他理解了爱与责任的重要性，认识到自己应该承担起责任，也就此找到了人生的价值。由此可见，马拉默德对人生的看法并不悲观。他对其笔下的人物寄以同情，让他们在经历苦难之后，获得拯救，踏上道德回归之路。

随着最后一场比赛的失败，小说似乎也已经结束。实际上，这并不是小说的结尾。马拉默德的创作目的，常常不仅仅局限于此。他小说的结尾常常具有不确定性，这也是他创作技巧的特点之一。《天生的运动员》还隐含着其他的结尾。罗伊的棒球拍在赛场上折断了。他把它埋在土里，希望它能够生根，长成一棵大树。这段描写表明，在罗伊的内心深处，还存在着希望。他认为，自己还可以获得新生。小说的最后，罗伊一个人走在街头，抬手擦去辛酸的泪水。事实上，这才是小说真正的结尾。罗伊在历经磨难之后，并没有对生活丧失信心，他终于明白了人生的价值，不想继续沉沦下去。他希望打破"以自我为中心"的观念，承担责任，摆脱困境。罗伊开始重新实践人生的意义，积极而主动地为自己、为爱人和孩子的将来而奋斗。他赛场上的职业生涯以失败而告终，但在道德之路上却逐步完善自我。

在《天生的运动员》中，马拉默德展示了与美国现代社会相悖的文化价值观。罗伊在处理与他人的关系时，一直受到传统的道德价值观和个人主义思想的影响。他自始至终都困扰在这两种相悖的价值观中，且不得不做出抉择：一是为了实现理想，凭借自我奋斗，获得成功，成为精神意义上的棒球英雄；二是为了过上享乐的生活，获取金钱、地位和名誉，违背正义和道德准则，取得物质意义上的成功。这是两种完全不同、相互矛盾的理念。罗伊处于这两者之间，他在选择时常常陷入困境之中。最后，马拉默德让罗伊认识到，生活在个人主义盛行的社会里，也可以保持高尚的精神追求。在苦难的生活中，需要勇敢地面对人生，即便遭遇到痛苦和挫败，也应该振作精神，坚定向前。

在《天生的运动员》中，个人主义和物质主义的盛行使得人与人之间缺乏理解和交流，使得人们的心理发生扭曲。马拉默德提出了解决问题、摆脱困境的方法，那就是用关爱与责任来取代陌生、冷漠的人际关系。爱可以让人们彼此理解，相互关心；承担责任能够让人们之间的关系更加和谐，生活更加幸福。在爱与责任的力量下，人们就会遵循社会的伦理准则，就可能做到不只关爱自己，还会关心他人。马拉默德借此强调，人们拥有高贵的道德品质，具有爱自己、爱他人的能力。罗伊承受了种种遭遇和阻碍，最终认识到爱与责任的伟大力量。他摆脱精神危机和困扰，承担起道德责任，完成了精神探索的历程。马拉默德凭借罗伊的经历指出，在人类的精神世界中，爱与责任就犹如指路明灯，指引人们走出困境，在人生之路上继续前行。马拉默德在这种创作模式中，将主人公置于苦闷和孤独的生活境遇中，但是他们都能够战胜苦难，证明生存的价值。马拉默德的主人公强调做人的尊严，追求美好的生活，最终都能成为更加善良、更有道德的人。

（三）犹太伦理意识的缺失

如果说《天生的运动员》讲述了一个美国棒球运动员在人际交往的过程中，摆脱个人主义和物质主义的束缚，走出困境、实现道德救赎的故事，那么《基辅怨》则是发生在一个犹太修理工身上的故事。它述说了犹太人在反犹主义势力迫害下，摆脱困境、回归犹太伦理传统的道德成长历程。如果说《天生的运动员》表明了爱与责任是个体走出困境、获得救赎的主要途径，那么《基辅怨》则说明了犹太伦理意识在犹太民族摆脱生存困境、实现救赎过程中发挥的重要作用。后者的民族集体意识取代前面的个人意识,成为小说表达的主要内容。

《基辅怨》(1966)是马拉默德创作中期的代表作,获得了1967年的普利策奖和国家图书奖,是马拉默德创作技巧走向成熟的主要标志之一。小说发表之后,立刻赢得了评论界的一致好评。评论家们普遍认为,《基辅怨》中虚构性与真实事件之间的紧密联系,使其与马拉默德早期创作的作品大不相同。也就是说,在某种程度上,正是因为小说对社会现实中政治与历史题材的关注,才引起人们对马拉默德的极大兴趣,也为他赢得了大量的读者。

马拉默德曾经谈到过这部小说的创作目的。他表示,自己想要关注的是美国社会的不公正现象。20世纪五六十年代,美国黑人进行了大规模的争取民主权利的运动,身为少数族裔作家的马拉默德对此有切身的体会。马拉默德决定要创作以政治或者社会经历为题材的小说,表现"争取正义和秩序"的主题。他寻找相关的创作素材,回想起父亲讲述的梅纳海姆·门德尔·贝里斯(Menahem Mendel Beilis, 1874—1934)事件。梅贝里斯是犹太人,生活在沙皇统治时期的俄国。1911年,他在基辅被警察秘密逮捕。他被指控谋杀基督教儿童,用死者的鲜血,做逾越节时吃的未发酵面包,从事犹太宗教仪式活动。两年半后,他被无罪释放。《基辅怨》的故事情节主要来源于这一案件。但是,马拉默德并没有独立地看待这一历史事件,而是在追忆的过程中,让主人公犹太人雅可夫·鲍克经历了从犹太伦理意识缺失到回归犹太伦理传统的过程。他将这一事件与整个犹太民族的生存联系起来,从而使该部小说具有深刻的寓意。

犹太伦理意识是犹太文化的重要组成部分之一,也是犹太民族生存的动力和精神上的支柱。早期的犹太人大多不太精通所在地的语言,对所在地的了解也可以说知之甚少。因此,他们本能地聚居在一起,这样既增添了安全感,也有利于继续保持犹太民族传统的文化和宗教信仰。同时,犹太人在生活的进程中,不可能完全不与外界发生联系。恶劣的生存境遇常常使他们遭受痛苦的折磨,许多人便走出了犹太人居住区。但是,在与主流社会接触的过程中,犹太伦理意识却深深地根植于犹太人的精神世界里。在《基辅怨》中,马拉默德认为,对于犹太人来说,对犹太伦理意识的坚守,远远比自身的"生存"问题更重要。换言之,犹太人只有在本民族的地位得到承认的情况下,才可能考虑生存的现实问题。小说中的雅可夫最终找回对犹太伦理传统的记忆。他理解了犹太伦理意识在犹太民族生存和发展过程中的重要性,认识到回归犹太伦理传统是犹太人慰藉心灵、摆脱生存困境的唯一途径。

《基辅怨》被认为是"受害者小说","替罪羊"就是雅可夫在犹太社区和俄国社会中扮演的角色。马拉默德在《基辅怨》中塑造了一个生活在苦难中的俄国犹太人形象。有评论家指出,还没有一部小说如此详细、如此长篇幅地记录一个人所遭受的残暴迫害和欺压侮辱,也从来没有一位作家,用一整部小说来刻画残酷的压迫者如何欺辱一个毫无反抗能力的清白之人。小说开篇就指出,雅可夫习惯喝不放糖的茶。"这茶喝起来味是苦的。他便埋怨生活。"主人公雅可夫是一个孤儿,生下来才十分钟,母亲就死了。他还不到一岁时,父亲就在赶路时被两个醉酒的俄国士兵枪杀了。父母双亡,他在孤儿院里度过了苦难的童年。历尽艰辛长大成人后,他靠修理工的手艺,打零工度日,生活贫寒。与犹太姑娘拉伊莎结婚五年半,她不曾生育。他觉得没有脸见人,开始冷落她。后来,拉伊莎无法忍受他的冷漠,跟着在小旅馆遇到的一个犹太人私奔了。雅可夫感到极其羞耻和愤怒,于是决定出卖财产什物,离开犹太人聚居的小镇。他要摆脱犹太传统的束缚,到当时"俄国的耶路撒冷"基辅寻求机遇。

马拉默德笔下的雅可夫,试图在反犹主义猖獗的动荡世界中找到生存的立足点。经历生活的艰辛、婚姻的失败后,他决定抛弃犹太人身份,冒充俄国人,融入主流社会之中。雅可夫生活在沙皇统治时期的俄国,身处在双重社会文化结构中:在他的思想意识中,以犹太文化和传统为主导的犹太伦理意识依然占据着重要位置;同时,几百年来俄国人形成的对犹太人的认知态度、俄国当时的政治与经济状况等因素,对他确立自己的文化身份产生了重要的影响。在反犹主义势力的压迫下,雅可夫不确定自己的身份,为自己的身份而苦恼。他身上的犹太伦理意识呈现缺失的态势,他也一直生活在压力、危机、苦闷和困惑之中。

雅可夫不愿意承认自己的犹太人身份,马拉默德借这一事实说明,这是他犹太伦理意识缺失的重要表征。一般来说,具有犹太伦理意识的人,应该是一个有深厚犹太情结、努力维持自己的犹太身份、积极思考犹太身份价值的人。小说中的雅可夫却并非如此。在小说的开头几章,马拉默德强调的就是雅可夫如何否定自己的犹太身份。妻子跑掉后,他刮掉了象征犹太人的微微发红的短胡须。包括他岳父在内的不止一个犹太人奚落他，说他看起来不像个犹太人，可这些人的话并没给他带来痛苦。对于笃信上帝的犹太人来说，犹太教的教义和教规渗透在他们的日常生活中。犹太律法规定，犹太人不能放弃自己的犹太人身份。犹太人理当谨记"摩西十诫"，严格遵守与上帝定下的盟约。但是雅可夫离家之时，却故意遗忘掉绣有"十诫"字样的布包。布包里面装有犹太人祈祷时用的记载犹太经句的羊皮纸的经匣，还有一条教徒的头巾和一本《圣经》。从雅可夫的行为中，我们可以看出，他潜意识里希望自己能够彻底摆脱犹太人身份，这样，他就可以开始追求一种全新的生活。在他的观念中，犹太人身份是件不光彩的事，所以他竭尽全力地想要回避甚至忘掉自己的犹太人身份。

雅可夫已经下决心脱离犹太人社区，融入以基督徒为主的主流社会生活之中。第聂伯河是一条界河，它把犹太小镇和基辅分隔开来。河这边的犹太小镇看重的是犹太伦理传统，河对岸的基辅则是以基督徒为主的异教世界。雅可夫急于过河，于是他将从斯莫尔那里换来的老马抵给船夫做摆渡费，上了渡船过河。这匹老马同时也是犹太伦理传统的象征，雅可夫将代表犹太传统的老马留在犹太小镇，意味着他放弃了小镇和老马所象征的犹太传统。船夫是个基督徒，他对犹太人进行了恶毒的攻击。他还依照基督徒的方式，在胸前画了个十字。雅可夫害怕暴露自己犹太人的身份，不得不跟着船夫画个十字。这时，他袋子里的《圣经》扑通一声掉进了第聂伯河，沉入水底。他拒绝犹太人的身份，希望能有一个全新的俄国化的自我，从而成为一个真正的俄国人。

在沙皇统治时期的俄国，犹太民族一直被视为劣等民族。犹太人的社会和政治地位低下，他们受法令的限制，只能在犹太人居住区活动。雅可夫不但义无反顾地离开了犹太小镇，而且对基辅的犹太人居住区也充满了怨言。他急于摆脱现状，与犹太信仰和犹太伦理传统之间的距离已经越来越远。雅可夫在基辅获得了收入颇丰的新工作。为了尽快摆脱窘困的生活状况，融入主流社会，他大胆地决定继续隐瞒自己的身份，在非犹太人居住区安身下来。雅可夫所处的时代，俄国正处在"俄日战争"之后的黑暗统治时期。民众经常举行大规模的罢工和暴动，表达对政府当局的不满和愤怒。沙俄政府无法掌控局势，也没有有效的方法来排解民众的不满。犹太人就被当成最合适的目标来转嫁当时的社会危机。在这种社会条件下，犹太人一旦冒犯俄国人，就会给整个犹太民族带来灾难。

在这种复杂的社会状况下，生活在非犹太人居住区的雅可夫对自己进行了全方位的改造，抛弃了所有犹太人特征。他放弃了典型的犹太姓氏，改了一个更具有俄国特色的名字：雅可夫·伊凡诺维奇·多罗古雪夫。姓名对于犹太人来说，不仅仅是一种符号，更象征着一种文化身份。雅可夫放弃祖辈的姓氏，这意味着他力图抛弃犹太人身份，把自己归入俄国文化之中。雅可夫尽力改变自己的一些外在特征，例如姓名、语言、服饰、言谈举止等，他的目的是获得居住地主流文化的认同，融入主流生活之中。

　　雅可夫主动放弃自己的犹太人身份，这对犹太人来说是一种抛弃灵魂的行为。雅可夫在为异教徒工作的过程中，就经历了痛苦而恐惧的精神历程。他的内心情感也是复杂多变的。马拉默德对他此刻的心理变化进行了生动细致的描写："快点去把那份差事干完，把钱拿回来。等你把钱装进口袋了，就永远离开那个地方，永远忘掉它。这毕竟只是个差事，我并没有出卖自己的灵魂。我干完了就洗洗手走了。"①

　　雅可夫一心想参与到主流社会的生活中去，但是，他不但没有过上自己期望的生活，反而在精神上陷入更加困苦的境地。最后，他终于认识到，自己曾经愚蠢地冒充他人，希望通过这种方式创造机遇，过上美好的生活，但是结果恰恰相反。他意识到，那是个错误的机遇，并为此付出了巨大的代价。

　　雅可夫对犹太教信仰产生动摇，这是他犹太伦理意识缺失的一个重要表现。犹太教信仰与犹太民族生存和发展的历史紧密地联系在一起。众所周知，犹太民族在历史上经历过不堪回首的苦难，犹太人民遭受过无法承受的痛苦折磨。尽管灾难和屈辱始终伴随着犹太民族，但是犹太人并没有畏惧不前。连续不断的集体迫害和大屠杀并没有使他们的意志发生动摇，他们仍然以顽强的生存能力屹立于世。苦难中的犹太人之所以能够生存下来，他们精神支持和生存力量的来源就是犹太教信仰。犹太人恪守犹太教教义的法规和戒律，传承犹太伦理思想中的道德观念和行为准则，并且通过这些伦理道德标准来规范人的行为。犹太民族之所以具有强大的生命力，犹太人之所以能够凝心聚力，都与犹太教信仰是密不可分的。而且犹太教思想与现实生活紧密相连，并且不断做出调整，以适应时代发展的需要。在当今社会，犹太伦理道德标准仍然发挥

---

① [美]伯纳德·马拉默德：《基辅怨》，杨仁敬译，南京：江苏人民出版社，1984：38-39。

着至关重要的现实作用。

　　犹太教坚持不懈地谆谆教育年轻一代，在他们身上反复灌输本民族的信仰和传统习俗。因此，衡量犹太人犹太教信仰的重要依据，就是看他是否了解犹太教信仰，是否在日常生活中贯彻犹太伦理价值观念，并且能够从中有所启发、有所领悟。雅可夫为了追求自由和幸福的生活，对犹太教信仰产生了动摇。他长期生活在苦难之中，对犹太教和犹太人心目中的上帝从信仰到失望，再到最后的绝望。雅可夫对犹太伦理思想予以坚决的否定。他认为，世俗才是最重要的，因为这至少可以让他心存希望，摆脱窘困的生活境遇。他希望脱离犹太历史，能够拥有非犹太人的自由。雅可夫试图通过寻求自由，找到一个新世界，从生活的困境中解脱出来。但是，他寻求自由却以被逮捕、关进监狱、遭受更多的苦难为结局。他在背离犹太教信仰的过程中，身体和精神上遭受了更加痛苦的折磨。

　　雅可夫对传统的犹太家庭伦理观没有全部接受，这是他犹太伦理意识缺失的又一个重要标志。从犹太历史和犹太教的教义来看，犹太民族十分重视家庭关系，他们竭尽全力维护家庭和婚姻的完整和幸福。家庭是犹太民族生活的基础，家庭的稳定也是维护犹太社区安定的一个重要因素。犹太人坚信，幸福美满的家庭是神圣的、至高无上的。夫妻双方都不应该做出一些破坏家庭幸福的事情。换句话说，犹太教坚信，组建家庭和婚姻关系的先决条件，源自于男女双方各自生理方面的自然需求，以及对家庭和爱情生活的渴望。夫妻的结合应该以爱、以心灵的自由释放为基础。

　　雅可夫在处理自己的家庭和婚姻问题时，完全背离了犹太伦理传统。就像斯莫尔所指出的，他对待妻子总是缺乏慈悲。雅可夫选择与拉伊莎结婚，因为他认为自己需要找个老婆，而拉伊莎需要找个丈夫。他相信，建立家庭就能够让他过上稳定的生活。实际上，稳定的家庭生活的实现，关键还在于夫妻双方"相互对等"和"相互信任"的关系。雅可夫与拉伊莎结婚多年，也没能生育孩子，他对此大为不满，于是不再理睬妻子，与妻子过着分居的生活。在家庭生活中，夫妻是彼此的伴侣。他们之间的关系应该亲密无间，相互关心，相互体贴，共同承担苦难。但是，雅可夫所做的一切，都是以自我的需求为中心。他不顾妻子的感受，不考虑自己的做法是否会伤害她的感情，是否会对家人造成严重的影响。他的所作所为已经完全违背犹太伦理原则。

在犹太家庭伦理意识中，承担责任是非常重要的。犹太伦理观认为，一个人尤其要对自己的家人负责，而且每个家庭成员都有自己的责任和义务。岳父斯莫尔代表的是传统犹太人的观点。他无法理解雅可夫的行为，坚持认为雅可夫应该对妻子和家庭负责。他指出，拉伊莎做了雅可夫多年的贤妻。每次雅可夫遇到了不幸，拉伊莎都为他分担了。然而，雅可夫却回避自己对妻子、对岳父、对家庭的责任。他将家庭视为限制自己自由的刑具、束缚自己生活的枷锁。他要努力摆脱窘迫的生活现状，同麻烦的家庭相脱离。雅可夫疏离了妻子，这表明他有意摆脱犹太家庭伦理观对自己的约束，犹太传统珍视的家庭亲情关系也随之被割断。

在《基辅怨》中，雅可夫无法理解岳父，没能处理好与岳父之间的"父子关系"，这是他犹太伦理意识缺失的一个重要表现。雅可夫与斯莫尔之间没有血缘关系，但是斯莫尔一直与雅可夫夫妇生活在一起。在某种程度上，他充任了雅可夫精神上的父亲。"父子关系"是犹太教的主要根基之一，犹太人的生存依靠这种联系。犹太教认为，父亲是家族的领袖，家庭继承按照父权秩序来进行。在犹太人的观念中，父亲常常是一家之长，是犹太民族传统的代表，身负传承犹太文化的重任。父亲往往是某种权威、规章律令和价值标准的代表者。他们可以对子女下达命令，可以斥责子女犯下的错误和过失。对于子女来说，他们对父亲的权威常常抱有崇尚的心态，在他们心中，父亲就如同上帝一样无所不能。

在《基辅怨》中，雅可夫与岳父斯莫尔之间就存在着分歧和异议。首先，他们在外貌上就有着巨大的差异。斯莫尔是个虔诚的犹太教徒，这从他的装束上就可以看出来："头上戴着那顶硬帽子，是他从附近的小镇的垃圾桶里拣来的，一淌汗就粘在头上。但是，作为一个教徒，他并不在乎。此外，他还穿着擦满补丁的长袍，一双干瘪的手从长袍里露出来。他的鞋子很肥大。他没有靴子，跑路穿这个，到处流窜也穿的这个。"① 与斯莫尔不同，雅可夫则以迥然不同的形象展现在读者面前。他是个"瘦瘦高高的忐忑不安的人。他穿着松散的衣服，带着尖尖的帽子。他的耳朵大大的，双手又脏又硬，肩膀宽宽的，满面愁容，灰色的眼睛有点闪闪亮，头发是棕色的，鼻子有时像犹太人的鼻子，有时却不像"。② 他在外表上已经看不出犹太人所具有的特点。

---

① ［美］伯纳德·马拉默德：《基辅怨》，杨仁敬译，南京：江苏人民出版社，1984：3。
② ［美］伯纳德·马拉默德：《基辅怨》，杨仁敬译，南京：江苏人民出版社，1984：7。

雅可夫和斯莫尔生活在犹太人聚居的小镇上，但是对他们来说，相同的生存环境却产生了大不相同的感受。雅可夫将小镇形容为坟墓一样的地方。犹太小镇象征着犹太传统，在雅可夫眼里，这里的犹太人被犹太伦理束缚，没有自由，都是"囚犯"。他认为，要获得自由，摆脱"监狱"的唯一方式就是离开这里。斯莫尔对犹太传统怀有深厚的感情，他喜欢小镇。他有自己的理解："外地怎么样，我们这个小镇也怎么样：有许多人，有他们的苦难和忧愁，有各种各样的情况。但是，这里，至少上帝同我们在一起。"① 在他的意识里，犹太小镇就是一种文化载体，只有在这里，犹太传统才能被完全保留和传承下去。当斯莫尔得知，雅可夫要去对犹太人来说危险重重的基辅时，他一遍又一遍地劝说雅可夫不要离开小镇。他指出，在犹太人居住区之外，犹太人想要弄到居住证是不容易的。只有那些有钱的犹太人，以及那些有技术的犹太人才能弄到。他不理解，雅可夫为什么要去基辅，那是一个危险的城市，那里有许多反对犹太人的人。

《基辅怨》中雅可夫与斯莫尔之间的矛盾和冲突，主要源于价值观和文化取向上的差异。"精神之父"斯莫尔坚守、捍卫传统的犹太伦理观，作为"儿子"的雅可夫则试图摆脱传统的束缚，追求自由的生活。斯莫尔一直劝说雅可夫，让他保持对上帝的忠实信仰。他警告雅可夫，生活在异教徒的世界要千万小心，最有效的办法就是祈求上帝的保护。实际上，斯莫尔的劝说对雅可夫来说没起到任何效果。在两个人的交谈中，雅可夫不断地诉说自己是个有需求的人，要到外面去试试运气。如果说犹太小镇在某种程度上是传统伦理意识的代表，那么基辅则象征着异教的世界，意味着与犹太传统的疏离。雅可夫的行为表明，他试图割裂与犹太传统之间的联系，想要通过抛弃犹太传统的方式，踏上新生活的征程。雅可夫决定在"异域"的社会中开始新生活，但是，他自始至终都无法摆脱生存的困境。他为了生存，积极主动地改变自己。然而，最终他不仅很难进入主流社会，而且对本民族的记忆变得淡漠，陷入更加挣扎的境地。显然，马拉默德认为，对于犹太人来说，虽然身处"异域"，但是不能放弃犹太伦理传统，不能完全抹杀自己民族生活的印记，否则后果是严重的。这样的做法，意味着犹太民族文化本源的枯竭和毁灭，从而真正彻底地成为"他者"，无法走出困苦的生存境遇。

---

① ［美］伯纳德·马拉默德：《基辅怨》，杨仁敬译，南京：江苏人民出版社，1984：10。

雅可夫在困苦的生存境遇中背离犹太伦理传统，这在很大程度上是由俄国当时的反犹主义倾向造成的。欧洲历史上的反犹主义由来已久，历史上的不同时期和阶段，反犹主义在表现方式和内容上存在着差异。《基辅怨》中的反犹主义主要表现在以下几个方面。

　　首先，反犹主义者将犹太人视为是与魔鬼结盟的人，把社会问题归咎于犹太人的存在。《圣经·新约》中耶稣被犹大出卖，钉在十字架上，基督徒因此就把犹太人视为魔鬼，认为犹太人是迫害他们的罪魁祸首。小说中许多反犹主义者都表达了这样看法。雅可夫急于渡过第聂伯河，他没有表明自己的犹太人身份，结果听到了船夫对犹太人的评价：

> 　　不管怎么说，上帝保佑我们大家不受血腥的犹太人的杀害，他们是高鼻子、大麻子、骗子、吸血鬼、寄生虫！如果可能，他们连阳光也不给我们。他们用他们那发臭的身体和呼出的臭气搅乱了天空和大地。他们传播的疾病把俄国推向死亡，除非我们把它消灭掉。犹太人是魔鬼，这是尽人皆知的事实。①

　　当时，雅可夫吓得有点颤抖，但是他不敢做出任何反应。他担心会暴露自己的犹太人身份，他心里想，让他尽管说去吧。在船夫这些人的观念中，善良、无辜、忠诚的基督徒遭受苦难，就是因为犹太人的缘故。船夫认为，犹太人一天天侵蚀俄国，要拯救自己的祖国，唯一的办法是消灭他们。他指出，应该号召俄国同胞们一起采取行动，用一切武器武装起来，向犹太人居住区发起进攻。船夫其实是在示意，犹太人是俄国人遭受苦难的原因所在。在基督教思想占主导地位的社会中，这是一种普遍存在的看法。马拉默德通过船夫的言论，或明或暗地揭示了犹太思想和基督教思想的矛盾、犹太人与反犹主义之间的冲突。他指出，在这个反犹主义者充斥于世的城市，雅可夫所面临的就是敌意和威胁。

　　反犹主义者还普遍持有一种看法，认为犹太人没有真正的思想和感情，因此，他们常常会做出一些违法的、不道德的事情。被害小男孩基尼亚的母亲玛华就是一个典型的反犹主义者。她指责那些狂热的犹太人，说他们谋杀基督徒小孩，并抽干他宝贵的鲜血。她还接着指出，犹太人尔虞我诈，他们会诈骗人，这是他们的本性。而且犹太人生来就是罪犯，

---

① ［美］伯纳德·马拉默德：《基辅怨》，杨仁敬译，南京：江苏人民出版社，1984：26。

他们走私、抢劫、贩卖偷来的货物。她斥责雅可夫,认为他一定还干了别的淫狠的事情。可见,反犹主义思想深深地影响玛华。她对犹太人抱有成见,而且还带有偏见和不共戴天的仇恨。在这些根深蒂固观念的影响下,玛华认为将她和情夫的犯罪行为转嫁给犹太人是最合适的做法。

小说中的天主教神父也是这样一个反犹主义者。他声称,犹太人永远敌视基督徒。他相信,犹太人谋杀信基督教的小孩,并私分他的鲜血。因为对犹太人来说,可以用它来搞妖术和巫术的宗教仪式,做春药和毒染水井,注入一点致命的毒物:

> 使瘟疫从一个国家传播到另一个国家,将被杀害的基督徒的血和他们犹太人自己的尿、毒蛇的头和被绑架的给伤残的我主基督鲜血淋漓的身躯混在一起。据记载,一切犹太人都需要用基督徒的血来延长他们的生命,否则他们就会夭折早死。而且当时他们认为我们的血是他们治病的最佳药物,……他们用我们的血去做逾越节的食品。①

相比于反犹主义者对犹太人持有敌意和恶毒的偏见,沙俄政府则把雅可夫当作"替罪羊",让他承担社会危机和动乱的罪责,并且以此为借口,对他进行迫害。20世纪初,俄国正处在"日俄战争"失败后的黑暗统治时期,国内各种矛盾不断激化。沙俄政府迫切需要一只"替罪羊"来转移矛盾。长久以来,犹太人一直都在扮演着这样的角色。小说中的检察官就指出,犹太人是政治威胁。他说:"犹太人支配着全世界,我们觉得自己受到他们的束缚。我个人认为自己处在犹太人的压力之下。"②

由于反犹主义者的行径,雅可夫生活在痛苦和磨难之中,身心备受折磨。马拉默德刻画了他的不安全感和恐惧心理:在小镇上,他为别人修补物品之后,常常担心自己是在白干活。他害怕连一盘面条都弄不来;在离开小镇、前往基辅的路上,他内心充满恐惧,害怕要到一个陌生的城市。他很少长途旅行,所以他也惧怕旅行;在砖厂干活时,他担心遭到别人的歧视,生活在忐忑不安之中。他睡不好觉,半夜醒了之后,好

---

① [美]伯纳德·马拉默德:《基辅怨》,杨仁敬译,南京:江苏人民出版社,1984:125-127。
② [美]伯纳德·马拉默德:《基辅怨》,杨仁敬译,南京:江苏人民出版社,1984:16。

像觉得有人要害他。他害怕白天偶尔想起的灾难；在监狱的囚室中，他心里常常充满了对死亡的恐惧，睡眠也是在恐惧的氛围中度过的。由此可见，反犹主义不仅对雅可夫的身体而且对他的心理造成了巨大的伤害。犹太民族经历了几千年的苦难生活，产生了这种典型的民族心理。即使是在生存条件稳定之时，这种感觉也会常常伴随着犹太人。在受到异族文化的威胁和恐吓时，这种心理更会影响他们的精神和情感。在反犹主义的威胁下，雅可夫背离犹太伦理传统。他害怕承担伦理责任，随之而来的是无可奈何，是他无法理解的、痛苦的生存状态。

雅可夫一直无法回避他是犹太人这一事实。待在区法院牢房的最初几天里，他以为对自己的控告不能成立，因为这件事跟他的生活和行为没有任何联系。这时，雅可夫面对不可避免的命运、无法承受的灾祸时，表现得束手无策。在被关押期间，他不仅遭受身体上的折磨，还被看成是诡计多端、妖魔一般的犹太人。马拉默德借雅可夫遭受的苦难和磨难，再现了反犹主义背景下犹太人的真实生存状况。雅可夫作为"替罪羊"原型，是在替犹太人甚至人类承担责任、承受苦难。这是他的宿命，也是犹太人注定的命运。

在雅可夫回归犹太伦理传统的过程中，反犹主义也起到了至关重要的作用。反犹主义分子不断地提醒雅可夫他的犹太人身份。他也逐渐认识到，在这一案件中，政治阴谋和宗教迫害相互交织在一起，因此更加错综复杂。正如马拉默德在小说中所说：

> 到那洞里现场参观以后，他就不再考虑什么成立不成立、真相和伪证的事了。根本无"理"可讲，他们只是反对一个犹太人，或者任何犹太人的阴谋。他是偶然被选上的牺牲品。他会被审判的，因为控告已经进行了。不需要有什么别的理由，犹太人本身就意味着他在生活中是容易遭殃的，包括历史上酿成的最严重的错误。偶然性和历史的必然性在雅可夫身上交织在一起，而他从没想过他会给牵连进去。这种牵连，用另一种说法，并非针对他个人，但它的影响所造成的厄运和痛苦却并非如此。①

在苦难的境遇中，雅可夫最终认识到问题的严重性。这件事不只关

---

① [美]伯纳德·马拉默德：《基辅怨》，杨仁敬译，南京：江苏人民出版社，1984：146-147。

乎他个人的冤屈，还涉及整个犹太民族的生死存亡。他意识到，作为犹太人，他要对整个民族负责，他要用忍受痛苦的方式来换取犹太民族的生存。雅可夫对自己遭受的苦难有了更深刻的理解。他认识到，受难意味着承担责任，反过来说，承担责任也意味着受难。"通过一个人自身的受难来认识到他的责任，他将面临一种新的受难形式，这种新的受难源自于对他人负担的承担。在这方面，受难是负担上升的必要部分，因为它源自对任务的承担，正义的人将任务承担在自己身上。"① 雅可夫对犹太人的责任观的态度发生了彻底的变化。在这一过程中，反犹主义是他遭受苦难的原因，同时也激发了他的民族意识。雅可夫理解了自己轻视的犹太伦理的意义和价值。他终于成长起来，承担起自己对犹太民族的伦理责任。

（四）犹太伦理传统的回归

为了摆脱苦难的生活，获得主流社会的认同，雅可夫尽一切努力，放弃自己的犹太人身份。然而，结果却被诬陷犯了谋杀罪，在监狱里遭受了更加痛苦的折磨。经历了种种苦难之后，雅可夫走出了虚幻的世界，重新认识自我以及自己的真实处境。他接受现实的生活状况，回归犹太伦理传统。他同反犹主义势力进行坚决的斗争，并且获得最终的胜利。

实际上，雅可夫无论是在心理上还是在情感上，都无法真正做到割舍犹太伦理意识。他也认识到，自己根本不能彻底背离犹太伦理传统。犹太民族的"集体意识"深深铭刻在雅可夫心中，犹太伦理传统总是潜意识地影响他的一些行为。犹太伦理观认为，人们应该承担对彼此的责任。雅可夫离开犹太小镇时，斯莫尔为他送行。当斯莫尔消失在远处时，雅可夫突然觉得心里非常痛苦，因为他忘了悄悄塞给斯莫尔一两个卢布。雅可夫感到痛苦的原因很简单，斯莫尔生活困苦，他为自己没能给予斯莫尔必要的帮助而感到后悔。雅可夫发现醉倒在在雪地里尼古拉·马克西姆莫维奇。尽管他对尼古拉没有任何责任和义务，而且尼古拉身上还有黑色百人团的标志，但他还是救了尼古拉，并且帮助他的女儿基娜把他送回家。雅可夫的这一行为也暗示，他作为犹太人，民族的伦理观早已铭刻在心了。在犹太人的观念中，能拯救受害者却不去搭救的人，违

---

① 周海金：《论犹太人的苦难观》//傅有德主编：《犹太研究》（第7辑），济南：山东大学出版社，2009：131。

背了《圣经》关于"你不应在你邻居流血时袖手旁观"的戒律。犹太伦理观主张的实施善行的思想，深深地根植于雅可夫的伦理意识之中。所以，他能够承担自己的伦理责任，为他人提供有效的帮助，包括自己的亲人，甚至陌生人和敌人。

雅可夫认为，自己已经将犹太律法忽略了，可以很轻松容易地放弃犹太伦理传统，然而最终却发现，要摆脱它不是那么轻松的。基娜引诱他，他几乎顺从了她的诱惑。后来，他发现她正处在经期，于是他断然拒绝。基娜认为，这时是最保险的时候，因为可以确保不会怀孕。但是对雅可夫而言，这样的行为是万万不可以做的。在犹太人的意识中，处于月经期的妇女是不洁净的，这在《圣经·旧约》有明确规定："不可亲近正在行经的妇女。"① 所以，我们可以把雅可夫的做法，看作一种践行犹太律法的行为，犹太伦理思想在他身上得到了较为突出的体现。

雅可夫的生活方式和为人处世的原则，也潜移默化地受到犹太传统的影响。小说中的细节描写可以证明这一点。雅可夫在砖厂干活时，看见几个男孩殴打一个犹太老人。他把男孩们赶开，把老人带到他的宿舍休息。老人从口袋里取出几片未发酵的面包，并且开始祈祷。他意识到，应该是犹太人的逾越节快到了。他感觉自己被一股强烈的情感所打动了。后来，雅可夫在梦中与老人相见。他梦见老人质问他，问他为什么躲在这里。马拉默德是在借助梦境暗示雅可夫在责问自己：为何极力隐藏自己的犹太人身份和真实情感？雅可夫认为，自己已经放弃犹太传统，但是那只是外在特征的改头换面。在内心深处，他无法做到真正的割舍。

马拉默德还利用案件的调查官比比科夫让雅可夫意识到要承担对犹太民族的伦理责任。比比科夫是沙俄政府官员，但是他不相信为宗教仪式而谋杀的说法。他根据掌握的证据，认为雅可夫对这事件的描述是实情。三个月后，雅可夫在狱中最后一次见到了比比科夫。比比科夫表明，他会竭尽全力保护雅可夫，这让雅可夫看到了希望。他认为，比比科夫能够帮助自己从监狱里出来，恢复自由。这样，他可以摆脱那可怕的控告和罪名，从为他设下的陷阱中解脱出来。后来，比比科夫还出现在雅可夫的梦中，并对他说，如果他能够设法出狱，必须记住自由的目的是"为别人创造自由"。在比比科夫的指引下，雅可夫的伦理观念发生了变化。他明白了，自由不仅仅是指从监狱中被释放，还要从自我囚禁中解

---

① （《圣经·利未记》18：19）。

脱出来。他知道，自己现在牺牲个人身体上的自由，却可以确保犹太民族在精神和道德上的自由。他也理解了，作为犹太人，他的命运与整个民族息息相关。

在犹太律师奥斯特洛夫斯基的帮助下，雅可夫对引起自己困境和危机的社会原因有了更加深入的了解。他对雅可夫说：

> 基辅是个充满封建迷信和神秘主义的中世纪城市。它往往是俄罗斯反动势力的中心。黑色白人团——愿他们早给送进坟墓——他们煽动民众中最无知最野蛮的家伙来反对你。他们被犹太人吓得要死，同时也想把犹太人吓死……同胞中能逃离这里的都在逃走。有些逃不掉的已经在哭丧着了。他们嗅嗅空气，好像闻到大屠杀的腥味。①

雅可夫终于明白，他被逮捕，因为当局需要一个犹太人作为血腥罪恶的例证。他们需要"替罪羊"，转移公众对集权和暴政的不满情绪。解决问题最简单的办法，就是把民众的愤怒引向反对犹太人的冲突。律师话语里充满了关切之情，他知道雅可夫的日子多么难熬，多么不容易。他告诉雅可夫，虽然目前不能解决问题，也无法消除他遭受的苦难，但是犹太同胞没有放弃他。他们组织了一个拯救雅可夫的委员会，有朋友支持他，他不是孤立的。律师要雅可夫耐心、沉着。在他那里，绝望中的雅可夫既看到了希望，也得到了感情和心灵上的慰藉，同时理解了回归犹太伦理传统的必要性。

雅可夫开始在现实生活中实践犹太伦理规范。犹太教教义重视日常生活中的行为，明确要求，犹太人在生活实践中要重视行动。而且，还有许多具体的、明确的条文，规范人们在日常生活中如何将信念付诸实践行动。雅可夫开始在现实生活中实践犹太伦理观中的"乐观精神"，这是他回归犹太伦理传统的一种重要手段。犹太乐观主义的主要特点，就是不屈从于这个世界的冷漠，对世界上普遍存在的邪恶现象持有蔑视的态度。犹太民族正是凭借这种乐观精神，用坚强的道德意志和毅力去面对生存境遇中的苦难。

《基辅怨》中的调查官比比科夫在面对困难时，始终能够保持乐观的心态。作为沙俄政府的一名官员，他深知雅可夫当时的艰难处境。但是

---

① ［美］伯纳德·马拉默德：《基辅怨》，杨仁敬译，南京：江苏人民出版社，1984：289。

第三章 伦理与身份的主题书写 · 83 ·

他没有被这种困境吓倒，没有表现出一点慌乱。他要求雅可夫，不管发生什么事情，都一定要坚忍不拔。正如他本人在小说中所说：

> 我有点像个社会向善论者。这就是说，我的行动像个乐观主义者，因为我觉得我不能像悲观主义者那样行动。人们往往觉得在时代的混乱面前是孤立无援的，有一大堆难于控制的事件和经历过的经验力图去了解，假如可能的话加以处理；假如他有什么能出力的地方，他就不该逃避工作的重任。他是冒着失去自己的人性而这样做的。①

雅可夫在比比科夫精神的感化下，开始反思自己的悲观情绪，逐渐改变对现实世界的悲观态度。在监狱的孤独生活中，他思考着这种特别的生存状况、这种令人不堪忍受的压力。他感悟到，应该用乐观的心态，解决其面临的问题。他认为，自己必须克服恐惧的心理，必须得生活下去。犹太伦理中的乐观精神在他身上体现出来，这从他对生存的渴望就可以推知。他知道，如果认可了莫须有的罪名，整个犹太民族都会因此受到牵连，蒙受不白之冤。他期望重新获得自由，但是他也不再害怕死亡。他要掌控自己的命运，掌控整个犹太民族的命运。他的身体变得越来越虚弱，可是道德上的力量却增强了。雅可夫满怀信念和乐观的态度，营造自己的生活。在白天的漫长时间里，他无所事事。为了克服无聊和单调，他尽量安排各项事情，雅可夫身上体现出了犹太伦理中的乐观主义精神，他在思想意识上逐渐回归犹太伦理传统。

雅可夫最终明白了，不管他愿意与否，都必须接受苦难的生存状态，因为它是犹太民族命运和生存经历的主要构成要素。身为犹太人，他有义务把它变成生存下去的精神动力。他意识到，消极被动的回避是没有意义的，他下定决心要为斯莫尔、为整个犹太民族承受苦难。对于犹太人来说，这种崇高的信念显然是与犹太伦理传统息息相关的。经历了苦难和危机之后，雅可夫认为应该"尊重人以及人的生命"，这是他回归犹太伦理传统的一个主要途径。犹太教教义强调，人以及人的生命具有重要的意义和价值。犹太伦理思想强调要重视一切生命，相信世界上任何事物，都无法与人的性命和人的价值相比。而且，犹太伦理思想还坚信，

---

① [美]伯纳德·马拉默德：《基辅怨》，杨仁敬译，南京：江苏人民出版社，1984：165。

生命就是一种责任。人必须生活下去，生命存在不能被看作是人可以逃避的某种东西。也就是说，生活是上帝要求人应该承担的责任，生活具有特殊的意义。无论遭受怎样的磨难，都要努力生活下去，这种生命责任伦理是犹太教信仰最鲜明的特点之一。

雅可夫开始时违反了犹太伦理的这一信条，没有足够重视人以及人的生命的重要性。他被关在区法院的牢房时，就对如何保证自己的安全一无所知。他虽然认为不应该告诉同牢房的犯人自己被控告的原因，可是很快就说出来了，结果他们疯狂地踢他，他感到无比愤怒，但却无法反抗，最终失去知觉。他与政府官员以及监狱卫兵打交道时，仍然采用对抗的方式。他毫不客气地嘲笑检察官，说他鼻梁短、鼻子肥肥的、宽扁的，并且蔑视地把他比作"狗"。检察官火冒三丈，用尺子抽打他的下巴，还威胁说，要把他关在牢里，直到把他身上的肉从骨头上一片一片剥光为止。雅可夫有许多次与监狱长和卫兵发生冲突，常常使他们很恼火，以至于自己遭受到严重的迫害，几乎丢了性命。后来，他偷了季特尼亚克的针，试图结束生命，想要摆脱苦难屈辱的生活，那种一直被铐着、搜身搜个没完的生活。

雅可夫在梦中梦见斯莫尔去世之后，就改变了这种想法。他开始对生存抱有极大的渴望。马拉默德这样描述他当时的心情："他在黑暗中思索：如果我自杀，我怎能替他（斯莫尔）死？如果我去死，我既要嘲弄他们，又要结束自己的苦难。对斯莫尔来说，他已经不为人理睬了。如果他们发动一次庆功的大屠杀的话，他可能为我的死而死。"①雅可夫得出结论，如果是这样的话，自己死了，除了不再受罪之外，不能得到什么，还会有犹太人为他而死去。雅可夫跟自己说，不要再想去死，不要采取他们毁灭自己的办法自取灭亡，不要帮助他们杀死自己。他改变了之前所采纳的、不被犹太伦理传统允许的做法。雅可夫开始重视自己生命的重要意义，这在某种程度上，也意味着他对犹太伦理传统的回归。

雅可夫在日常生活中注重维护亲情，这是他实践犹太伦理规范的一种重要表现。在狱中，雅可夫一反之前对待妻子粗暴无礼的态度。他总是尽可能回忆她的优点，认为她是一个漂亮姑娘，聪明伶俐。想到两个人分居的原因，他也意识到是自己的责任更多一些，因为他没能尽其所

---

① ［美］伯纳德·马拉默德：《基辅怨》，杨仁敬译，南京：江苏人民出版社，1984：258-259。

能关心她、爱护她、照顾她。尽管他对妻子的背叛相当失望，但是在犹太伦理传统中重视亲情观念的影响下，他还是对她给予了足够的谅解。当拉伊莎到监狱来探望他时，他觉得她看起来还是老样子，还是那么年轻。他想，她是个不坏的女人，是自己亏待了她。经过长时间的可怕的狱中生活，他对她的情感依然如故，还有浓浓的爱意。他看着她，觉得自己心里的热血在沸腾。对他们之间的关系，雅可夫更多的是自责。他对拉伊莎说：

> 我想过咱们从开始到结束的生活，我不责怪你，我更多的是责怪自己。你给得少，得到的也少，不过，我得到的，有些比我该得到的还多……我对不起你。我后来不跟你亲近，也对不起你。我曾想出门刺死自己，所以我伤了你的感情。还有谁和我这么亲密？我还在这牢里受罪。我不再是以前的我了。我能再说些什么呀？拉伊莎，假如我能重新经历人生的坎坷，你就可以少哭一点。①

雅可夫学会了接受爱、给予爱。他还把拉伊莎当作亲人、最亲密的人，并且为她提供了力所能及的帮助。拉伊莎请求雅可夫，要他认可自己与别人所生的孩子。他本可以一口回绝，但是经历过监狱中的苦难生活之后，他意识到维护亲情的重要性，并且更加珍视亲情。他回答说，可以给拉伊莎写个证明，说明那个孩子是自己的。雅可夫承认拉伊莎的孩子，证实他不仅原谅了妻子，接受了妻子和她的孩子，而且也表明他摒弃了以前"以自我为中心"的观念。他具有更宽阔的胸怀，肯定了自己与犹太人之间的一体性。

雅可夫对岳父斯莫尔也不再漠不关心。他对斯莫尔怀有真挚深厚的感情，认为他是个好人，总是尽力开导自己。他在梦中梦见斯莫尔去世，很伤心。醒来时，泪水已经打湿了他的胡子。当他听到斯莫尔真的去世的消息，他的内心充满了缅怀之情。雅可夫的言行显示出他自责自己开始时对亲情的漠视。随着亲情意识的增强，他逐渐改变了对待家人和亲情的态度。注重亲情观念是犹太伦理观的基本特征，正是这种传统的亲情意识，使得雅可夫在心灵深处还保留着对妻子和岳父的关爱，使他逐步完成对犹太伦理传统的回归。

---

① ［美］伯纳德·马拉默德：《基辅怨》，杨仁敬译，南京：江苏人民出版社，1984：274。

雅可夫在监狱的现实生活中实践犹太伦理规范。虽然他看到的尽是沙俄政府的堕落、疯狂和罪恶，但是他不再抱怨，而是以积极的姿态、凭借坚忍不拔的毅力面对生活中的苦难。同时，他对生活的态度和实践行为也打动了看守卫兵，季特尼亚克引用福音书的话，安慰雅可夫：忍受到最后，人总会得到救赎的。雅可夫的行为是对犹太伦理观传统的有效阐释，他在潜移默化中阻止了自己犹太伦理意识的消退，从而更加坚定了犹太教信仰。

雅可夫对犹太人的自由有了更深刻、更全面的认识，这是他回归犹太伦理传统的一种主要方式。近三年的监狱生活，使得雅可夫对自由的认知发生了巨大的转变。入狱之初，因为失去了人身自由，他感到很痛苦。那时，他相信，人只有参与到社会生活之中，才算是获得自由。为了早日得到释放，他不断强调控告是没有证据的，自己没干过那样的事情。他指出，已经把事实全部说出来了，而且自己不是信教的人，只是一个思想自由的人。他为了获得自由，奋力抗争。

雅可夫非常渴望监狱外面的自由生活，但是他明白，即使自己被释放，获得人身自由，却终究无法解决犹太民族面临的问题。也正有鉴于此，他多次拒绝了政府当局提供的获得自由的机会。检察官威胁利诱他，让他在坦白书上签字，承认是杀害基督教男孩的凶手。这样他就会被秘密释放，会得到"一张俄国护照"和"到欧洲以外某个国家去的旅费"。然而，他拒绝签字。他宁愿在监狱里度过终生，因为他知道那样做会给犹太民族带来巨大的灾难。一个神父来劝说他叛依天主教，这样他就可以获得自由。雅可夫为了表示抗议，把犹太祈祷披巾盖在头上面，把用来扎手臂的皮绷带扎到眉梢。他还拒绝了法学教授劝他接受沙皇特赦的建议，因为那样他将被视为一个囚犯，而不是作为无罪的人获得自由。

雅可夫没有接受这些可以获得自由的"机会"，他不想因为自己的缘故，让犹太民族面临的局势变得更加糟糕。他需要的是一个公正的审判，不想因为自己认罪而使犹太民族蒙受羞辱。他宁愿失去人身自由、自己受苦，也要承担对犹太民族的责任和义务。他希望能够以自己受难的方式，保护犹太人，让他们享有同样的生存权利。所以，他决心以牺牲自己的自由为代价，让世人了解他个人和犹太民族的冤案。雅可夫最终将自己的经历与犹太民族的历史和命运紧密联系在一起，他在道德上成长起来。他意识到，对于异教徒来说，一个犹太人的身份就是整个犹太民族的象征。如果自己被控告杀害了基督徒的小孩,那么整个犹太民族也被控告了,就如同在十字架上钉死耶稣基督的凶手的罪就是一切犹太人的罪一样。雅可夫终于明白了,历史对于犹太人来说具有重要意义,他的犹太伦理意识得到了增强。雅可夫对自己与犹太民族之间的关系,也有了一个正确的理解。他认识到:

> 自己只是半个犹太人,可是,在保护他们方面够得上一个完人。他毕竟了解这些人,相信他们有权做犹太人,在世界上像人一样地生活。他反对那些反对犹太人的人。他会尽他的力量去保护他们。这是他自己立下的契约。如果主不是人,他总该是个人。因此,他必须经受考验,让人家用谎言来证实他是无辜的。他已经没有前途,但他还得坚持下去,等待出头的日子。我要活下去,我要等,等到审判的那一天。①

雅可夫认为,自己不能牵累俄国境内的其他犹太人。面对外在世界的压力,他下定决心要承担起对犹太民族的伦理责任。

苦难的人生经历让雅可夫彻底转变了。他觉得自己内心有点变了,不是以前的自己了。他不再是一个胆小而懦弱的犹太修理匠。他坚持认为自己无罪,质疑沙俄政府残暴无情的专制统治。他对目前的局势、对自己陷入困境的原因,也有了更深刻的理解:

> 因为政府贬低犹太人的价值,从而破坏他们的自由。所以,不管他在哪里或到哪里去,不管发生什么事,他总是危险的。……任何犹太人,任何看来貌似犹太人的人都是沙皇的敌对分子和受害者。……他被关禁,挨饿,受侮辱,虽然他是无辜的,却像只动物给用铁链绑在墙上。为什么呢?因为在一个腐败的国家里,没有一个犹太人是无辜的。这是它的腐败,它对受迫害者的恐惧和痛恨是最明显的表现。……俄国有许多比反对犹太人更糟的弊病。那些迫害无辜者的人自己也绝不会是自由的。②

---

① [美]伯纳德·马拉默德:《基辅怨》,杨仁敬译,南京:江苏人民出版社,1984:261。
② [美]伯纳德·马拉默德:《基辅怨》,杨仁敬译,南京:江苏人民出版社,1984:300。

马拉默德表明，之前雅可夫心中不断出现的追寻自由的欲望，是其自私自利的表现。只有在民族意识中，这种狭隘、自私的欲求才能转变为一种为他人、为民族争取自由的博大理念，个体的痛苦与困境才能最终消除。雅可夫维护自己和犹太民族的自由和尊严，最终转变成了一位"政治人物"。雅可夫懂得了犹太人不能从历史中退出，也不必要成为被动的受害者。他应该采取行动，为自己和犹太民族的自由和生存而斗争。

雅可夫对上帝的质问演变成了对上帝的理解，开始为了犹太民族的生存与反犹主义进行斗争，这也是他犹太伦理意识觉醒的一个标志。他不再避讳自己的犹太人身份，把自己的命运和犹太民族紧密联系在一起，决心竭尽全力同反犹主义势力斗争到底，走上了回归犹太传统之路。

雅可夫在苦难的生存经历中，认识到犹太伦理传统的重要意义，并且懂得了只有犹太伦理意识才能拯救自己，走出困境。也就是说，雅可夫的困境是由于他缺少犹太伦理意识所导致的必然结果，回归集体和犹太伦理传统则是治愈痛苦、解决问题的最好方法。在犹太伦理意识中，雅可夫获得了精神上的慰藉，重新认识自我，重新认识世界，也找到了人生的意义。马拉默德借此表明，犹太文化强调集体和社会伦理价值、重视集体观念，犹太伦理传统在每个犹太人的心中都深深地扎下了根。正是这种伦理传统促使犹太人民团结起来，能够在遭受苦难、欺侮和迫害的生活中幸存下来。

在犹太民族苦难的生存历史中，犹太伦理传统不仅为犹太人提供精神上的抚慰和保护，而且还让他们得到心理上的归属感。这种传统既满足犹太人的生存需求，也为犹太民族在困境中实现发展和种族延续提供了动力和支持。在犹太民族遭受苦难和压迫的过程中，犹太伦理传统成为犹太人寻求内心安宁的避风港，是他们走出困境、继续生存下去的基础和保障。马拉默德提醒犹太人牢记集体意识，不可遗忘犹太伦理传统，这样犹太民族才能在苦难中顽强地生存下来。小说中雅可夫从身份危机中找寻民族生存意义，回归犹太伦理传统，这个历程更像是一则关于犹太民族生存经历的寓言。马拉默德借助雅可夫这个人物，提倡一种介于个体与民族之间的道德模式，他对伦理问题的关注也从个体提升到整个民族。

## 二、犹太人身份的认同与重构

马拉默德在创伤体验中思考人与自身、人与环境、人与他人关系中的自由与平等问题,在创作中用平实的写实风格揭示出人在囚禁与自由中的挣扎、伤痛。他们或找寻到治疗的良方,或依然踯躅在寻找的路途上。马拉默德站在历史高度,从人与制度、人与环境、人与政治、人与自身等多个角度对人类的自由之伤进行感悟和构建,力图找寻其中的根源和解决途径。作为犹太作家,背负着几千年犹太民族追求自由与尊严的血泪史,马拉默德对枷锁与自由的剖析尤为深刻。犹太民族的历史是一部流浪史,是一部与"反犹主义者"抗争寻求自由的历史。他们比任何一个民族都生存得艰难,比任何一个民族对自由和囚禁有着更深刻的认识。长期的、全世界范围的歧视、排挤、驱赶给这个民族的历史和精神打上深深的烙印,囚禁着每个犹太人的意识和灵魂。

### (一)马拉默德与犹太人身份认同

20世纪五六十年代,美国掀起少数群体的维权运动。黑人、妇女等弱势群体纷纷登上政治舞台,为自己的权益呐喊。为了解决认同危机问题,美国犹太人也加入到60年代的社会运动行列。在这个背景下,马拉默德也认真思考身份认同、民族认同问题。马拉默德作为第二代移民,在很大程度上受到了美国文化的影响和熏染,他本人对犹太宗教和犹太上帝有种疏离和距离。所以,马拉默德在作品中更关注的是人物思想观念、心理机制、道德操守等方面体现的犹太精神和内涵,对犹太民族的历史关怀和责任感。《店员》中的莫里斯不去教堂,日常生活中不遵守宗教习俗:安息日不休息,偶尔吃火腿肠,可他在道德范畴里严格遵循犹太传统。马拉默德甚至在小说结尾安排意大利青年弗兰克皈依犹太教,从身体到思想变成犹太人,可见马拉默德更强调思想、道德上的"犹太性"。他本人违背父亲意愿,娶了意大利非犹太女性为妻,但丝毫不影响他对本民族精神的热爱和关怀。身为第二代移民的马拉默德清醒地看到当代美国犹太人面临的身份困境。要减少仇视、被歧视的可能,需要尽快融入主流文化,尤其二战后部分犹太人尽量降低自己身份的被关注度,甚至完全抛弃犹太人身份。随着时间的流逝,他们似乎忘记了自己是特殊身份的人,只有非犹太人认为他们是犹太人,犹太传统和文化被逐渐抛弃，美国文化闪耀着光芒和强大的生命力。作为作家的马拉默德敏锐地捕捉到犹太人的困境——被同化是有代价的。他们陷入身份认同、文化认同、民族认同危机。他们抛弃传统文化和身份，却不可能完全融入主流社会，非犹太人依然认为他们是犹太人，可他们又回不到本民族文化中去，成为"晃来晃去"的人，没有最终的归属感，找不到心灵和精神的家园。马拉默德以此表明：在现有条件下，排犹主义依然存在的环境下，犹太人失去原有身份并不能获得真正自由。

1. 犹太身份认同危机

美国犹太人处在这种多元文化氛围中，身份认同危机是他们普遍面临的问题。对于犹太人来说，"犹太身份"既是福祉又是灾难。他们一方面因为是"上帝选民"而骄傲，另一方面又因为几千年所受的民族迫害而悲痛。雅可夫·鲍克在小说开始就陷入认同危机。他对自己的生活产生怀疑，精神上充满失望，挫败感占据着他的灵魂。他的认同危机源于生活中的各种伤痛。首先童年家庭生活的缺失没有使他从小得到应有的关爱。因此，当雅可夫的岳父斯莫尔责备他"你总是缺乏慈悲"时，雅可夫勃然大怒，站起来说：

> 别跟我谈什么慈悲。我一生究竟有了什么？我有什么可给的？我生来是个地地道道的孤儿。我生下来才十分钟，我母亲就死了。而你知道我可怜的父亲后来出了什么事……我那苦难的童年是在臭气冲天的孤儿院里度过的，我好不容易才活下来。我在梦中吃，也在吃中梦。……我不得不靠双手去劳动。什么东西破碎了，我就去修配一下。当然，要是谁的心碎了，我就没办法。我们这个犹太人居住的小镇上，样样东西都是支离破碎的……这里从来没什么好机会。坦率地说，我的心情很不好。①

雅可夫在成年阶段陷入了不愿或不能把自己托付给未来的停滞期。他的青年时期正逢"俄日战争"，他被抓入伍，虽然没等参战战争就结束了，但他这种流离失所、没有归属的生活没能使他与他人建立任何亲密感，心理上对环境的疏离感和不信任感一直伴随着他。遇到问题，他潜意识地推卸自身责任，把结婚五年半没有孩子归罪到拉伊莎身上，在妻

---

① [美]伯纳德·马拉默德：《基辅怨》，杨仁敬译，南京：江苏人民出版社，1984：4-5。

子一次次求助于拉比依然没有怀孕后，他自我中心观念占上风，不仅忽视拉伊莎的感受，而且忽视她、冷落她，甚至和她分居，以至于拉伊莎最后忍受不了家庭冷暴力，和他人私奔。这无疑对本来就伤痕累累的雅可夫是致命一击。从他和岳父间的对话，可以看出他对妻子的怨恨：

> "尽管你得不到慈悲，你对别人也要发发慈悲。我不是指钱，我是说对我的女儿。"
> "你女儿不配。"
> "我带她跑遍了所有城镇，她找了一个又一个拉比，可是没有一个说她会生小孩。她身上有了一个卢布，就跑去找医生，但他们给她的回答是一样的。找拉比看还便宜些。所以，她跑掉了。愿上帝保佑她！"
> "让她永远跑掉吧！"
> "她做了你多年的贤妻。每次你遇到了不幸，她都为你分担了。"
> "她造成的不幸，她就该分担。直到她逃跑前的最后一分钟，也许是最后一个月，或者再早一个月，她都是贤妻。但是，逃跑就是她的不贞。她活该染上黑死病！"①

　　这时候的雅可夫把妻子视为罪魁祸首，他不能协调所遭受的苦难、创伤，在认知上处于狭隘、易怒、偏激阶段。自我中心观念使他从不站在妻子角度思考问题，更不会体谅妻子渴望孩子、忍受他人歧视的感受，陷入自我的悲痛和不幸中不能自拔。犹太传统、宗教对家庭的重视也是雅可夫认同危机的重要原因之一。犹太人自古注重家庭的繁衍和地位，认为拥有家庭的人才算完整的人。雅可夫整个人生充满苦涩，妻子不孕对他是致命打击，作为犹太人的最后尊严被撕破。不仅人生早期所受的苦难和创伤没有得到抚平和安慰，成年时依然磨难不断。雅可夫承受着来自内心和外界的自卑与轻视。所有这一切导致他认知上的失衡，他对现实生活充满了失望，感到整个人都处于贫苦、磨难的囚禁之中。为了个人尊严，为了寻求生命的意义，他决定离开旧环境，去探索新的生活方式，迈出改变的第一步。

　　马拉默德认为现代人信仰危机是身份危机的主要原因之一。信仰是

---

① ［美］伯纳德·马拉默德：《基辅怨》，杨仁敬译，南京：江苏人民出版社，1984：5-6。

人类的精神活动和精神现象。"是对精神层面追求的坚定与执着,是人能动地认识世界的一种特殊方式。"信仰是终极价值取向上引导价值创作源泉的精神机制,在人类精神活动、自身发展和社会实践中具有重要作用。长期作为客民居住于他国的犹太人,面对外来文化的压迫和排挤,在多元文化和价值体系冲突中价值标准会趋向功利化和世俗化,从而使本民族的原有信仰受到威胁,或者因为生存,或者因为被环境所迫,有的犹太人放弃本民族信仰的价值关怀,导致信仰危机。"同化"是犹太人、犹太作家无法回避的现实问题。

马拉默德认为在当时世界大环境下,并没有实现人类真正的平等,犹太人完全放弃民族信仰并不能取得真正的自由。雅可夫在经历放弃宗教信仰、竭力融入他者文化惨遭失败后,最后回归本民族信仰就表达了这一观点。

在马拉默德生活的时代,信仰危机不仅弥漫整个西方世界,还波及犹太社区和犹太思想,犹太人也经历着痛苦挣扎,面临着文化、思想上的矛盾和变革。内因和外因两方面导致犹太人对宗教信仰的动摇:内因是虔诚的信仰,追随上帝并没改善他们的命运,并没带来理想中的自由和平等。他们对宗教体系和上帝作用产生动摇、怀疑甚至精神缺失;外因是外界的歧视与排挤给他们烙上特殊标志,无论走到哪里,人们都用特殊方式对待他们,无论哪里有危机,他们都会成为发泄对象和替罪羊。他们在政治、经济、文化等各个领域受到压制和剥削。长期的民族创伤历史和遭遇使他们渴望与居住地主流文化融合,除去自己身上的特殊标志,和其他人一样得到尊重,过正常人的生活。内因和外因都是犹太人生存策略的结果,他们为了生存,不得不面临着融入居住地文化,即主动或者被动地被同化的局面。

雅可夫的信仰危机体现在宗教信仰和民族信仰上。岳父斯莫尔和雅可夫两代人对上帝、对宗教的态度截然不同。老一代虽然生活清贫,但依然在笃信上帝中寻求精神慰藉和依托。饱受苦痛的雅可夫从未得到过生活的安慰和回报,他对自己的生活充满怨恨,用嘲讽的方式发泄对上帝、对命运的不满和愤恨。所以他"近年很少到教堂里面去……他曾在那里度过了许多小时,可多半是白白浪费时间,一无所得"[①]。信仰没能够改变命运,生活多难使他失去宗教信仰的耐心。雅可夫经历了众多创

---

① [美]伯纳德·马拉默德:《基辅怨》,杨仁敬译,南京:江苏人民出版社,1984:15。

伤性事件后，对情感、家庭、生活等失去信心，缺乏安全感和成就感。既然上帝对他的子民的悲惨命运无动于衷，他就选择放弃对上帝的信仰，靠自己改变命运。他开始了艰难的尝试，踏上了改变自我，或者说伪装自我，主动去接受主流文化或者说主动去被同化的过程。

　　他希望从里到外完全地改变自己的犹太属性。他脱去犹太人的传统长袍，穿着松散的衣服，戴着尖尖的帽子。妻子跑掉后，他刮掉微微发红的胡须，他不去教堂，不祈祷，将犹太传统仪式抛之脑后。犹太人自诩为"上帝的选民"，把个人应该承担的社会责任和义务看做是与上帝之间的契约，要严格遵守人与神的约定，认为这样才能得到庇护和体现自我价值。虔诚的犹太人严格遵循犹太宗教、文化中的传统和风俗。犹太民族长期的集体苦难和个人的痛苦经历促使对犹太人身份感到惶恐和畏惧的犹太人急于摆脱犹太宗教和身份的束缚。雅可夫在离开落后犹太居住区的过程中，一步步从服饰到外貌丢弃了犹太宗教的影响。扔下破败的家，告别老岳父和犹太社区，他牵着匹羸弱的老马，驾着破烂的马车行走在离开的路上。在抛弃犹太传统的路上，就如他的人生经历一样充满坎坷和困难。老马老态龙钟，走走停停，破旧的马车先是右轮撞裂，用三个轮子艰难走了半里路后左后轮又撞上车轴断裂。虽然懊恼，但这一切没能动摇、阻止雅可夫渴望离开、渴望新生活的念头。丢掉马车，雅可夫骑在马身上摇摇晃晃坚持前行，终于来到第聂伯河边，在船工的劝说下他把老马作为摆渡费卖给船工，当他坐上船，看着岸边栓在木桩上的老马眼巴巴地望着他时想："它像个犹太老人。"马拉默德擅长运用各种意象传达深刻的文学内涵。这一切首先象征着雅可夫一步步与原有传统和生活告别，遗弃原有身份和宗教信仰，渡过第聂伯河，丢掉《圣经》，彻底进入新的世界和面对新的身份。其次，一路坎坷也预示着雅可夫追求新生活的道路不会平坦通畅，当时的黑夜与狂风也象征着未来充满未知的困难和危险。简单地放弃原有信仰和身份并不是解决犹太人问题的有效方式和途径。

　　马拉默德用细腻的笔触揭示了犹太人面临的身份危机和艰难的选择。在大流散时期，他们长期受到寄居地政治势力、宗教势力和主流文化的血腥排斥，家庭、生命遭受破坏和践踏，身心充满创伤。为了生存，为了更好地生活下去，部分犹太人像雅可夫一样选择丢弃原来的身份和信仰，加入到主流文化中，期望用同化来抚平创伤、获得生存的自由。马拉默德对族人抱着深切的同情，对犹太历史进行梳理和反思，他认为同化的最根本原因是外界的挤压。他也指出摆脱宗教信仰和民族信仰并不是疗伤的良方，反倒会陷入更深一轮的伤痛中。不仅得不到梦想的新生活和自由，反倒恶性循环，失去精神的基本归宿和支柱：既回不到本民族中，又不被他文化所接收和承认。就像雅可夫一样生活在两个世界的夹缝中，隐藏着真实的身份，惶惶不可终日，直到最后灾难的到来。

2. 难以割舍的民族情结

表面上，雅可夫放弃犹太宗教信仰和民族信仰，想通过摆脱自己犹太人身份进入相对"自由"的非犹太世界寻找生的希望。他可以改变衣着、外貌、语言等外在的形式，却无法改变自己的思想、思维等内在的东西。他深受犹太教影响，内心依然是犹太人，无形中依然按照犹太法规行事。尼古拉的女儿基娜有身体缺陷，在寂寞中被雅可夫吸引，并竭力引诱他。异性的诱惑、对异性的渴望并不能够取代宗教法规在他内心深处的地位。

雅可夫被尼古拉派去砖厂做监工，以防技术工人普罗斯柯和车夫勾结偷工厂的砖。尼古拉明知道砖厂需要依赖普罗斯柯的技术，告诉雅可夫让他监工就是起到震慑的作用。如果雅可夫圆滑一些，完全可以两边充当好人，不至于把自己置于危险之中。可他认真负责，不仅早起监工，还当面指出普罗斯柯的错误，引起他的仇恨，开始怀疑雅可夫的身份和来历。雅可夫内心焦虑不安，"晚饭也吃不下。我不是当监工的料子，他想，那是非犹太人干的差事。可是，他还是按老板对他的要求去做"①。犹太教主张不可害人，要诚实正直。从小深受犹太教教义浸染的雅可夫在行事中不自觉地遵守法规。

所有这些表明，放弃犹太人身份使犹太人处于水深火热的煎熬中：既要隐藏或者抛弃自己的原有文化和身份，面对他者文化的排挤和歧视，又要忍受内心对本民族无法彻底摆脱的依附和依恋。马拉默德把改宗者的内心痛苦和挣扎淋漓尽致地刻画出来。造成所有这一切的根本原因是严重的排犹主义，如果没有排犹潮流，没有对犹太人的压迫和屠杀，犹太人就不必面临改宗的恐惧和煎熬。作为作家的马拉默德并没把矛头对准历史上已成事实的各种流血事件或者排犹机构、制度。他把历史事件作为背景，立足犹太人本身的精神历程、精神成长。思考个人在苦难面前如何应对，如何完成个人救赎和修复创伤。但他冷静的描写却引起读

---

① [美]伯纳德·马拉默德：《基辅怨》，杨仁敬译，南京：江苏人民出版社，1984：75。

者的思考：犹太人为何如此灾难深重？如何才能消除人类史上这种罕见的大规模屠杀和迫害？如何才能取得人类的真正平等和自由？

（二）自由身份的重构

马拉默德通过雅可夫的身份重构试图寻找个体如何获得自由、修复创伤的答案。为了追求新生活，雅可夫离开犹太居住区，丢弃犹太信仰，谨慎地隐藏自己的犹太人身份，寝食难安地生活在非犹太环境中。即使这样，非但期望的生活没有得到，他反倒含冤入狱，身心遭受重创。但也正因为跌入深渊，他开始了思想觉醒、再生的历程。在和排犹专制政府和势力的对抗中，他反思自我，思考个体与民族集体的关系和命运，思考自由的真正含义，完成迷失—受挫—觉醒的个人心路历程，或者说通过背弃—回归的民族信仰模式，完成身份重构，获得精神上、信仰上的真正自由。

1. 对苦难的重新认识

马拉默德在《基辅怨》中一如既往地深化自己的苦难主题。苦难是犹太人与上帝的契约内容之一，犹太民族是上帝的选民，他们为自己受苦，为整个人类受难。只有在苦难中沉淀下来，勇于面对，在苦难中承担起自己的责任和义务，才能完成个人的救赎与升华。雅可夫最开始不能真正理解苦难的含义。他以自我为中心，思考人生的出发点仅仅是自己和个体。雅可夫入狱之前一直抱怨命运的不公：失去父母、无子无女、妻子与人私奔、自己一贫如洗，他诅咒种种苦难，怨恨上帝的不眷顾，把所有这些归罪于犹太人身份的束缚，他希望通过离开那如监狱般的家乡，隐藏自己的身份，放弃信仰，来寻求新生活；认为远离以前的苦难是解脱的办法，却从贫穷的束缚进入了真正的监狱，完全失去人的尊严和自由。在短短的时间，他目睹俄国反犹的强大势力和非人性，从普通民众、警察、法官、检察官、神父到更高级的司法部门，他们捏造各种证据，对真相视而不见，甚至故意忽略所有疑点，把所有罪过推到雅可夫身上，并试图诱惑他承认是团体作案，来制造借口，陷害犹太人，把国内矛盾转嫁到犹太人身上。检察官格鲁贝索夫是当权派典型的代表，他从不掩饰自己厌恶犹太人的言论，他试图收买雅可夫，嫁祸于整个犹太人。

雅可夫尽管身陷囹圄，依然保持正直、善良本性，他在危难时刻，依然坚持原则，和以格鲁贝索夫为代表的反犹势力的虚伪、丑陋形成鲜明对比。他拒绝出卖他人，拒绝嫁祸于整个犹太人来换取个人的自由。他的认知开始从自我中心向集体中心转移。雅可夫从开始的抱有希望开始反思自己，开始思考整个事件，认识到根本无理由使自己成为反犹势力的牺牲品。他开始后悔离开家乡并检讨自己的错误："谴责反犹太主义，谴责命运，甚至有时也谴责犹太人。"这个时候的雅可夫认为他的遭遇更多的是"个人的，痛苦的"。

随后他在监狱中受到进一步残忍折磨：被狱中同胞欺骗和出卖、食物被投毒、寒冷、疾病、一天数次的搜身，以及死亡的威胁。在极度痛苦中他思索自己的命运："做个犹太人，除了终身受非难，还有什么呀？"他在寂寞中用阅读和回忆《旧约》来排解痛苦，把自己的个人痛苦与民族痛苦联系起来。从宗教中寻求力量和精神支撑。他开始慢慢重拾以前丢掉的犹太人身份和犹太属性。意识到作为一个犹太人的责任和义务。"他自己只是半个犹太人，可是，在保护他们方面够得上一个完人。他会尽他的力量去保护他们。"①

雅可夫深刻意识到自己的使命，拒绝俄国当局几次诱惑，坚决不承认自己有罪。因此，他被铁锁钉在囚室墙上，日复一日不得自由走动，偶尔忍受到极限会萌生结束生命来结束痛苦的念头，可想到自己的责任，想到自己如果这样含冤死去会给俄国境内犹太人带来厄运和屠杀，他就用顽强的意志忍受着种种痛苦。雅可夫在牢狱中失去自由和尊严，但思想和认识却在敌人的残酷折磨中越来越成熟、深刻。他意识到犹太人的历史是充满痛苦的，是历史造成的。在沙俄当时的政治环境下，作为犹太人，只有承担起自己的责任，勇敢面对苦难才是唯一出路。他不仅为自己受苦，也为当时所有犹太人受苦。把个人命运和集体利益联系到一起，使个人思想得到升华和解放，道德上获得新生，精神上获得了真正自由。

2. 爱与正义力量的彰显

个人的精神升华需要有外界的启蒙和帮助，雅可夫只有在与外界、与他者建立起关系后，才在这种关系中感觉到被关注、被爱，并懂得个人的责任与义务，学会去爱，在与社会、集体的关系中意识到个体的价值与生存意义，从而慢慢走向信仰回归、身份重构。帮助他与外界建立关系的人，也是他精神、道德上的引路人。

---

① ［美］伯纳德·马拉默德：《基辅怨》，杨仁敬译，南京：江苏人民出版社，1984：115。

雅可夫被捕入狱后，目睹了沙俄反犹政府从官僚、神父到平民百姓的盲目排犹，他们捏造证据、歪曲事实，只想置犹太人于死地。调查官比比柯夫却代表着混乱社会中的正义、理智和公正力量。他说："我按法律办事。法律会保护你的。"可他忽略了当时的法律是掌握在腐败政府手里，沦为专制阶级的工具。他公平对待雅可夫，在审问证人、研究证词、证据后指出雅可夫是无罪的，死去孩子的母亲玛华和她的情夫却有巨大嫌疑。他给予雅可夫精神上的鼓励和支持。"不管发生什么事，你一定要坚韧不拔。"

为了帮助雅可夫，为了维护公正，比比柯夫把希望寄托在更高一级的司法机关。他偷偷把收集的证据送到司法部长那，希望把雅可夫的罪名只限制在非法居住非犹太区上。比比柯夫冒险到监狱中见雅可夫，鼓励他坚持下去。他计划把证据材料寄给报社来维护真理。但比比柯夫也意识到局势的危机，他对雅可夫说："要记住，假如你的生活是没价值的，那么我的生活也是一样。假如法律不能保护你，它最终也不能保护我。"比比柯夫的举动惹怒了以检察官格鲁贝索夫为首的排犹势力。在黑暗的专制统治下，正义显得弱小无力。比比柯夫很快也被捕入狱，关在雅可夫附近，偶然的机会雅可夫发现隔壁被吊死的犯人是比比柯夫。死前他用鞋子敲打墙壁试图与雅可夫交流，愤怒的敲打也是对沙俄黑暗统治的控诉。比比柯夫用他对正义的热爱和捍卫指引雅可夫要坚持真理，哪怕用生命做代价。

老岳父斯莫尔一生穷困潦倒，但对犹太宗教虔诚、执着，在雅可夫的生活中扮演了父亲的角色。雅可夫决定放弃犹太人身份和信仰时，斯莫尔叮嘱他要坚持信仰，要记得上帝。那时的雅可夫内心充满愤怒和怨恨，毅然离开岳父和家乡。斯莫尔听说雅可夫遭遇不幸后，想方设法帮助他。他通过贩卖获得四十个卢布，虽然他一生贫困，这是他一生见过的最多的钱，可他依然毫不犹豫用它贿赂守卫士兵，换得一次仅见雅可夫十几分钟的机会。斯莫尔冒着随时被发现枪杀的危险帮助雅可夫，他的善良、无私和执着比他宣扬的上帝更能给雅可夫以精神和道义上的鼓励和支持。比比柯夫和斯莫尔用生命帮助雅可夫，给他传递关心的信号：他不是一个人在受苦，他没有被抛弃，他是集体中的一员，他与外界有着千丝万缕的联系。他们也用生命启示雅可夫，人活着是有责任和义务的，他们在为雅可夫负责，雅可夫也应该担负起自己对他人的责任和义务。他们对雅可夫的帮助是人道主义的爱，是对正义、人性的热爱，是无私的爱。

　　雅可夫对妻子拉伊莎的态度转变体现出他自我认识的改变。最初他的认知完全立足于以自我为中心，心中对外界环境、对社会充满愤恨，抱怨命运的不公、上帝的不作为。把自己一切不幸归罪到妻子拉伊莎的不忠与私奔，视拉伊莎为耻辱。在狱中承受折磨的时候，他开始自我反思，自己忽视了妻子的伤痛，开始站到他者角度看待问题。这意味着雅可夫开始审视自我，也开始珍视这种自我与他人的关系，并勇于承担人与人关系中的责任和义务，在社会责任中找到自我位置和价值。当拉伊莎告诉他自己与别人生了个男孩，因为是私生子身份不被犹太社区承认时，他虽然认为"我的痛苦真是没有尽头啊"，但依然答应给拉比写信证明自己是孩子的父亲，来帮助拉伊莎母子免受犹太社区的歧视和排挤。彻底可以忽视甚至牺牲个人利益来替他人着想，象征他在与他者关系中建立起完整的自我意识和价值体系。他在别人的关心、帮助中成长、蜕变，学会宽容，学会爱和付出，迈出自我身份重构的重要一步。创伤在这种社会关系的建立中得到缓解，在被关爱和关爱他人中得到某种程度上的修复。

　　结合历史和当时的现实，雅可夫意识到自己的命运有其必然性，人有自然属性，同时也有社会属性，追求自我自由、权力的同时也受其他人自由和权力的限制，所以只有在民主、平等、公正的政治环境下，人的自由才有保障。雅可夫在追求自由的过程中，在经历过创伤和生死考验后，从抱怨到接受，从仇恨到宽容，从逃避到勇于斗争，完成了自我认知的修复、自我身份的重构。他把个人磨难与民族和集体命运紧密联系到一起，走向修复个体创伤和民族创伤的道路。通过对雅可夫的塑造，马拉默德结合历史事件，深刻反思犹太民族命运问题。因为被迫害、被排挤，犹太人就像囚徒一样失去自由、失去做人的尊严。犹太人身份像咒符一样禁锢着他们。为了基本的生存，为了获得自由，为了避免更多的伤害和痛苦，一些犹太人期望通过改宗改变生存命运。马拉默德在文学作品中揭示出，如果一个民族放弃自身文化传统，去追寻另一种文化传统，等待他们的只能是更深的社会、心理冲突和矛盾。马拉默德表达了他对犹太精神的观点：在人类取得完全的平等、真正的自由前，现代犹太人只有扎根犹太宗教和历史，正视犹太人身份，坚持犹太精神和文化传统，才能获得真正的归属感；在犹太民族中，在集体中，找到个体的生存价值，才能避免更大的创伤，并逐渐抚平历史上的民族创伤。他认为:"所有的人都面临两难困境:我们有必要洞悉他人的樊篱,但不要试图朝里张望;社会不公、冷漠、无知普遍存在……沉溺于过去的经历、内疚、困扰,这种个人囚禁——换言之,这些东西使人看不清自我了。一个人必须要构建、开拓自己的自由。"

马拉默德在艺术世界中用他自己的方式揭示了人类生存中的各种囚禁与获取自由的可能。自由不一定是物质的成功,自由也可以是一种精神上的回归、心灵的安宁和灵魂的和谐状态。

# 第四章 苦难中的救赎主题

　　犹太文化中的"救赎"思想,作为一种极其重要的神学观念,同样来源于希伯来圣经。救赎的意义建立在犹太教原罪观的基础上,从亚当和夏娃伊甸园里的第一次"堕落"起,"负罪—受罚"就成为人类永恒的命运模式。

　　犹太教重视规范人的举止言行,在原罪观上与基督教有所不同。基督教偏重于原罪之"欲"——偷吃禁果之冲动,而犹太教更强调原罪之"举"——偷吃禁果之行为。从"诺亚方舟"所遭遇的大洪水,到西奈山下所颁布的"摩西十诫",人类经常因为违背上帝的诫命而招致自身的灭亡。与后来的基督教中耶稣肉身成道,将经历死亡之旅之后升入"天国"作为救赎的终极意义不同,具有强烈现世观的犹太教认为死亡本身就是一种最严厉的惩罚方式,认为基督徒企图把死亡与原罪脱钩,甚至作为德行之路是不可思议的事情。这种因负罪而受罚的命运程式在犹太民族的早期流散历史中得到了强化。从伊甸园到西奈山,人类的主体地位日益提升,不再是被动地受制于上帝,但是他们不断的违约使得自己与后代罪恶弥深,受罚益重。犹太教以神学框架框定了人的罪恶和受苦的地位。犹太人的一切现世苦难、现世挫折,在犹太教神学的解释里都被看成是因自身或先祖的罪孽所致,而赎罪,是犹太人获得新生的唯一道路。

　　当人类开始认识自己,了解到自己是负罪之身的时候,赎罪的努力也几乎同时开始了。最早的赎罪是以"献祭"这种较为世俗的功利形式呈现出来。在《创世纪》中，该隐、亚伯两兄弟争相向上帝献祭，因亚伯是牧羊的，所以向上帝献上头生的羊和羊的脂油；而该隐是种地的，就拿地里的出产为供物献给耶和华。但耶和华只看中了亚伯和他的供物，亚伯蒙悦纳而该隐不蒙悦纳。这既是上帝的势利，也是因为"血里有生命，所以能赎罪"①。

无论如何，上帝对于人献祭之物的接受以及对其献祭之举的认可，确立了献祭作为人类最早亲近上帝、自我救赎的一种重要途径和方式。牺牲受难与赎罪之间的因果关系出现在《以赛亚书》中的"义人"代人受罪的过程中。正因为有"义人"的受难和流血（作为被牺牲的替罪羊），众人才得以救赎：

> 他被藐视，被人厌弃，多受痛苦，常经忧患。他被藐视，好像被人掩面不看的一样，我们也不尊重他。他诚然担当我们的忧患，背负我们的痛苦，我们却以为他受责罚，被上帝击打苦了。哪知他为我们的过犯受害，为我们的罪孽压伤。因他受的刑罚我们得平安；因他受的鞭伤我们得医治。我们都如羊走迷，各个偏行己路，耶和华使我们众人的罪孽都归在他身上。他被欺压，在受苦的时候却不开口，他像羊羔被牵到宰杀之地，又像羊在剪毛的人手下无声……耶和华以他为赎罪祭……②

人的救赎重在现实生活中规约自己的行为，因而"律法"在犹太教中有着特殊的的重要性。犹太人把《圣经·旧约》的前五卷书称为《妥拉》（又称《律法书》《摩西五经》），早在西元纪年之前，犹太人就十分强调《妥拉》对于民族整体生存方式的规约和引导。当流散成为他们短期内无法改变的生活现实时，犹太人非常现实地对自己的宗教生活方式实施了重大的改造，通过一部几百万字的《塔木德》，犹太人不仅把《妥拉》和及犹太教经文中的613条诫律阐释得更加具体可行，而且将它与家庭生活直接融为一体，使每个人能够从最基本的家庭生活里无时无刻地受到犹太文化传统的熏陶。

---

① 《圣经·利未记》第十七章第十一节。
② 《圣经·以赛亚书》第五十三章第三节至第十节。

## 一、犹太人犯罪—惩罚—悔过—救赎的宗教历史观

马拉默德作品中的人物有着各自的不幸遭遇，文本中描述的灾难是与作家个人的人生经历、生活体悟、民族苦难史实与时代社会背景等诸多因素相关的。在其作品中大部分主人公是犹太人，对于他们这些在社会底层深受生存之苦的小人物来说，他们无力改变社会，只能寻找精神慰藉以忍受生存中的种种苦难。而对于异族歧视与迫害、战争和屠杀带来的灾难，马拉默德则站在人道主义立场上，呼唤人性的善，抨击人性的恶，希冀人世间能够充满善良、正义和宽容。

犹太民族虽然有5000多年的历史，但和世界上的许多古老民族相比较，它是一个弱小的民族，他们被奴役、受歧视、遭迫害、被迫流浪异乡，几乎有2000年没有自己的国土。然而，正是这样一个弱小的民族在流散世界各地、寄人篱下的困境中，还能顽强地生存和发展着，并能保留本民族的传统，维持本民族的团结，同时又能广泛地吸收各民族文化，并对世界文化的发展作出不可磨灭的贡献，这使人们不能不对她产生深深的同情和敬意，并引起深思。正是犹太教使犹太民族在压抑和歧视的历史中铸就了犹太人顽强、勇敢、坚忍的精神和性格，以及巨大的创造力。犹太民族是一个敢于承认自己错误、敢于作自我批评、敢于作道德再创造的民族，表现出了强者精神。

在犹太人看来，他们被逐异邦、受尽苦难是耶和华对违背戒命、道德沦丧、崇拜异神的犹太人的一种"惩罚"。只要犹太人恭顺地接受惩罚、悔过自新，最终是会得到耶和华的眷顾和赦免，使之优宠于世间诸民族的。犹太人用"救赎"的观念把其面临的亡国流散的悲惨境地解释成一种赎罪苦行，认为只要逆来顺受，恪守戒命，反省忏悔，继之而来的就必将得到眷顾和救赎。"犯罪—惩罚—悔过—救赎"是古代犹太人形成的宗教历史观，成为处于屈辱逆境中的犹太民族永不枯竭的精神慰藉源泉。

"得救"这个宗教观念，实际预示了古代以色列人心目中的理想社会、理想世界的图景。古代人们运用自己的想象去描绘时，或者宣称它在远古时代存在过，或者预言它在将来必定出现。犹太教通过公元前8世纪中叶的先知弥赛亚之口，一方面谴责当时的社会"恶贯满盈"，告诫人们，不要以为靠献祭就能讨得神的喜悦。"你们伸出手时，我必掩面不

看，你们行大祈祷时，我决不俯听，因为你们的手染满了血！"同时预言："到那时，上主的圣殿山必要西立在群山之中，超乎一切山岳，万民都要向它涌来。……他将统治万邦，治理众民，致使众人都把自己的刀剑铸成锄头，将自己的矛枪制成镰刀，民族与民族不再持刀相向，人也不再学习战斗。雅各伯家！来让我们在上主的光明中行走吧！"此后，以色列人先后遭受亚述、巴比伦、波斯、希腊、叙利亚和罗马的长期奴役。在这个长期被奴役的过程中，以色列人中出现了另一个救世主的形象。在产生于公元前168至前165年的预言作品《但以理书》中，用4个巨兽隐射巴比伦、波斯、希腊、罗马4个异族统治者，认为末期到来时，将有一次最后的战争，以色列人作为"义人"，最后取得胜利，出身约瑟后裔的救世主将审判世人，消灭地上一切罪恶苦难，在地上建立千年太平统治。可是，在犹太人及犹太教的历史中，这个理想的社会至今还未出现。

　　在了解犹太民族的宗教救赎观念之后，我们可以就人性救赎和精神救赎两个方面展开讨论。

　　面对日常生活中的物质匮乏，犹太人可以转向自己的宗教，寻找忍受苦难的精神力量。而面对迫害、屠杀和战争等造成的灾难，犹太教义似乎不能给灾难中的人们以解脱之法或精神慰藉，马拉默德转而寄希望于人性的温暖，以人类共有的人性之光来呼唤人与人之间的和平与宽容。西方中世纪把人性归结为神性，卢梭认为人性首先就是关怀自己，爱尔维修认为人性就是"自爱"等。叔本华在谈论人的本性时，这样说道："每个人对他人的基本倾向，在品行上被设定为要么是妒忌要么是同情，正是由此出发导致了最初的人类道德的善与恶的分道扬镳。"① 妒忌和同情辩证统一地存在于每个独立的个体中，当个体与另一个体处境的比较时，一种品行将胜于另一种品行，那么此时善或者恶就是个体行为的表现。在马拉默德的作品中，就表现了人性的善与恶，赞扬了人性中的善，抨击了人性的恶，热切呼唤人性善的回归，呼唤人世间的宽容与博爱。

　　以莫里斯为代表的犹太人无疑是善的代表，这可以从莫里斯的言行中表现出来。他善良、诚实、宽容、忍耐却又坚强地忍受苦难："彼得·海斯指出：'人必然要受苦受难。忍受苦难且尽可能地表现人的尊严，这

---

① ［德］叔本华：《叔本华论说文集》，范进等译，北京：商务印书馆，1999：508。

就是美德;受苦受难能一如既往地为他人行善受过,这就是人性的标志。'"①《基辅怨》中的雅可夫也是如此,他为了寻求新生活来到基辅,却不幸成为犹太民族的"替罪羊"。他尽管在牢房中受到了种种磨难,却一直没有向恶势力屈服,没有把罪责转移给广大无辜的犹太人民,而是以坚忍的毅力面对苦难,承受着牢房中的种种折磨,宁愿自己受苦替民族受难,他的这种勇敢、正义与责任心也是人性善的一种标志。犹太民族的上千年历史,是充满了异族对其的歧视、迫害与屠杀等灾难的,犹太人总是被歪曲和被侮辱的对象。但是在马拉默德的笔下,却生动地展示了犹太人的人性善。作为一个人,犹太人也是人性善的代表,并不像历史上反犹主义者所描述的"吝啬鬼""吸血虫"等形象那样。在某种意义上,马拉默德刻画了以莫里斯为代表的"善"的犹太人,以其崭新的犹太人形象为历史上遭到曲解的犹太人形象"平反"。

  值得注意的是,马拉默德作品中并不局限于描写犹太人的善。调查官比比柯夫通过调查了解真相:杀害孩子的凶手是孩子的母亲玛华和她的情夫,正是他们同砖厂的盗窃犯和俄国的反犹分子捏造了这桩冤案。比比柯夫坚持真理,力争还雅可夫以清白,不料却被当局杀害了。看守雅可夫的柯金,他同情雅可夫的遭遇,深知他在牢房中所遭受到折磨。当副监狱长在雅可夫去法院之前,还要求例行检查并侮辱雅可夫时,柯金为雅可夫请求而遭枪杀。除此之外,小说中还有其他人物,如雅可夫的岳父斯莫尔、证人奥斯特洛夫斯基、律师苏斯洛夫·斯米尔诺夫等,这些人物替雅可夫奔走求助,坚持正义和真理,正是有了这些犹太人和一些俄国人民的帮助,雅可夫才等到了审判的到来。这些人并非都是犹太人,但他们同情雅可夫的遭遇,并且善良、正直,坚守正义与真理,他们以自己的实际行动彰显了人性善的本质。正如郑玲评论的:"马拉默德的主人公虽是芸芸众生中的小人物,但却有着非凡的精神内在和坚定的道德取向,追求道德升华似乎成为他们人生中最为内在的核心,哪怕遭受不幸命运的一次又一次打击,其信仰也矢志不移。这些人在马拉默德的小说世界里显现出一种超凡的道德理想,成为一系列道德概念的综

---

  ① 黄小铭:《马拉默德长篇小说〈店员〉的犹太性与人物评析》,《江西大学学报》,1993(1):70。

合：勤奋、诚实、忍耐、宽容，富有责任感和牺牲精神。"①

一个优秀的小说家，既要看到人性中美好的、光明的东西，也要看到人性中黑暗的、软弱的东西。按照叔本华的观点，没有善与恶的绝对对立，这两者辩证统一地存在于个体身上，《店员》里的弗兰克就是最好的证明。当弗兰克第一次打劫莫里斯的杂货店时，他的矛盾心理正好反映了他人性未泯，正是这种人性的善驱使他关注莫里斯。当其了解了莫里斯的真实情况后，悔恨与赎罪的心理使他去给莫里斯当帮手。但恶习仍未完全消除，他继续偷莫里斯的钱，又偷窥海伦洗澡并在她失望之时强奸了她。莫里斯的死给他以警醒，在海伦的爱情力量与莫里斯道德榜样的作用下，他终于完成了道德上的更新，实现了人性的升华。哈桑在《当代美国文学》这样说道："马拉默德最主要之点就是一个人道主义，在模棱两可的情况下，他表现得很坚定，他一心要在这个世界上获得正义和尊严，能重新以人性的尺度去对待世间的一切事物，着手于精神方面的更新。"②

值得注意的是，马拉默德的作品中有这样一类人，他们是恶的代表。马拉默德在作品中表现他们的恶，或许这也正是为了突出描写他们带给其他人的灾难与痛苦，以此来呼唤人性的善。如《店员》中的那个警察的儿子、恶棍沃德·明诺，不从事工作，以抢别人的东西为生。为了躲避警察父亲的追查，整日东躲西藏；觊觎别人的财产；企图强奸海伦；烧了卡帕的酒店，当然最后也使自己葬身火海。沃德无恶不作，他基本上是一个良心泯灭的人。他对杂货店的打劫，使莫里斯的生活雪上加霜；他对酒店的打砸，使卡帕的酒店毁于瞬间；他对社会治安的扰乱，使警察父亲徒增苦恼忧愁；他对于家庭、社会都是作恶，泯灭了人性，给他人和社会造成了危害。

《基辅怨》中也存在类似的人物，亲身母亲玛华与情妇联手杀死自己的儿子，并栽赃给犹太人雅可夫。黑色百人团成员尼古拉·马克西姆莫维奇为报答雅可夫的救命之恩，给他工作。但当雅可夫被捕之后，他和他女儿又对雅可夫落井下石，极力推脱责任。检察官格鲁贝索夫更是毫不尊重事实，颠倒是非。他否认比比柯夫公正的立场，坚持在一系列的

---

① 郑玲：《〈伙计〉和〈装配工〉中的犹太教思想解析》，黑龙江大学硕士论文，2006（6）：14。

② ［美］伊哈布·哈桑：《当代美国文学》，陆凡译，济南：山东人民出版社，1980：53。

伪证据面前诬告雅可夫杀死了那个男孩,把责任推给这个犹太人。即使是雅可夫的犹太同胞伪币制造者格隆芬·格列格尔,为了保全自身,也将雅可夫写的信交给了监狱长。这些人要么残忍、要么自私、要么凶狠,他们的所作所为是恶行,他们的行为或直接或间接地给雅可夫造成了伤害,或者使他在困境中陷得更深。

对于战争,不论是正义或非正义之战,其所带来的结果必然都是经济损失、人员伤亡、社会历史的倒退等,这些就足以使我们怜悯了。面对战争造成的这些灾难,马拉默德站在人道主义的立场,同情那些在战争中无辜受难的平民百姓,关注那些由战争给幸存者所带来的身心磨难。面对战争带来的灾难,马拉默德以其文笔,热切呼唤和平,呼唤人性的温暖,希望人民远离战火之苦,远离战争带来的肉体、精神创伤。在抛开民族身份、体现人性的救赎之外,马拉默德也在其作品中突出了犹太民族本身对于精神困境的挣扎与救赎。

马拉默德在作品中论述了美国犹太移民的贫困生活状态,不论他们是杂货店主、修鞋匠、媒人还是贫穷的大学生,造成他们生活艰辛的原因是多方面的:美国自由竞争的制度,周围人对犹太人的歧视以及这些犹太人囿于犹太传统而不能很好地适应美国的社会等。马拉默德作品中的这些底层人物多是犹太人,难能可贵的是他们在面对物质匮乏、生活艰难、精神痛苦时,能采取默默忍受的态度,并仍能表现出诚实、宽容、善良等品质。这些美好的精神品质与犹太教教义的引导不无联系。马拉默德作品中的人物大多并不是严格意义上的犹太教徒,但他们却把握了犹太教的精神内核,以坚忍的态度来默默地承受苦难,并以此为行善事的指南,在日常生活中恪守诚信。犹太教教义在很大程度上给那些在苦难中苦苦挣扎的人以力量,给苦难之中的人以精神慰藉。

犹太教是犹太人的民族宗教,信奉耶和华为唯一真神,以圣经的《旧约》为犹太教正典。在犹太教的基本信条中,关于"特选子民"是犹太教神选观的主要内容。所谓选民论,是指犹太人是上帝耶和华从万千民众中挑选出来的特等选民,负有上帝委托的使命。特选子民的观念贯穿整部《圣经》,犹太人身为选民而具有心理上的荣耀感。而与此同时,《圣经》中又多次暗示:特选意味着为其他民族承担责任,甚至包括替他们受难。根据"选民论"的观点,犹太民族是上帝从众多民族中挑选出来的,是上帝特别恩宠的对象,也是世界上最优秀的民族。若受到上帝耶和华的特别眷顾,理应在尘世间少受苦难。而与此似乎相悖的是,犹太民族的历史恰恰是充满了苦难的历程。虽然犹太人在心理上有选民的优越感,然而犹太民族的苦难史实却使现实生活中的犹太人只能忍受生存中的种种苦难。

《店员》中的莫里斯,每日劳作十六七个小时,却依旧贫穷。他宁愿恪守诚实守信,也不愿弄虚作假,欺骗顾客。然而,他的诚实原则却不能改善生活,不能改善杂货店的生意。在超级市场的竞争下,杂货店没有顾客,濒临破产。莫里斯身体有病,却坚持每天早上很早起来为顾客扫雪,以至于引发肺炎而去世。莫里斯能够忍受苦难,是因为"他们受苦,因为他们是犹太人"。莫里斯简单地一句话说出了犹太人的典型特征。作为"上帝的选民",犹太民族两千年来却被奴役、受迫害、遭屠杀,这种种苦难已经积淀到每一个犹太人的心中。作为一个具有强烈"受难意识"的民族来说,他们强调探索中必须遭受种种身心的磨难,他们也勇于承受这些磨难,并从这些磨难中站起来。他们认为自己是"上帝的选民",从某种程度上来说,"选民"的内涵就是追寻、受难和勇于承受苦难的精神。散居世界各地的犹太人,有些为了赚钱已经把犹太人的诚实、善良、正义等美好信条抛却了。而马拉默德认为那些能在生活中忍受苦难的同时,仍然坚持犹太教教义精髓,恪守诚实、善良等信条的犹太人,才是真正意义上的犹太人。

《基辅怨》中的雅可夫,认识到自己是俄国三百万犹太人中偶然被选中的牺牲品。他这样说道:"对于一个犹太人来说,不管他到哪里去,他身上总背了个丢不掉的包袱——当苦役的条件、被解雇的可能性和易受责难的命运。……但任何犹太人,任何看来貌似犹太人的人都是沙皇的敌对分子和受害者。"① 雅可夫认识到只要是犹太人,就更容易遭受到外界的责难。雅可夫认识到自己所受的磨难都是由犹太身份带来的,犹太人在现实生活中更容易受到苦难。林太在《犹太人与世界文化》中这样论述道:"选民的观念并没有赋予犹太人否定其他民族的特权;恰恰相反,它强加了该民族一项使命,为了对这一使命忠贞不渝,他们还必须忍受苦难、蒙受羞辱,经历折磨乃至死亡,从这个意义上说,选民观念暗示了犹太民族并没有必然的优越性,只是在他们身上依附着执行一项重要使命的责任。"② 从这个意义上来说,作为"神选子民"的犹太人就

---

① [美]伯纳德·马拉默德:《基辅怨》,杨仁敬译,南京:江苏人民出版社,1984:299—300。
② 林太:《犹太人与世界文化》,上海:三联书店,1993:253。

应该为执行使命而忍受世间更多的苦难与痛苦。既然作为犹太人的苦难无法摆脱，那么就应该忍受苦难，积极面对。莫里斯就把受苦当成犹太人的典型特征，默默地忍受着生活中的重压。雅可夫也是在历经思想转变后，决心经受考验，让人家用所谓的"证据"来证实他是无辜的，他决心勇敢地为犹太人民受难："相信他们有权做犹太人。在世界上像人一样地生活。他反对那些反对犹太人的人。他会尽他的力量去保护他们。"①

与犹太民族"选民论"相联系的是契约观。犹太人作为"上帝的选民"，通过和上帝立约的形式与上帝保持联系。上帝规范犹太民族必须遵守"摩西十诫"。犹太民族恪守这些规范，上帝就会赐福于这个民族。而如果不遵守，上帝的诅咒就会降临。这种人—神契约的关系，规范着犹太人的日常生活。摩西的律法被称为契约，犹太教是由犹太民族的伟大领袖摩西创立的，其正典《旧约》的开首五卷（"摩西五经"）是第一批被认可的正典，其核心是讲述摩西与上帝所立的契约内容，这些契约是犹太教徒所必须遵守的律法，所以这五卷又被称为"律法书"。

犹太人所说的"托拉"，其实就是犹太律法书。"'托拉'是希伯来文'律法'的音译，犹太人所说的《托拉》，广义上是指整部犹太教圣经，狭义上则是指《旧约》首五卷，即《创世纪》《出埃及记》《利未记》《民数记》和《申命记》，因所传这五卷经文中的律法是耶和华在西奈直接传授摩西的，故又称《摩西五经》。"② 其中，《出埃及记》描写了摩西带领族人迁出埃及的故事，以及在西奈山与上帝立约，颁布十诫。十诫的内容既有维护耶和华在犹太民族中的唯一性，也有规范犹太人生活的诫命，如不可杀人，不可贪恋他人的妻子、仆俾、牛驴，以及其他所有的一切等。而这些诫命主要指向人们的道德规范，犹太人一般都严守教义，并践行上帝诫命中允许做的事情。这样，以上帝诫令的形式无形中约束了人们的行为，使人们在行为中向善行义。在律法中很清楚地表明了："'善与正'的确定要以上帝'眼中看'作为标准，正与善已经包含在上帝所吩咐的诫命、法度、律例之中了。宗教信仰、法度律例、伦理道德相互渗透、相互结合，这就是犹太神学伦理的重要特征。"③ 莫里斯是恪守律法、恪守诚信的代表，物质生活虽然贫困，杂货店的生意

---

① [美]伯纳德·马拉默德：《基辅怨》，杨仁敬译，南京：江苏人民出版社，1984：260。
② 潘光：《犹太文明》，北京：中国社会科学出版社，1999：33。
③ 潘光：《犹太文明》，北京：中国社会科学出版社，1999：176-177。

仍没有起色,但这样的现实窘境丝毫也没有动摇他对律法的践行:他每天早上六点起床,只为卖给波兰妇女三分钱的面包;甚至跑半条街去追赶那把钱落在店铺零钱的客人;他不愿欺骗将要买他杂货店的人,如实告诉他杂货店的惨淡生意状况;他不愿为了捞保险公司的赔偿金而让纵火犯烧点店铺。正如他的女儿海伦所说的:"欺骗别人会使他极端痛苦,然而他却往往受别人欺骗。他从不垂涎别人的东西,自己变得越来越穷。他工作越辛苦,所得的似乎就越少。"① 莫里斯并不是严格按照犹太教义来做事,偶尔也会吃火腿。为了谋生在安息日也照常营业,但他把握了犹太教义的精髓。许多人面对善人为善,而在尘世间却没有遭到好运时的状况感到疑惑。犹太思想家萨迪亚·本约瑟在讨论虔诚者遭受磨难而恶棍交好运问题时这样说道:"虔诚者遭磨难是对他们所犯有的一些较小过失的即时处罚,虔诚者的磨难是一种净化与考验,上帝知道他们能够经受得住这份净化与考验,有时磨难能导致一种伟大和极乐的生活,因为它是一种奖赏,而不是一份礼物。今世的悲痛会因来世的极乐而补偿。"②

莫里斯的诚实与善良并没有改变他的穷苦处境,但是他在道德上为他人树立了榜样。弗兰克在莫里斯的影响下,逐渐认识到自己生活中做的错事。在莫里斯死后,他终于有了全新的变化:变得像莫里斯那样善良、诚实,并且主动承担起照顾海伦母女生活的重担。"肯定弗兰克道德上的自新,就突出了莫里斯经受磨难的意义和价值;而且小说的主题思想也因此得到了进一步的升华。……赫斯诺也一语中的。他说:'受苦受难这一主题,就其本义而言,并没有引起马拉默德多大的兴趣。相反地,他只是作家表达自己关切的问题的一种必然结果。'莫里斯磨难的积极意义就表现在弗兰克·阿尔拜因的转变中。这意味着,使马拉默德真正感兴趣的并非是莫里斯的磨难与死亡,而是弗兰克的成长与再生;……磨难仅是使生活有意义的手段,而非生活之目的。"③ 这就说明马拉默德在《店员》中反映受难的现实意义主要是主人公忍受生活之苦痛时还能一如既往地行善,这种道德上的模范行为是他人学习的榜样。生活经过受苦

---

① [美]伯纳德·马拉默德:《店员》,杨仁敬译.南京:江苏人民出版社,1980:16。
② 潘光:《犹太文明》,北京:中国社会科学出版社,1999:178。
③ 黄小铭:《马拉默德长篇小说〈店员〉的犹太性与人物评析》,《江西大学学报》,1993(1):70-71。

之后会变得更有意义。

马拉默德在作品中描述社会底层人物艰辛生活的同时,更看到了他们默默忍受苦难的一种坚忍精神。其作品中犹太主人公在物质匮乏、生活艰难、精神痛苦这样的困境下,却恪守犹太教的精髓。他们作为犹太人,自觉地承受生命中的苦难,即使生活中充满了种种意外灾祸与百般不如意,他们还是遵从犹太律法的核心,自觉地去行善。可以这样说,马拉默德作品中的人物生活是艰难的,但他们的道德是高尚的。马拉默德在作品中展示了犹太教以神的诫令形式,无形中约束人们的行为,引导着犹太人去忍受生活中的种种苦难,并能在苦难中一如既往地行善。

对于犹太人来说,家庭既是体验人生的场所,又是完成文化传宗的完美形式。每个人在完成家庭角色时,也是在身体力行地实践着宗教使命。家庭是犹太民族传承其文化传统最根本的方式和渠道,他们的家庭观念与对于上帝的信仰密不可分。在他们看来,宗教生活与家庭生活是浑然一体的,因为犹太教力求在道德上把每一种行为都视作同上帝的沟通,时刻受到戒律的约束。

## 二、犹太救赎中的父与子关系

在探讨犹太民族救赎思想的同时,另一个值得我们深思的问题就是在犹太人普遍接受的救赎行为中,潜移默化存在的"父与子"关系的变化。尽管美国犹太移民及其后代陆续迁出了犹太人居住区,并逐渐适应了新生活,但家庭生活中犹太文化因素的熏染与渗透还是使得他们精神上感到与他族有隔离。这种内心深处的犹太文化基因一方面来源于对于"父亲"(权威和传统的象征)的反感和抵抗,另一方面来源于与母亲较为和睦的依存关系。母亲作为传统文化的另一面,在犹太人家庭里扮演着特殊的角色:"每当社会要求严加管束时,总可以有一个约定俗成的感情流露渠道。在东欧的犹太人中间,母亲就是这个渠道。"[①]

因此,在救赎的道路上,家庭、父亲、母亲对于犹太儿女们的引导起到了关键性的作用,从原罪受罚到受难实践,自我救赎与救赎他人已构成犹太教对于命运的基本知解,超越了神学的范畴。在犹太文化的生

---

① [美]欧文·豪:《父辈的世界——东欧犹太移民移居美国以及他们发现与创造生活的历程》,王海良等译,上海:三联书店,1995:165。

命观中，先民对于天父的不诚和背叛始终如梦魇一般笼罩在犹太人头上，因此他们将负罪和受苦视为永恒的命运，也贯穿于犹太人的普通生活中，并为历史不断锻造。"救赎"由此成为犹太生活和犹太文学中具有典型意义的又一重要主题，在马拉默德的小说里得以传承。

（一）"父与子"与救赎

从某种意义来讲，犹太人的"父与子"的冲突关系最初体现在《圣经》的《创世纪》中。亚当和夏娃违背了上帝的旨意，同时也受到上帝的惩罚。上帝给予人类的处罚如此残酷，使人类从此走上一条艰辛的生活之路。上帝是高高在上的统治者，他不允许他的"子民"有任何的违抗的意念。他从一开始就为人类的始祖设定了生存方式，而且禁止他们食用智慧之果，害怕他的儿女获得知识而产生反抗他的意志；上帝一开始就剥夺了人类反抗的机会，这也说明了上帝和人类一样有私心。上帝又是一位具有权威的严父，他不能允许儿女们的背叛。所以，上帝虽然创造了人类，成为人类的"天父"，但当他的"子民"开始学会反抗，他就惩罚他们的叛逆。这样的对立一直在犹太人的历史发展中延续，不仅贯穿于整个《创世纪》的故事中，同时在希伯来这个民族一代代流传，并引发一代又一代的故事。

当以色列人过着苦难的生活时，他们自然而然地开始怀疑上帝对他们的诚意和承诺，因而选择了背叛。上帝对此深恶痛绝，降祸于他们，使他们受到严厉的惩罚。上帝与其"子民"的对立在《圣经》中是显而易见的。虽然这位"天父"教会儿女区分善恶，为他们带来过荣耀和幸福，也时常嘱咐他们如违背道德、违背上帝的旨意，将会受到惩罚。警告在繁盛时不可忘记上帝。"天父"和"子民"的矛盾却在时间的流逝中日益激化，父亲与儿子的对立也日益明显。从上帝允诺带希伯来人走出困境，逃离埃及法老的魔掌，走入人间的天堂——应许之地——迦南的漫长而艰辛的旅程中，上帝并未完全实践自己的承诺，大多时候都需要人类的领袖与其沟通才可以。而他的"子民"总是在抱怨伟大的耶和华没能解决他们的需要，特别是在要接近他们的目的地时，他们必须同阻碍他们前进的异族作战，而其中必然有失败所带来的痛苦与悲哀，从而使百姓们开始抱怨这种生活，背离对耶和华的信仰，上帝就因此给予他们惩罚。这样的摩擦周而复始，这样的对立连绵不绝，这样的冲突也在不断延续。即便冲突连绵不断，但是父亲与儿女之间的那份真挚的感情是永远不会改变的。

不仅在希伯来《圣经》中存在这样的父与子关系，在犹太人的历史长河中，这样的父与子的关系也在不断出现。犹太民族是一个流散的民族，这种典型的民族特性必然会使"父与子"关系这个模式延续至今。在不停的周而复始的流浪和迁徙中，每一个犹太人都在不由自主地"离开旧地"，寻找他们的希望之乡，而且每到一个新的地方必须对新的文化环境进行适应。所以，犹太人永远都要面临这样一个不可回避的文化两难问题：是对传统的保留和延续，还是要改变以适应新的环境。这正是本章节中所涉及的文化特性。

当老一辈犹太人携带家眷来到一个新的流浪地的时候，相对而言，那些尚未成年的后辈较其长辈更容易适应新的居住地，因为他们较少地担负昨日的记忆和昨日的历史，对新的文化环境更容易适应。这样，两代人之间不可避免地在继承传统和适应新的领地等方面表现出种种差异。即使是在某一居住地生息繁衍了一个相当长和相对稳定的时期，犹太文化中的这种"代沟"特征仍表现得相当突出和有持续性：子辈们往往不约而同地隔离于父辈。当新的子辈出现，原先的子辈便扮演了他们父辈曾经扮演的角色，一代代周而复始，犹太子孙们在永恒地重复着这个在犹太民族史上一以贯之的文化主题。

在美国文学史上，犹太裔作家对"父与子"关系的运用大概可以分为两大类：早期的作家偏向于传统的艺术创作，所以他们直接运用这种关系，用传统的方式来描写"父与子"的关系；后来的一些作家们似乎完全摆脱了犹太文化的限制而走向用犹太文化的特性展示全人类的特性，但是并没有改变犹太文化的内涵。他们不仅仅是在复制古老的文化母题，还在此基础有了新的内容。因此，父辈因素和子辈因素都相应地扩展了。马拉默德的创作处于这两者之间。他用传统的方式创作，反映全人类的处境。在马拉默德的短篇小说中，他并不仅仅描写"父与子"的冲突结果，还注重"父与子"的冲突状态。他的作品展示了父亲和儿女之间对于文化适应和变迁的不同态度。

在犹太传统中，父亲在代表权威的同时也肩负着重大的责任。他必须使自己的儿女敬畏上帝，教育他们谨守犹太律法。只有当父亲成为儿子的指路人，儿子才会把自己看成犹太生命的延续。同样，儿子对于父亲敬畏的同时，也是对犹太律法的遵行。只有仰望父亲，才能仰望上帝。

《魔桶》是马拉默德最著名的短篇力作之一，其独特的风格和高超的写作技巧使他一举成名，跻身于美国一流短篇小说家之列。这篇小说在当时引起的强烈反响不亚于任何一部长篇著作。在学术界，众多目光被这个具有神秘色彩的"魔桶"所吸引，评论家从种种不同的角度来解读其中的奥秘。这部作品也正像它的题名那样，每次新的探索总是能魔术般地给予我们不一样的启发。

故事的主人公利奥是一个攻读犹太教律法的大学生，即将毕业成为拉比，听说结婚会为自己"赢得更多的信徒"，他便通过报纸上的广告找到媒人平尼·萨尔兹曼为自己寻找合适的伴侣。这样一个为了事业而"相亲"的故事，作者却并没有对利奥的爱情本身施以浓墨重彩，而把重点放在他曲折的求索之路上。小说不仅描写了一个在迷惘中寻找自我、认识自我的年轻人，还成功塑造了一个尽管生活贫困却不失尊严、狡黠又善良的犹太老人。

利奥寻找伴侣并不如想象中那么顺利，整个过程一波三折，令人深思。萨尔兹曼首先介绍给他的是一位名叫莎菲·P 的 24 岁的寡妇，但列奥"从来没有想到要娶个寡妇"。第二位姑娘名叫莉莉·H，是位中学教师，而且父亲是有成就的牙科医生，家境相当不错，然而莉莉·H 已经 32 岁，列奥小她五岁。虽经萨尔兹曼极力推荐，但仍被利奥否定了。第三张卡片写得较为简单，但颇具诱惑："鲁丝·X，十九岁。好学生。如有合适对象，父亲愿出一万三千元现金。她父亲是医学博士，胃病专家，生意兴隆。内兄开服装铺。上等人家。"① 利奥十分感兴趣，但是又觉得事有蹊跷，这样年轻又富有的姑娘为何还要求媒人安排相亲？在利奥的盘问下，萨尔兹曼只得说出鲁斯原来是个右腿残废者。利奥只得以"讨厌胃病专家"这个无理的理由回绝了第三位候选人。

打发走了媒人，利奥始终郁郁不乐，打不起精神来，他抱怨对萨尔兹曼不够诚心，甚至怀疑这是否是个好主意。不过萨尔兹曼很快带来了好消息，他告诉利奥那个中学老师莉莉实际上是 29 岁。经过萨尔兹曼的一番极力推荐，利奥开始考虑拜访莉莉。然而这第一场约会很快就不欢而散了，原因是利奥被莉莉认为是一个完全陌生的人，一个"人神灵交"的人。在莉莉的逼问下利奥恼羞成怒，他告诉她他并不是一个有天赋的虔诚信徒："我皈依上帝，不是因为我爱他，而是因为我不爱他。"身为

---

① ［美］伯纳德·马拉默德：《魔桶：马拉默德短篇小说集》，吕俊、侯向群译，南京：译林出版社，2001：71。

拉比，却并不爱上帝，这意外的发现连利奥自己也始料未及，他陷入了巨大的精神空虚中。通过这一次不愉快的约会，利奥第一次看到自己的真实面目：不爱别人，也不被别人爱。

利奥在深受打击的同时，也从中找了一种慰藉：他是个犹太人，而犹太人生来就是受苦受难的。利奥决定按照原计划找伴侣。一个偶然的机会，不知是老媒人的疏忽还是故意所为，利奥在萨尔兹曼交给他的信封中意外地发现了一张照片，他不由得叫出声来：

> 这张脸把他迷住了，为什么呢，他开头说不清。她给人一种青春的印象，好比春天的花朵，然而，她岁月销蚀，又留下了风尘的浪迹。……她这脸蛋儿是够动人的，却不能说漂亮得出众，不能这样说，这一点他心里明白，只是她脸上有一种什么东西，使他心摇神驰……她享受过生活，起码是想享受，还不止这个，也许是悔不该当初那种生活——心灵上似乎受过很深的创伤；这从她那对含恨的眼睛深处、从她灵魂所蕴藏和闪发出来的光彩之中看得出来。她打开了未来的境界：她有自己的个性。列奥要的就是她这样的人。①

美丽，邪恶，享受过，懊悔过，这位姑娘的独特气质一下子抓住了利奥的心，使他既害怕又迷恋。他无比激动地找到媒人萨尔兹曼，一定要他找到这个照片上的姑娘。然而，萨尔兹曼见到这张照片时却脸色大变，甚至痛哭起来，原来这是他自己的女儿，一个堕落风尘的女子。"她是我的孩子，我的斯特拉，她应当入地狱，烧死。""就像畜牲，就像狗。在她看来贫穷就是罪恶。正是因为这，我就当她已经死了。"②

利奥却对结合了美丽与邪恶的斯特拉念念不忘，他一面向上帝祷告别让他再想她，可又怕真的不爱她了。最终利奥想到了两全的办法，让她向善，而自己皈依上帝。这一想法一会儿让他厌恶，一会儿又让他兴奋不已。利奥怀着爱勇敢地走向斯特拉，在他看来，主动寻求苦难是一个犹太拉比的必然命运，与这个满身邪气、充满罪孽的姑娘结合，不仅

---

① ［美］伯纳德·马拉默德：《魔桶：马拉默德短篇小说集》，吕俊、侯向群译，南京：译林出版社，2001：47。
② ［美］伯纳德·马拉默德：《魔桶：马拉默德短篇小说集》，吕俊、侯向群译，南京：译林出版社，2001：84。

是对斯特拉的救赎，更是对自己的救赎。

不过，整件事情的发生让利奥也心生疑虑，是否这一切正是萨尔兹曼一手策划的呢？读者当然不得而知。有可能萨尔兹曼是作为一个慈爱的父亲，为了自己"风尘浪迹"的女儿，采取了这种有悖常理的婚介方式；也可能萨尔兹曼出于对利奥拉比身份的敬慕，故意引导这位年轻有为的青年直面现实生活，使得利奥在寻求爱情的同时也接受苦难的洗礼。

这个平庸凡俗、工于心计的穷媒人，"缺了几颗牙"，浑身带有鱼腥味儿，是整个受苦受难的犹太民族的缩影。他那"带有几分伤感""显得深沉忧郁"的眼睛与利奥"气宇不凡的面庞""又高又直的学者般的鼻子""透着无限的智慧"的眼睛相映照，一个是传统社会中的牵线人，一个即将成为受人尊敬的犹太拉比，但利奥却在精神上孤独迷茫，与萨尔兹曼的乐观情绪形成鲜明的对比。在偶然的相亲需求下，"魔桶"将这两人联系到一起，萨尔兹曼如同利奥的精神之父，他了解利奥的性格和境况，深知什么样的女人才是利奥最合适的伴侣。在结尾处，利奥赶赴约会，从远处就看到斯特拉那双眼睛——"和她父亲一模一样，无比的纯洁无邪"①。萨尔兹曼的父亲形象越来越清晰地走近读者。

在整个故事的发展过程中，生活伴侣的需要与精神之父的寻求，通过世俗生活与圣洁思想的相互交织和相互烘托，把媒人的引导和年轻拉比的思想升华有机联系在一起。在"父"对"子"的救赎模式中，主人公利奥对犹太人的负罪——赎罪命运有了某种大觉大悟，他与斯特拉的结合，是他主动走向对负罪命运，自觉将生命纳入一种因痛苦而得救的生活轨道之中。这种主动从现世的苦恼走入精神的炼狱行为，寓言性地表示了一代代犹太人对于受难命运的自觉遵循。

在写作《魔桶》的同年，马拉默德另外还创作了一篇离奇的"爱情"故事——《我梦中的女孩》。与《魔桶》"寻爱—寻父"的模式不同，主人公米特卡在"寻爱"的道路上却遭遇了一位"母亲"一般的中年女性。米特卡梦想中的马德琳是一位年轻美丽的姑娘，而事实上前来约会的却是她的母亲奥尔加，奥尔加是马拉默德短篇小说中难得一见的"母亲"形象。

米特卡本将爱情作为自己灵魂的寄托，但是意外出现的奥尔加却扰

---

① ［美］伯纳德·马拉默德：《魔桶：马拉默德短篇小说集》，吕俊、侯向群译，南京：译林出版社，2001：85。

乱了他的计划。他一边吃着奥尔加带来的食物,一边心不在焉听她讲述。当得知奥尔加是借用自己死去女儿的名字作笔名写作时,米特加心灰意冷,意欲与奥尔加断绝通信。但在离别之际,他似乎又看到一种新的感情。奥尔加自述就像"一个焦急等待邮递员的年轻的姑娘"那样期待着他的来信,又嘱咐他"多呼吸些新鲜空气,养好身体,有了好身体才能更好地从事写作"。对于这个孤独的老女人,米特加可怜她:"她的女儿,还有芸芸众生,为什么不该同情呢?"①

对待不幸的人,米特卡和利奥的选择一样,那就是以自己的受难完成对他人和自己的救赎。《我梦中的女孩》尽管缺乏"魔桶"这样的神奇道具,在故事情节上略显平淡,但在结尾处同样出现了寓意深刻的一幕:"他想到这个老女孩。他现在将回到家里,给她从头到脚披上溜滑的白纱。他们在楼上跳来跳去,然后,他(一个一生绝对只结一次婚的男人)把她抱起来,抱进门槛,在他那个写作间的小屋里,用手搂着她从紧身胸衣里溢出的赘肉一起跳起了华尔兹舞。"② "紧身胸衣里溢出的赘肉"非但不能赏心悦目,而且常常令人生厌,而主人公却抱着这样一个身材走样的老女孩欣然起舞,在视觉上和心理上都给人以强烈的震撼,滑稽可笑之余却发人深省。

(二)"牺牲"与"救赎"

当上帝发现亚当和夏娃违反了他的规矩,偷吃了禁果,大发雷霆,并给予他们严厉的惩罚,把他们赶出了伊甸园,并使亚当遭受辛劳之苦,使夏娃遭受生育之苦,这就是我们所知道的原罪的产生。至此,人类从出生开始就背负罪责之名,因为他们的祖先没有遵循对上帝的承诺。负罪与受罚成为人类恒定的命运程式。对犹太人而言,这种程式在其以后的历史发展中不断地深化。特别是当犹太人与上帝立约之后,他们的祖先不时违背自己的诺言,因而遭受到比以前更加悲惨的惩罚。

正是基于这种命运方式,狱太人选择向上帝乞求赎罪的方式——牺牲——献祭品。这种方式最初是亚当和夏娃的儿子该隐和亚伯选用对上

---

① [美]伯纳德·马拉默德:《魔桶:马拉默德短篇小说集》,吕俊、侯向群译,南京:译林出版社,2001:65。
② [美]伯纳德·马拉默德:《魔桶:马拉默德短篇小说集》,吕俊、侯向群译,南京:译林出版社,2001:66。

帝尊敬的方式。在犹太教中，赎罪祭最能表达对上帝的尊敬和自己的赎罪行为。

这样的牺牲一直伴随着这个民族，而且牺牲这个概念在犹太人的意识里有着更新的理解。生命的流失也是乞求赎罪的方式。犹太人一直履行这种"牺牲与救赎"的历史命运，即使到现代，他们依旧是这样，书写着"牺牲与救赎"的文化母题。而在几千年的流浪史中，犹太人对于这样的牺牲一直以来都有着深刻的认识，他们把这样的历程当成是宗教意义上的献祭。关于生命"牺牲"的概念似乎成为犹太人历史沿革中"祭祀"思想的表现，因为在他们的传统观念中，每个人一出生就是带罪之身，千百年的牺牲对他们来说是在赎罪，是在乞求上帝的宽恕。

这种牺牲不仅是为本族人牺牲，也是为外族人牺牲，他们希望通过自己的牺牲来救赎其他人，在此过程中他们自己也能得到新生，原因仅仅是犹太人是"上帝的选民"，是"上帝的子民"。从负罪的生命含义到祭祀—救赎的生命过程，已经构成了犹太教对人生的一种知解，其实也超越了神学的范畴而成为犹太人和犹太文化的一种典型的生命观，因为这种生命观不仅源于犹太教神学的思想，也贯通于犹太人的实际生活，并被犹太人的历史和文化所铸造。

马拉默德在其作品中把犹太人负罪—救赎内容进行了象征化的处理，即以生活中的某种具体物象为特征，围绕着它设置了人物的种种关系和遭遇，以此来深刻地揭示犹太人牺牲—救赎的命运特征。

《我之死》是马拉默德早期的短篇小说，发表于1957年。主人公是一个老犹太人叫马库斯——一个辛勤的老裁缝——因为身体的缘故，他不得不在自己的店里雇佣两个人：熨烫工乔西普，一个波兰人；缝制工艾米利欧，一个西西里人。但是这两个雇员犹如天敌一般，经常打架，而且常常斗得你死我活，似乎只有这样他们才能找到彼此的寄托。这位犹太老人天性善良，总是在他们斗得不可开交的时候，苦口婆心地劝解，了解他们内心的痛苦，不断地鼓励和安慰他们，希望通过自身来感召他们，最后终于在劝解他们的时候心脏病突发，从楼梯上跌下去，但死不瞑目。老人最终通过自己的牺牲来救赎这两个异族人。作者通过对故事中三个主人公关系和遭遇的描述来反映了"牺牲—救赎"的命运。

熨烫工乔西普和缝制工艾米利欧这两位雇员有着共同的遭遇和特点。乔西普是一个孤独的人，他的妻子患有肺结核，因而她和他们的儿子都不能拿到护照到美国来，于是每隔三周的家书成了他唯一的安慰。他每次都拿了信在店里大声读，然后痛哭流泪，每天总是喝很多的啤酒来宣泄自己的烦闷；艾米利欧"也是一匹孤独的狼"①，他经常轻声地自言自语，人们总是能听到他轻轻地说话，轻轻地叹息，但他从来不哭，他的妻子总是回到他身边，然后又离去。从对他们的描述来看，这两个人都是孤独的人，他们有着共同的特点，同时他们又是对立的，是动与静的对比，也是他们互相斗争的原因。最初他们总是恶言恶语，满嘴粗话，后来竟然动起手来，两人一动不动，怒目相对，"眼光里流露出强烈的仇恨"；一个拿着沉重的木压模，一个高举着裁缝剪刀，可见两人似乎有着莫大的仇恨。即使如此，当店主用一块隔墙板把他们隔开后，"熨衣工有时停下手中的活儿，来到那个新门边，醉眼朦胧地看看裁缝是否还在那，而那个裁缝有时也到门边看看……而且从那以后，艾米利欧再也不自言自语了，乔西普再也不碰啤酒了……"②

从这段描写我们不难看出，这两位雇员其实彼此很了解，因为有着相似的遭遇，他们在彼此的身上都能看到自己的影子。因此，他们彼此十分痛恨对方，其实痛恨的是自己；彼此不停地折磨对方，其实是在折磨自己；彼此不停地伤害对方，其实是在伤害自己；当两人被隔开，不能掌握对方的信息时，彼此又在不停地监视着对方。他们希望通过彼此的相互伤害、相互责难、相互牺牲，来寻找解脱，从自己痛苦、孤独的生活中解脱出来，寻求生命的救赎。最终他们通过实际的伤害来解决内心的折磨：艾米利欧用熨斗烫伤了乔西普；乔西普的刀也插入了艾米利欧的腹部。这对冤家既像相互赎罪，又像相互伤害对方。

马库斯是一位善良的犹太老人。他能深深地体会到他的两位雇员的痛苦，所以当他们误工的时候，他从来没有责难他们。他经常给乔西普一套西装和一些钱让他寄给家里；他经常关心艾米利欧，听他讲述自己的故事；当两个员工打架时，他总是苦口婆心地劝告，在另一次争斗中，他用自己的亲身经历来感召他们，在最后一次劝解中，他从楼上跌下去，死去了。"尽管这个犹太老人倒下去时，眼光已经呆滞，但这两个助手还

---

① ［美］马拉默德著：《马拉默德短篇小说集》，吕俊、侯向群译，南京：译林出版社，2003：38。

② ［美］马拉默德著：《马拉默德短篇小说集》，吕俊、侯向群译，南京：译林出版社，2003：42-43。

是可以从中清楚地看到这样的眼神：我是怎么告诉你们的？你看？"① 这位犹太老人最终通过牺牲自己来救赎这两个非犹太人，而他们也为此深深地感到遗憾和后悔。犹太人从希伯来《圣经》中就在学习公平、慈善、友爱的思想，认为行善就是敬畏上帝。马库斯就是这样一个典型的犹太人，他时刻在帮助那两个贫穷的雇工，甚至牺牲自己的生命是为求得两个雇工间的和平相处，同时也履行了犹太人特有的命运程式，实现了自己命运的升华。在这个短篇小说中，牺牲与救赎的观点得到了升华。这位犹太老人为了救赎他的两位员工而牺牲了生命，他的两位员工，虽然不是犹太人，但也在彼此的牺牲中寻求着救赎。

犹太人一切现世的苦难和挫折在犹太教中都被解释为因犹太人的罪过而致，犹太人只能在赎罪中得到新生。在《圣经》（旧约）中也宣传这种思想，不管是为自己还是为他人，只有通过自己的牺牲，只有经历苦难才能获得赎罪，才会受到上帝的眷顾。马拉默德作品中的主人公都在寻找新生的捷径，但最终需要自己的牺牲，不仅为自己也为他人，而这种牺牲不仅包括自己的利益，还包括自己的生命。对马拉默德而言，"犹太性的中心是忍受痛苦，在痛苦中'救赎'自己，使自己的行为符合犹太法典的规范"②。而这里的痛苦是苦难的代名词，其作品中的人物都不约而同地践行了他们特有的命运程式。

（三）"救赎"的虚妄性

拉比在犹太传统社会中具有特殊的地位，并且是最受人尊敬的职业之一，这一点可从小说《魔桶》中萨尔兹曼对于利奥的器重和爱护中看出来。

犹太人最早被称为"圣书之民"，是一个没有文盲的民族。在失去民族独立和家园的情况下，犹太人意识到，唯有保持民族精神的民族才不致消亡，文化传统才不致割裂。而保持民族精神从根本上说在于将民族精神的精髓传递给下一代，这种传递又是以对下一代的教育为根本保障的。基于这一认识，犹太民族在当时就着手推行全民教育，要求所有适龄犹太儿童（主要是男童）都必须接受教育。对于犹太人而言，断文识

---

① ［美］马拉默德著：《马拉默德短篇小说集》，吕俊，侯向群译，南京：译林出版社，2003：43。

② 乔国强：《论伯纳特·马拉默德的犹太道德观》，《东方论坛》，1997（1）：88。

字(即有文化)是每一个人都已经具有的能力。不过,"拉比"必须是不仅有能力和学习热忱的人,而且是被证明有智慧、有学识的人,是被其他已经被认可的犹太贤人对之冠以"拉比"头衔的人(即同时代人对他们进行了"按立圣职"者)。这样,拉比实际上是所有受教育者中的佼佼者,用今天的话来说,是知识分子中的精英。①

但并不是每一位拉比都像利奥那样有幸碰到"魔桶",得到上帝的垂青。事实上,一些年老的拉比,在经济上处于极度贫困的境地,更没有所谓荣耀上帝的形象和精神领袖的神气。著名小说《银冠》中的老拉比利夫斯齐兹就穿着一条"再用不了一星期就得成碎片的裤子,他还穿着一件没有熨烫过的破黑西服上衣,一件发了黄的白衬衣、没系领带"。这是因为世俗思想的崛起使得来到美国的犹太移民对于宗教普遍有冷漠的情绪,拉比的地位在新世界里岌岌可危。在东欧,拉比曾是整个社区的精神领袖,然而在美国,拉比的权威超不出挑选他为之服务的教会;即使在犹太教会内部,拉比也少有用武之地,甚至还不如集会上的领唱者受欢迎,他们常常被看作是多余的负担,薪金微薄,甚至没有薪水。

在《头号白痴》(或《白痴优先》)中,小说主人公门德尔正是一位受到死神威胁的父亲。他一定要赶在死神夺走自己生命之前将白痴儿子送到他八十多岁的叔叔那里去。由于门德尔典当了所有能够典当的东西之后依然凑不齐路费,他先到一个慈善家那里索求帮助,却被声称只捐给福利组织的慈善家拒绝在门外。百般无奈下,他只好向教堂里的老拉比求助。

然而,老拉比此时已是贫病交加,对于前来索要路费的门德尔也是爱莫能助:

"亲爱的朋友,"拉比说,"如果我有的话,我是会给你的。"
"我都是七十的人了,"门德尔心情沉重地说,"我只是需要三十五美元啊。"
"上帝会给你的。"拉比说。
"那时我都进坟墓了,"门德尔说,"可我今天晚上就需要它。"②

---

① 徐新:《犹太文化史》,北京:北京大学出版社,2006:135。
② [美]伯纳德·马拉默德:《魔桶:马拉默德短篇小说集》,吕俊、侯向群译,南京:译林出版社,2001:209。

老拉比的这番话透着无比心酸的意味,他和门德尔一样无法解决眼前的现实问题,"上帝的救赎"之类显然成为一句空话,徒然自嘲而已。面对现实的灾难,上帝却不能及时"出现",没有对他们任何一个人伸出救援之手,也不会使他们的生活发生一点实质性的变化。"救赎"在现实的需要面前竟然是一个经不起推敲的玩笑。

在现实生活中,犹太人的生命实践在很大程度上常常体现为这种自我赎救的努力,或者更明确地说,体现为对现世苦难命运的摆脱。但在期待救赎与被救赎的生命实践中,人们更企盼一种现时的拯救,对于犹太教徒如此,对于那些世俗化的犹太人而言,现时的拯救更是他们直接的生命目的。如果将视野从历史中抽回,从神学理论的推演中抽出,便会强烈地感受到现实生活中的犹太人对于摆脱其受难命运、完结赎罪过程、获得现时拯救是多么渴望。但在犹太人的愿望与实际结果之间,显然存在莫大的距离。所谓的弥赛亚拯救,始终是犹太人超验生活中的一种意念和寄托。① 最终,老拉比还是把自己的一件长袍送给了门德尔,让他去典当。但是拉比的妻子却尖叫着,哭着与门德尔争抢,因为这是他最后一件值钱的东西了。赎救他人却不能自赎正是老拉比"救赎"的虚妄性所在,也正是马拉默德在文学创作中所表达的对于美国现代文明冲击下的犹太传统文明变质丢失的隐忧。

小说《赊账》中,帕内萨夫妇是一对上了年纪的普通人家,他们刚刚用仅存的最后一笔钱买了一片小店而成为小店主。本以为小店的收入至少够他们维持生活的,却不曾想到落得人走财空的凄凉结局。小说的另一位主要人物威利·施莱格尔是小店对面一幢黑不溜秋的公寓的管理员,他的妻子埃塔·施莱格尔与帕内萨夫妇也很熟。威利是帕内萨夫妇的老主顾,时常来买些杂什,但常常是挑选了几元钱的东西而随身只带了5毛钱。每当此时,帕内萨先生总是说:"其余的钱他什么时候给都行。他说,什么都兴赊购了,做买卖也不例外。"②

奉行着"人格赊账"生意经的帕内萨先生自有一套"赊购"哲学,他认为:"说一千道一万,赊购就是承认人格,如果你是一个真正有人格的人,你对别人赊购,别人也就对你赊购。"但是,帕内萨的宽容纵容了威利,他变本加厉地赊购,即使衣袋里有钱也拒不付账,只顾发疯似地

---

① 刘洪一:《走向文化诗学——美国犹太小说研究》,北京:北京大学出版社,2002:125。
② [美]伯纳德·马拉默德:《银冠》,武汉:长江文艺出版社,1998:236。

带着鼓鼓囊囊的东西回到家中。一开始妻子不满意他这样做,后来在他给妻子买了一件镶着珠子的黑裙子,妻子便不好再说什么了。长此以往,威利赊账的总数达到了相当的数目,而总是勉为其难地向威利赊购的帕内萨已经落到自身难保的地步。

资金周转困难的帕内萨只好"笑容满脸地问威利,啥时能付一点款"。然而这一举动却得罪了威利,自从帕内萨向威利索要欠款之后,威利便对帕内萨夫妇有一种刻骨的仇恨。妻子埃塔觉得过意不去,催着威利还账,但威利自有理由:"我拿什么还账?我这辈子哪一天不是个穷光蛋?""用从我骨头上拆下来的肉顶吗?"① 他和妻子一直躲着帕内萨夫妇,直到有一天,他从信箱里发现帕内萨太太写来的一封信,信上说她丈夫卧病不起,家中已分文没有,只得写信问他可否先付她 10 块钱,其余的以后再说。威利看完信后就把它撕得粉碎,但他还是想了办法。然而事态的发展出人意料:第二天一大早,他从被窝里钻出来,用大衣当了 10 元钱后,却在街面上发现帕内萨先生已经躺在棺材里了。

在帕内萨向威利赊购的背后,显然存在着一种神圣而又功利性的动机,即企望以此获得对方的赊购,从而获得负罪的摆脱和赎罪的自慰。帕内萨用"人格赊购"哲学把犹太传统的救赎观念进行了商业经营式的演化,但他的良苦用心不但没有得到回报,反而为他人所利用。威利只关心赊账给他带来的物质上的一时满足感,并不在乎帕内萨的"人格赊购"哲学。而帕内萨借助商业赊购而换得他人的人格赊账、获得拯救的希望,只能在毫无结果中破灭和消逝。他死了,而那笔赊账就再也没有还。

对他人、对自己,帕内萨都是一个无能为力的拯救者。作为一个普通的犹太人,作为一个小杂货店店主,他本身生活艰难,是一个痛苦的负罪者,他希望通过自己的慷慨和"人格赊购"的哲学来努力挣脱其负罪命运,救赎他人和自我,但自身难保的他在拯救中显然是力不从心的。不称职的赎救者形象还有小说《我之死》中的裁缝马库斯。马库斯对手下的两个工人充满同情,他极力调和这两人之间的矛盾,希望他们能够团结友好,最后却不幸地在两人的争斗中倒下。马库斯、帕内萨以及老拉比的经历都深刻地表明了"救赎"思想和行为在现实中的虚妄性——这也是一种对犹太历史上"弥赛亚的虚妄拯救"这一原型母题的再现。

---

① [美]伯纳德·马拉默德:《银冠》,武汉:长江文艺出版社,1998:239。

不过，无论拯救者能否成功，救赎他人和自我作为犹太人生命实践的一种基本方式，已然成为犹太人在现实世界中具有恒定性质的命运。灾难和痛苦既是上帝对犹太子民的考验，也是犹太人精神得以升华的试金石。只要是个犹太人，就应该严格在一言一行中遵守与上帝定下的盟约，谨守律法，并把犹太教的教义、教规渗透于日常生活之中。这是犹太教与其他信仰的根本差别，也是马拉默德短篇小说的主要思想之一。

## 三、"救赎"之路

马拉默德作品文本中描述的灾难是与作家个人的人生经历、生活体悟、民族苦难史实与时代社会背景等诸多因素相关的。在前一章节中我们提到过，在马拉默德作品中论述了美国犹太移民的贫困生活状态，不论他们是何种身份、从事何种职业，造成他们生活艰辛的原因是多方面的：美国社会自由竞争的制度，周围人对犹太人的歧视以及这些犹太人囿于犹太传统而不能很好地适应美国的社会等。马拉默德作品中的这些底层人物多是犹太人，难能可贵的是他们在面对物质匮乏、生活艰难、精神痛苦时，能采取默默忍受的态度，并仍能表现出诚实、宽容、善良等品质。这些美好的精神品质与犹太教教义的引导不无联系。马拉默德作品中的人物大多并不是严格意义上的犹太教徒，但他们却把握了犹太教的精神内核，以坚忍的态度来默默地承受苦难，并以此为行善事的指南，在日常生活中恪守诚信。利奥·拜克在《犹太教的本质》中多次说到，上帝的本质就是善。因为善不受时间、空间的限制，是无条件的，世上的万物除了全能的上帝之外都会受到时间、空间的限制，是有条件的。善是普遍的，因为任何人都可以实现善，世上的万物除了大能的上帝之外，没有什么是最普遍的。善要求的是一种无条件的绝对基础，因此善的根基就只能在唯一的神那里。犹太教教义在很大程度上给那些在苦难中苦苦挣扎的人以力量，给苦难之中的人以精神慰藉。

犹太教是犹太人的民族宗教，信奉耶和华为唯一真神，以圣经的《旧约》为犹太教正典。在犹太教的基本信条中，关于"特选子民"是犹太教神选观的主要内容。所谓选民论，是指犹太人是上帝耶和华从万千民众中挑选出来的特等选民，负有上帝委托的使命。特选子民的观念贯穿整部《圣经》，犹太人身为选民而具有心理上的荣耀感。与此同时，《圣经》中又多次暗示：特选意味着为其他民族承担责任，甚至包括替他们受难。贺雄飞这样说道:"也正是犹太教和《圣经》,使犹太人自命为'上帝的特选子民',这不仅阻碍了他们和其他民族的融合,《圣经》成了唤醒散居在世界各地的每一个犹太人民族意识的强大力量,同时也使他们心中永远装着上帝,一切苦难都是上帝为惩罚他们罪行的特意安排,届时救世主自会拯救他们,脱离苦海,回到'流奶之地'。于是,他们具有忍受一切压迫的巨大忍耐力,这也是他们能够在任何恶劣环境下都能生存并保持民族同一性的内因。"①

根据"选民论"的观点,犹太民族是上帝从众多民族中挑选出来的,是上帝特别恩宠的对象,也是世界上最优秀的民族。若受到上帝耶和华的特别眷顾,则会在尘世间少受苦难。而与此似乎相悖的是,犹太民族的历史恰恰是充满了苦难的历程。深圳大学的刘洪一教授认为,正是这种"选民论"的心理优势,弥补了犹太人经验世界中受苦受难的不足。他这样说道:"选民观念把人生的存在问题、民族命运问题消解和转化到超验世界中去,通过对与异族关系的调节,去获取相对平衡的关系结构。"②

这样经验世界中的异族人,虽然他们带给犹太人以种种苦难,可他们在超验世界中却是"非选民"。尽管犹太人在现实世界中遭受到种种歧视、侮辱、被逐和屠杀等恶劣境遇,但在超验世界中他们是"上帝的选民",这种心理上的种族荣耀感,弥补了现实中的种种不幸,因而犹太人在经验世界中能够忍受生活中的种种困境。虽然犹太人在心理上有选民的优越感,然而犹太民族的苦难史实却使现实生活中的犹太人只能忍受生存中的种种苦难。

《店员》中的莫里斯能够忍受苦难的原因,是"他们受苦,因为他们是犹太人"③。莫里斯简单的一句话说出了犹太人的典型特征。作为"上帝的选民",犹太民族两千年来却被奴役、受迫害、遭屠杀,这种种苦难已经积淀到每一个犹太人的心中。这正如郑玲论述的:"他们的宗教、文学、节日从苦难中诞生,他们也在宗教、文学、节日中解释和纪念苦难。对犹太人来讲痛苦是生活的影子,无处不在,无法摆脱。"邹智勇也这样评述道:"作为一个具有强烈'受难意识'的民族来说,他们强调探索中

---

① 贺雄飞:《犹太人之谜》,北京:时事出版社,1996:21。
② 刘洪一:《犹太文化要义》,北京:商务印书馆,2004:152。
③ [美]伯纳德·马拉默德:《店员》,杨仁敬译,南京:江苏人民出版社,1980:132。

必须遭受种种身心的磨难，他们也勇于承受这些磨难，并从这些磨难中站起来。他们认为自己是'上帝的选民'，从某种程度上来说，'选民'的内涵就是追寻、受难和勇于承受苦难的精神。"[1] 散居世界各地的犹太人，有些为了赚钱已经把犹太人的诚实、善良、正义等美好信条抛却了。就像前面章节所提到的，马拉默德认为只有那些能在生活中忍受苦难的同时，仍然坚持犹太教教义精髓，恪守诚实、善良等信条的犹太人，才是真正意义上的犹太人。《基辅怨》中的雅可夫，认识到只要是犹太人，就更容易遭受到外界的责难。雅可夫认识到自己所受的磨难都是由犹太人身份带来的，犹太人在现实生活中更容易受到苦难。林太在《犹太人与世界文化》中这样论述道："选民的观念并没有赋予犹太人否定其他民族的特权；恰恰相反，它强加了该民族一项使命，为了对这一使命忠贞不渝，他们还必须忍受苦难、蒙受羞辱，经历折磨乃至死亡。从这意义上说，选民观念暗示了犹太民族并没有必然的优越性，只是在他们身上依附着执行一项重要使命的责任。"[2]

从这个意义上来说，作为"神选子民"的犹太人就应该为执行使命而忍受世间更多的苦难与痛苦。既然作为犹太人的苦难无法摆脱，那么就应该忍受苦难，并积极面对。莫里斯就把受苦当成犹太人的典型特征，默默地忍受着生活中的重压。雅可夫也是在历经思想转变后，决心经受考验，让人家用所谓的"证据"来证实他是无辜的，他决心勇敢地为犹太人民受难。

《基辅怨》中的雅可夫从一开始就否认自己犹太教徒的身份，反复强调自己是思想自由的人。可是他却处处以律法来约束自己：当沙皇当局诬告他出于宗教目的而杀死基督徒时，他反复强调《圣经》和别的法律禁止犹太人吃血。《店员》中的莫里斯也是恪守律法的代表，物质生活现实窘境丝毫也没有动摇他对律法的践行。莫里斯并不是严格按照犹太教义来做事，但他却把握了犹太教义的精髓。这就说明马拉默德在《店员》中反映受难的现实意义主要是通过主人公忍受生活之苦痛时还能一如既往地行善，这种道德上的模范行为是他人学习的榜样。生活经过苦难之后才会变得更有意义。

---

[1] 邹智勇：《马拉默德笔下的受难形象》，《武汉理工大学学报》，2001（2）：71。
[2] 林太：《犹太人与世界文化》，上海：三联书店，1993：253。

# 第五章 马拉默德小说的叙事技巧与叙事伦理

## 一、独到的叙事技巧

### (一) 全方位的叙事视角

叙事视角是主体在叙述时观察和感知故事的角度及所涉及的视阈。从功能上讲,叙事视角是由作者选择并赖以表达主题的修辞手段,是叙述者观察和感知故事的位置和角度,也是读者更好地接受和理解小说世界的手段。

现代小说评论愈来愈关注小说的创作技巧,尤其注重对人物视角的运用,小说创作的目的之一就是打通通常意义上的现实和艺术虚构间的界限,使两者融为一体。现代小说奠基人亨利·詹姆斯批评传统小说家在讲述故事的时候总是强调作者的在场,尤其在第三人称全知叙述中,小说家事无巨细地掌控着一切,毫不掩饰的作者存在会破坏小说本身的自主性和艺术真实。他认为作者在整个叙述过程中始终保持超然的态度,才能使作品具有自己的生命。

为了使小说具有自主性地直接呈现在读者眼前,詹姆斯提倡作者必须最大限度地降低自己的声音,尽量采取小说人物的视点,展示处于人物观察下的现实,使小说成为展示意识的戏剧。他甚至提出小说的叙述者应该和读者一样仅仅是故事的聆听者,侧重人物的内心意识。通过人物视角而产生的心理意识,是詹姆斯所倡导的的"真正的故事"。而在创作实践中,他坚持一种与全知叙述模式不同的形式技巧,即要求故事外的叙述人通过人物眼光、人物意识展示故事中的事件。在詹姆斯的小说中,往往持续地使用单个人物视角或变幻,切换人物视角,充分体现了视角对小说整体结构的重要性。

任何叙事都离不开叙述视角,对叙事视角的选择决定了小说叙事的情节结构和人物塑造,因而有着举足轻重的作用。一般情况下,某个具体的事件或人物,可以从许多不同的角度去参照和表述,但一旦进入了特定的创作构思主题或风格模式中,视角往往就被限制了,不再具有多种角度的可能。在小说中,当作品的主题人物关系确定以后,叙事视角往往就固定为最有利于表现小说主题的某一位置。叙事视角意味着作者的态度和强调,甚至代表了作者对故事的评价,可以说,叙事视角决定故事的意义和内涵。

马拉默德的小说视角独特,通常是幻境与现实相结合,文体清新,哲理深邃、笔调诙谐,惜字如金,语言准确且生动活泼,使读者很容易了解到故事中的人物性格和内心活动,体会到作者要表达的意图,耐人寻味。

马拉默德的小说多采用第三人称的叙述视角:(1)全知叙述者:叙述者不受小说情节发展的时空限制,可以根据故事发展的需要自由地进行叙述或描写,甚至可以叙述某个人在想什么、打算做什么,还可以就人物的言行代表作家发表评论。(2)有选择的全知叙述者:这种叙述以某一个人物为视点,并从这个人物的角度去观察周围发生的事情,因此可以充分挖掘人物的内心世界。(3)客观叙述者:传统作家通常采用第一种叙述方式,第二种是现代叙述方式,深得现代全义作家们青睐,也是马拉默德短篇小说用得最自由的一种方式,如《杂货店》中的这一段:

> 艾达看了看表,已经十点半了,她想关闭店算了,但后来决定还是先不闭:隔壁超市已经闭店了,这是唯一他们有望挣几分钱的时间。她回想起自己这一辈子不禁心生悲凉,结婚二十年了,只有这栋楼上冷冷清清的套房,楼下这破破烂烂的店铺。她看了一眼这店面,每个地方都让她生厌:脏兮兮的窗子,空空的货架,架子后面黄黄的墙纸从外面就可以看得到,因为架子上那些罐头已经没有

了；还有那老式的木冰柜，尽是污斑的大理石柜台，坚硬的地板，一切都显得那么寒酸、那么贫穷，多少艰难的岁月，多少辛勤的劳动！这都是为了什么？到头来还要受这个男人的羞辱，他不理解也不珍视她所做出的牺牲，现在还上楼去睡觉，把她一个人撇在下面。她听着外面呼呼的风声，感到有些冷！炉子需要把里面的煤活动一下，但是她太累了。①

这一段由第三人称全知客观叙述开始，接着转向有选择的全知叙述，艾达成了叙述者，最后又转向第三人称全知客观叙述。艾达从自己的角度对自己的生活和丈夫作了评价，通过她的叙述，我们可以看到小店生意萧条，这对夫妻生活的艰辛，以及艾达对这种徒劳无获的生活的绝望。另外，也表达了艾达对丈夫萨姆的抱怨不满。其实，艾达并不了解自己的丈夫，他的确是生病了。马拉默德用有选择的全知叙述写出了夫妻之间的误会，为故事的发展埋下伏笔。

《我的儿子是凶手》是马拉默德视角转换最得心应手的一部作品，对话、人物独白与内心活动融合在一起，视角转换时不带任何标志性的提示：

  他醒来，感到他父亲就在走廊里，在那儿听着，他听他睡觉和做梦，听他起床，摸起裤子。他不想穿上鞋子，他也不想去厨房吃饭，他面对着镜子，但双眼紧闭着，坐在卫生间里一坐就是一个小时，一页一页地翻着他读不懂的书，那种孤独让他痛苦。父亲站在门边，儿子能听得见他在听。
  我的儿子就像一个陌生人，他什么也不告诉我。
  我打开门，看见父亲在走廊里。你干吗站在那儿，为什么不去工作？
  因为我现在是放寒假，不是放暑假，放暑假我才去打工。
  你站在这又黑又有味的走廊里，盯着我的一举一动到底要干什么？我想你什么也看不见，你为什么总是偷偷地监视我？
  我父亲回到他的卧室里，过了一会儿，又回到走廊里来倾听。

---

① ［美］伯纳德·马拉默德：《魔桶：马拉默德短篇小说集》，吕俊、侯向群译，南京：译林出版社，2001：20。

第五章　马拉默德小说的叙事技巧与叙事伦理 | ·129·

　　我听见他有时候在他屋里，但是他不和我说话，我也不知道这究竟是怎么回事。
　　　对于父亲来说，这真是一个令人害怕的感受，或许过几天他会给我写一封信。
　　　我亲爱的父亲，
　　　我亲爱的儿子哈里，把你的门打开，我的儿子成了囚犯。①

　　这段同样采取了全知叙述者和有选择的全知叙述者相融合的方式，但不同的是，这是通过人称转换来完成的。以第三人称全知者的描述开头，接着用自由直接引语，将第三人称转为第一人称，写了父亲对儿子的担忧、儿子对父亲的排斥，表现出父亲与儿子之间无法交流，以及由这种隔阂造成的精神痛苦。

　　《头七年》这部短篇小说主题鲜明，叙事技巧堪称一绝，成为技巧服务于主题的经典之作。作品描写了一个呆头呆脑、又老又丑的傻瓜索贝尔，他从希特勒的魔掌下逃出，来到美国，因为穷困潦倒，只能做一个修鞋的学徒。他没有任何奢望，只求鞋匠老板的十九岁女儿快快长大成为自己的妻子，因而他不计工钱，不讲条件，日复一日地整天锤打着鞋头，在皮革气味中等待了五年。当鞋匠费尔德像处理贱价商品似的把女儿硬塞给爱读书的小伙子马克斯时，索贝尔悲愤之下，泪流满面地说出了自己埋藏在心底五年的愿望，鞋匠老板费尔德起初认为他疯了，知道自己女儿对他也有意后竟又起了恻隐之心。为了不让这个又老又丑的索贝尔绝望，以两年为期，答应了这个助手的要求。这个已经"罢工"几天的助手，在第二天一大早就来到了店里，为了爱情，朝皮革砰砰砰地敲打起来了。小说也就此戛然而止，留给读者无限的感叹和思索。

　　从叙事技巧的角度分类，该作品属于第三人称外部聚焦的戏剧式作者叙事技巧。外部聚焦的选择有时是由于作者的偏爱，有时却是为了作品内容的特殊性。比如，为了突出某一作品的主题内容，为了延长某一悬念，或是为了取得出人意料的效果。这种叙事方式在作品情节的衔接与发展中起到重要的作用。在故事展开的过程中，作者将展示和讲述相结合，将两种写法有机结合。例如，在讲述索贝尔的个人经历时，作者

---

① ［美］伯纳德·马拉默德：《魔桶：马拉默德短篇小说集》，吕俊、侯向群译，南京：译林出版社，2001：340。

以精炼的语言交代了故事所发生的背景以及索贝尔的经历："从希特勒的焚尸炉里死里逃生。"既成功交代了故事所发生的背景信息，又与长篇的场面和人物描写形成对照，主次分明，使作品极富有层次感。而在人物叙事情境方面，作者也毫不吝啬自己的笔墨，在本部小说开篇就以聚焦的方式，以鞋匠老板费尔德的口吻描述了一下当时他内心的活动，拿马克斯这个小商贩儿子的勤奋和自己女儿对教育的漠不关心对比。在叙事情境中所采用的聚焦模式一般都是外部聚焦，聚焦者与叙述者为同一人，置身于所讲述的故事情节之外。这种客观中立的描写能使读者在阅读的过程中揣摩各个人物的性格，同时也为故事情节的展开做了有力的铺陈，为后来费尔德有意把自己的女儿介绍给马克斯埋下了伏笔，并且充分体现了具体情境描写的生动性、客观性以及真实性。这种情境叙事的方式的恰当使用，可以在作品情节的衔接与发展中起到重要的作用。

此外，当学徒索贝尔发觉自己朝思暮想、日夜等待的鞋匠老板女儿即将被费尔德像处理商品一样硬塞给马克斯时，他一气之下离开了鞋店。之后老板费尔德忽然间发觉自己对于鞋店里外许许多多的事儿根本就不能胜任，对于新雇的学徒又不能信任，于是他怀着猜测、犹豫、忐忑不安的心情去找索贝尔。作者再一次以第三人称外部聚焦的方式描写了费尔德的心情和他面对索贝尔时一些十分微妙的动作：面部表情以及说话语气，有力地预示了文末索贝尔对于鞋匠老板女儿长年的爱慕，以及这么多年的爱所带来的痛苦与隐忍，同时照应了结尾费尔德答应了索贝尔的请求。至此，文章的叙述达到了高潮，索贝尔最后的出现使得读者为之动容，为小说画上了一个圆满的句号。

最后，自由直接思想和自由间接思想是现代主义作家惯用的手法，在马拉默德的作品中，心理描写是通过自由直接引语和自由间接引语实现的。自由直接引语往往可以使人物的意识活动不加叙述者的介入直接展现在读者面前，而自由间接引语或多或少地使用了叙述者的表达方式，故而人物的意识活动是通过叙述者间接地传达给读者的；自由直接引语可以自由无间断地呈现出人物的意识活动，自由间接引语尽管掺进了叙述者的介入，但对人物思想活动的真切感和自由感影响是微小的。这在马拉默德的小说中也有表现，以《威尼斯的玻璃吹制工》为例：

他后来不再想她了，如果你一文不名地想又能怎么样？就像一个飞吻一样，那个吻也随风飞走了：唉，弗德尔曼，你这位老兄，再有一次机会,你可以把握得久些。把握什么?我一无所有,我也没有什么可以放弃的,零减零还是等于零;再说多了就离死不远了。①

## (二)情节的突变和对比

亚里士多德重视悲剧情节的重要作用。在《诗学》中,他多次阐述情节的重要性。他说:"最重要的是情节,即事件安排;因为悲剧所模仿的不是人,而是人的行动、生活、幸福与不幸,悲剧的目的不在于模仿人的品质,而在于模仿某个行动……悲剧艺术的目的在于组织情节……悲剧中没有行动,则不成为悲剧,但没有性格,仍不失为悲剧……情节乃悲剧的基础,有时灵魂、性格则占第二位。"② 亚里士多德时期,悲剧人物大致来自古代神话和史诗,对于其中的英雄人物,戏剧家不太注重他们的性格描述,更注重故事情节如超自然对人物命运的支配,等等。文艺复兴后的理论家如莱辛、黑格尔等提出的是"性格中心说"。艺术家们开始重视对"人"这一对象的深入研究和刻画。随着时代的变迁,人与社会的矛盾冲突也愈来愈复杂,人的内心、性格都趋向复杂化,这种情形必然反映在艺术形式里。所以,对于悲剧理论的"情节论"和"性格论"要结合时代历史背景去理解。但亚里士多德的"情节中心说"对于研究悲剧基本特征依然有积极的启迪意义。

亚里士多德认为构成情节有三大要素:突转、发现和苦难。突转是指情节突然向相反的方向转变。突转要复合必然律与可然律,突转的主人公不能由逆境转入顺境,必须由顺境转入逆境,主人公既不应是好人,也不应是极恶的人,而应是介乎二者之间的既有过失和弱点,但也不坏的人。

马拉默德擅长用突变的情节和对比来增加人物的悲剧效果,他的情节纤细但并不完整,并且多数为开放性结局,总是留有空间让读者发挥。《店员》里这种情节上的突变安排自然又给读者以突然的震惊。在小说开始,马拉默德展现给读者一个食杂店生意惨淡的一天和店主莫里斯一家

---

① [美]伯纳德·马拉默德:《魔桶:马拉默德短篇小说集》,吕俊、侯向群译,南京:译林出版社,2001:351。

② [古希腊]亚里士多德:《诗学》,郝久新译,北京:九州出版社,2007:22-23。

困顿、贫穷的生活画面。贫穷的顾客、漫长的等待,从早到晚十几个小时,才入账十元,人家做生意是几十、几百地入账,这个食杂店是几分、几角地买卖,莫里斯对过去痛苦的回顾与现实里死气沉沉的痛苦交织,在马拉默德朴实、逼真的描述中,读者心里和主人公一起叹息、酸楚。不管怎样艰辛维持,一天终于要结束,却偏偏在他将要关门结束一天的劳作时,遭到两个蒙面人的抢劫、殴打。如此心酸得来的十元被无奈抢走,还有女儿海伦工资的支票。年迈的莫里斯也因为伤心、惊恐、殴打而病倒,使得这个家庭雪上加霜。马拉默德熟练运用语言技巧,在娓娓道来中把人物的过去、现在的痛苦和未来的无望都清晰地展示给读者,读者慢慢沉浸在人物的苦难中,却没想到这远非主人公全部的灾难或者苦难的结尾,更大的灾难还会突然降临。这种情节的突然变化、人物命运的跌宕,激起读者巨大的怜悯和恐惧情绪,为命运的无常、为主人公的不幸遭遇而痛苦又无奈。

突转的情节还伴随着鲜明的对比效果。和莫里斯相邻的卡普与莫里斯形成鲜明的对比。同为犹太人,相邻而居,使得可比性成立。莫里斯一辈子踏踏实实、勤劳肯干、诚实经商,从不欺骗顾客,却生活贫困,挣扎在死亡线上;卡普头脑灵活,擅长投机取巧,当机会来临时,他果断把自己的鞋铺改成小酒店,于是生意红火、生活舒适,但也因此经常遭到抢劫,所以卡普警觉、敏锐,比莫里斯早几秒关店,从而本应他遭受的灾难落到了莫里斯身上。莫里斯被打后,"他没吭一声,倒了下去。这样的结局和这一天很相称。这就是他的运道,而别人的运道都比他好"①。这种对比使得莫里斯的悲惨人生更加凄苦、悲凉。不遵守道德规范的卡普能一再避开不幸事件的打击,并在一定程度上加剧他人的痛苦。明明知道把他的铺子租给他人开超市对莫里斯的食杂店是致命打击,卡普依然我行我素。小说里交织着莫里斯和卡普命运的变化与对比。在走投无路时,有人建议莫里斯给店铺放把火骗取保险金,莫里斯没做成;卡普的小酒店却阴差阳错遭了火灾,命运再一次没有惠顾莫里斯。卡普为了继续酒馆的生意,想买下莫里斯的食杂店,似乎莫里斯的命运终于有了转机,他开心地在初春的寒风中清理人行道上的雪,想着就要结束二十二年来囚徒一样的生活。读者也为他命运的转机松口气,却发现三天后莫里斯因为感冒死在医院,而卡普心脏病发作,收购食杂店计划也

---

① [美]伯纳德·马拉默德:《店员》,杨仁敬译,南京:江苏人民出版社,1980:32。

因此流产。卡普身上体现着美国当时弱肉强食、适者生存的价值观。莫里斯则是道德规范的代表,尽管他历尽磨难,受尽创伤,依然遵纪守法,心存善良,坚持传统原则而不向命运屈服。马拉默德没有迎合大众心理,安排好人历经磨难后迎来圆满、坏人受到惩罚这样的理想化结局。在情节突转和对比中,他的结局更贴近现实,更有说服力,现实中并非总是好人好报,因而更能突显悲剧效果。读者在悲伤中跟随着主人公经历了身体、情绪和道德上的跌宕和洗礼,在艺术欣赏中得到净化和愉悦。

### (三) 冷静的叙述

马拉默德独特的创作技巧也体现在他的叙述方式上。他冷静、客观的叙述陪衬出主人公悲惨的处境和遭遇。从小说叙事话语语式看,小说叙述分描述和讲述两种基本类型。"讲述"是作者的叙事情境,作者提供故事的发展,交代人物的信息;描述受限于客观情境,作者的介入隐蔽复杂,通过描述,使读者自己看到事件的过程并作出判断,故事叙述建立在被描述人物的行为、语言和心理之上。① 马拉默德采用了一种多方位的、流畅的叙述方式,描述与讲述自然转换,产生的艺术效果就是,作者可以以无所不知的全视角掌控情节进展,又不受时间、地点约束而进入人物的内心,用冷静的笔触、细致的描述把人物的苦难遭遇层层剥开。下面是典型的马拉默德式叙事方式:

> 她听到楼梯上莫里斯缓慢的脚步声。他漫无目的地走进起居室,坐在一只硬邦邦的扶手椅里想放松一下。他带着忧愁的神情一言不发。每当他有话要讲,总是这样开始的。
> 
> 在她和弟弟还是小孩的时候,至少逢到犹太节日,莫里斯会关上铺子,横下心到第二街去看一场意第绪语的戏,或者带领全家去串门。但是,伊弗雷姆死了以后,他难得走到比街角更远的地方去。每次想到她父亲的一生,她总觉得自己的生活真是一场浪费。
> 
> 她的模样像只小鸟,莫里斯心里想。她凭什么落得孤零零的?瞧她长得多美。谁看到过这样的蓝眼睛?
> 
> 他把手伸进裤袋,掏出一张五元钞票。
> 
> "拿去,"他说着就站起身来,尴尬地把钱递给她,"你需要买

---

① 格非:《小说叙事研究》,北京:清华大学出版社,2002:93-97。

皮鞋。"

"你在楼下给过我五块。"

"再给你五块。"

"星期三才是这个月的一号，爸爸。"

"我不能把你的工资全拿走。"

"不是你拿我的，是我给你的。"

他硬让他把五元钱收起来。他，收了起来，又一次感到羞愧。①

  这段文字最初"她听到……"似乎是海伦的视角，又像作者的视角，然后回顾过去的事，进入海伦的意识中，既有对莫里斯过去不幸失子的陈述，又揭示出这一事件对他的影响和打击。接下来的"她的模样像只小鸟……"又进入莫里斯的视角和内心对海伦进行描述，然后通过对话展示他们的善良和亲情。在这段不长的文字里，讲述和描述相结合，作者成功地与人物交叉换位，有作者的视角，有海伦的视角，也有莫里斯的视角，在不同视角间自然转换，全方位地、生动地把当时的场景呈现给读者。作者并没直接讲述他们如何贫穷、亲情如何感人，但所有的内涵读者都能从叙述中感觉到：莫里斯失子之痛对他的打击和影响、现在家庭生活的窘迫——不得不依靠女儿微薄的工资度日、父亲的无奈以及对女儿的心疼、女儿的懂事都蕴含在这种貌似平淡的叙述中。读者为他们的辛酸生活叹息的时候，也为他们浓厚的亲情和人性所感动。在客观的描述中，人物的细微心理活动也自然穿插其中。而且，作者为后面的更大厄运埋下伏笔，辛苦劳作一天的莫里斯遭到抢劫的时候，读者更为这一幕心疼压抑得无法诉说：被抢的里面包括海伦的工资支票！

  马拉默德这种冷静、客观、多视角转换的叙事方式几乎贯穿他所有的作品。他在作品中隐匿了自己，但对作品的"引导"，对读者的"指导"更加隐蔽，更富有技巧。外在的冷静甚至刻板的描述中蕴含着丰富、强烈的情感冲击。冷静的叙述与主人公悲惨遭遇相辅相成，娴熟的叙事技巧使故事看上去朴实、平淡，却富有艺术韵味与审美价值。

  在此，我们又一次提到了马拉默德多视角转换的叙事方式，这在前文中已经详细提及。

---

① ［美］伯纳德·马拉默德：《店员》，杨仁敬译，南京：江苏人民出版社，1980：22-23。

## （四）四季循环的时间叙事结构

弗莱提出文学作品的形象结构是"静态的范式"①，而叙事结构却与形象结构恰恰相反，"涉及如何由一种结构转移到另一种结构"，是一个动态的过程。"过程的基本形式便是循环运动，兴盛与衰落、努力与休息、生命与死亡的相反交替，是过程的节奏"。② 弗莱分析了七种最基本的文学形象范畴，认为都可以视为旋转或循环运动的不同形式。弗莱将这些超越了体裁局限的叙事范畴归纳为四个，即喜剧、传奇、悲剧及讽刺（或反讽），统称为叙事结构（mythoi）。四种叙事结构分别对应一年中的四季：春夏秋冬。

《店员》这部小说的时间结构在马拉默德的小说作品中有最突出的体现。整部小说经历了两个四季循环，但不是按照自然的发展规律从春到冬进行叙述，而是从代表讽刺和嘲弄的冬季开始。十一月初，寒风凛冽，莫里斯的生意越来越难以维持，打算把店铺卖给一个波兰难民。当天夜里，为了多赚点钱，莫里斯延迟了关门的时间，由此引来了弗兰克和沃德的打劫。莫里斯被沃德打伤，被迫住进了医院，店铺不能正常开业，生意岌岌可危。这一切引发了弗兰克的同情心和自责感，弗兰克以想积攒杂货铺的经商经验和报答莫里斯的帮助为借口，到莫里斯的店铺当伙计。这个故事片段和它发生的时间冬季非常吻合，含有多处讽刺。莫里斯辛苦忙碌还不能维持衣食无忧的生活，而沦落到与难民一样的生活境遇。弗兰克和沃德本来计划抢劫营业额远高于莫里斯的卡普，但是因卡普早早关门而无法下手，才打起莫里斯的主意。而为莫里斯引来这场无妄之灾的却是他自己想要多赚点钱的愿望。弗兰克刚当上伙计时工作异常勤奋，并且虚心学习各种杂货铺需要的技能，但是好景不长，他从偷吃店里的零食开始，进而偷店里的钱。本意要洗涤自己的罪行的弗兰克渐渐蜕变成了一名小偷，还迷恋上了莫里斯的女儿海伦。这也是对他最初"不要工钱"的许诺的最大讽刺。

弗莱的理论提到，叙事结构是从一种结构到另一种结构的运动的过程。运动的基本形式包括上升和下降。反映到四季循环的叙事结构中就是春夏代表的喜剧和浪漫属于喜剧式的运动方向，是上升方向的；秋冬

---

① 诺思罗普·弗莱：《批判的剖析》，天津：百花文艺出版社，1998：225。
② 诺思罗普·弗莱：《批判的剖析》，天津：百花文艺出版社，1998：225。

代表的悲剧和反讽属于悲剧式的运动方向，是下降方向的。在《店员》这部小说中，春天和夏天发生的故事也是向上升的方向发展的。故事随着时间的推移而继续，圣诞节过后，天气转暖，万物开始复苏。店铺的生意终于开始有了起色，每周有将近两百块的营业额。莫里斯和妻子艾达欢心不已，他们希望店铺继续好转。弗兰克的工资得到了提高，海伦也可以留下她自己的一部分工资买几件像样的衣服。弗兰克为了接近海伦，每天尾随她一起去图书馆，终于顺利与海伦聊上了天。随着谈话的深入，弗兰克倾吐了想要上进的心声，同时赢得了海伦的好感。海伦有了想要帮助弗兰克读大学的愿望，弗兰克与海伦的关系更进了一步。在春天这段短暂的时间，故事中的四个主要人物都各自从冬天的痛苦状态中走了出来，并且有了各自的对未来生活的美好憧憬。

夏天到来了，弗兰克和海伦相爱，他们在顶楼约会。同时，弗兰克的道德力量也战胜了他个性中的缺点，他可以和海伦单独相处却不做越轨的事情，并且他决定将偷店铺的钱不被发觉地还回店里。故事情节到这里发展到了最高潮，也可以说上升到了顶点。在《店员》中，四季的故事长度分布不均。春夏时节发生的事情马拉默德叙述较少，并且很少使用明确的表示季节的词语。故事很快由第一年冬过渡到第二年天气又开始转冷的秋季。这种写法给读者创造出一个悲凉的氛围，也正好符合了故事的基本基调。

天气转冷的秋季到来了，故事情节也随之发生了转变。刑警米诺格带了几个人让莫里斯辨认有没有抢劫他的人，这件事使莫里斯记起并认出了弗兰克就是劫匪之一。但是莫里斯并没有马上道破。很快，弗兰克偷店铺钱的事情也东窗事发，莫里斯忍无可忍将弗兰克赶出了店。当晚，弗兰克心情沉重地去赴海伦的约会，在救下了险些被沃德强暴的海伦后，自己强暴了海伦，致使两个人的感情破裂。一连串的突发事件使本已决定重新做人的弗兰克跌到了谷底。这一系列事件对于弗兰克就是一个悲剧。

第二年冬天再度来临了，莫里斯不幸身染肺炎病逝，弗兰克不顾海伦反对回到店铺承担起莫里斯的责任。随着时间的流逝，弗兰克渐渐转变，和海伦的关系也有所好转。次年春天，弗兰克成了犹太人，继承了莫里斯的店铺，继续在店铺受苦。

整个故事完全遵循四季叙事结构，同时，随着弗兰克代替莫里斯站在店铺中继续营业，这部小说完成了一个循环。《店员》的最开始叙述了莫里斯为了卖三分钱的面包给波兰女人,早晨六点就开门营业,然后请灯泡推销员喝茶;在结尾,弗兰克做了与莫里斯每天早上做的一样的事情。小说中的描述十分相像,区别只是店主由莫里斯换成了弗兰克。开头结尾的描述不仅使整部小说完成了循环叙事结构,而且是一个螺旋式上升的循环,因为弗兰克象征的新生力量代替了莫里斯代表的陈旧力量。

其次,小说的叙事结构也完全符合《圣经》中最主要的叙事结构模式:主人公遇到问题——做出选择——陷入险境——逐渐觉醒——最终毁灭或者重生。这是一种先呈悲剧式下降,发展到最低谷后呈喜剧式上扬的 U 型叙事结构:背叛之后是落入灾难与奴役,随之是悔悟,然后通过解救又上升到差不多相当于上一次开始下降时的高度。这个接近于 U 型的模式,在文学作品中以标准的喜剧形式出现。《店员》这部小说以弗兰克的店员身份来命名,可见小说的主题也更侧重于强调象征新生力量的弗兰克的重生,同时小说的叙事也是围绕着弗兰克展开的。弗兰克的经历也遵循这种"圣经式"的叙事结构。到小说的结尾,弗兰克做了包皮手术,变成了真正的犹太人。至此,弗兰克的觉醒达到了最高点,他完全超越了原来的自我,重生成了"亚圣"。弗兰克并没有毁灭,但是他的觉醒也可以理解为一种旧精神的毁灭伴随着新精神的重生。这些经历遵循《圣经》中主要的 U 型叙事结构。这样的叙事结构因其起伏性,更容易吸引读者。同时,强调了小说的重点更倾向于弗兰克这个人物的重生。

## 二、道德反思的伦理叙事手法

作为一种个体性的叙事,小说往往具有作者独特的虚构性和自由表现力,这种虚构性和自由度使得小说作者在叙事的同时往往会自觉或不自觉地融入自己对于某些现存社会伦理秩序的质疑,挖掘社会潜在的伦理问题,展现个体的伦理构想。因此,可以说小说是作者表达自我的一种方式,这其中当然也包括自我生命体验和伦理价值的表现。叙事作为小说的一种重要表达方式,与伦理也有着撇不开的关系。在每一次叙事中,作者独特的观察角度和生命体验得到彰显,潜在的伦理道德得以追问,而读者在阅读时除了被小说人物感染外,更会为小说中所体现出的作者的价值理念所环绕,从而使得读者在阅读的无意识中重新审视自己的价值观念。因此,只要存在叙事,就一定存在伦理,存在伦理的碰撞,存在伦理的再审视。每一部叙事作品都是一种创造性的伦理的虚构设计,在与读者的伦理碰撞中更新读者的伦理观念，这也正是文学通过美学形式来实现对人性关怀这一宗旨的重要表现。

关于叙事伦理的类型，查克里·纽顿在《叙事伦理》一书中认为主要有三种，分别是：叙述论理、再现伦理、阐释伦理。伍茂国先生在《现代小说叙事伦理》一书中则认为就小说而言，叙事伦理主要以两种方式呈现：一是小说故事伦理，二是小说叙述伦理。虽然两人对叙事伦理类型的划分有出入，但笔者认为其中还是有某种相通之处。正如伍茂国先生在对叙事伦理进行划分时所设立的前提"就小说而言"，笔者认为纽顿虽然将叙事伦理分为三种类型，但是其中只有两种是就小说而言的，那就是叙述伦理和再现伦理，而这最后的一种类型阐释伦理，笔者认为与其说是就小说而言，毋宁说是就读者而言，因为阐释伦理更多的是强调与阅读和阐释的联系，是读者在阅读文本时所承担的伦理批评义务。考虑到本章节对于叙事伦理的探讨本来就是基于笔者在阅读时结合文本话语所作出的理解和阐释，因此下文在对叙事伦理进行探讨时将不会单独考虑阐释伦理，而主要立足于小说的故事伦理层面和叙述伦理层面这两个角度，而这也正契合了纽顿对叙事伦理两个维度的阐释，即诉诸叙事性话语的伦理形态和依赖于叙事结构的道德话语。

具体而言，小说故事伦理，即故事层面的伦理面相，指的是一部小说在叙事内容上所体现的伦理思想、观念和主题，如与塑造人物过程相联系的伦理因素；而小说叙述伦理，指的则是通过各种叙事形式，有意或无意地在叙述过程中展现出的各种伦理面相，是小说叙事主体在叙事立场、叙事原则、叙事策略方面的一种综合的伦理取向和价值判断，亦即作者在讲述故事时所使用的一些叙事技巧及这些技巧背后所隐含的伦理取向和价值判断。借用 Levinas（列维纳斯）的术语，叙事伦理既体现在 said（被叙述出来的内容）中，也体现在 saying（讲述活动）中。因此，本章以马拉默德的长篇小说《房客》为例，对种族叙事伦理的探讨将主要从以下两方面着手：一是从该小说人物形象和故事情节入手，明晰作者寓于人物形象和情节之中的个体伦理倾向；二则是从叙事技巧入手，探究马拉默德小说中某些叙述技巧对于伦理表达的作用及背后隐含的伦理维度。

（一）伦理的困境与冲突

马拉默德在创作的中后期，常常通过作品介入社会现实，以时事焦点问题反映自身道德伦理倾向。这样的作品以长篇小说《房客》(1971)为代表。这部小说出版时,马拉默德在大学里担任教师已经有相当长的一段时间。他在教书的同时,还发表了五部长篇小说和两个短篇小说集。通过文学创作,马拉默德作为著名的犹太裔作家,已经得到美国主流社会的认同,在财产以及声望上,都已经成为中产阶级的一员。因此,此时他对伦理问题的关注重点,从个体与民族之间的关系转变为不同民族、种族之间的关系,他也从更高的层面认识种族文化之间的矛盾和冲突问题。在《房客》中,马拉默德采用犹太人和黑人作为主人公,他的用意很明显。他想指出,在这个世界上,犹太民族和黑人民族就如同生活在楼房中的房客。如果他们彼此争斗,将会导致两败俱伤,甚至同归于尽。想要解决矛盾、避免悲剧的发生,就应该超越单一民族的界限,用宽容和谅解来缓解彼此之间的分歧和冲突,这样才能确保民族间的信任,重建正常的民族关系,并且最终实现民族和解。《房客》集中呈现了马拉默德对民族伦理问题的理解。他在小说中凭借犹太作家和黑人作家的关系,阐释了不同民族在共同生活和工作的过程中,如何摆脱生存困境,实现道德救赎。

《房客》的故事情节并不十分复杂。两位主人公犹太白人作家哈里·莱瑟与黑人作家威利·斯皮尔敏特共同创作和生活,但是不同的民族文化和生活经历,致使两个人之间形成了非常复杂、微妙的关系。开始,他们各自为政,独立自主地写着风格迥异的作品。接着,他们发现自己和对方各有所长,从而试图相互帮助、友好相处。与此同时,因为不同的文化背景,他们开始相互猜疑和嫉妒。为了完成各自的小说,他们牺牲生活的乐趣,甚至以失去女友为代价。但是,两个人似乎并没有做到各取所长,反而朝着对方缺陷的方向发展。最后,他们都未能如愿以偿地完成作品,而是毁掉了彼此的作品和生命。马拉默德通过独特的艺术表现力,展现了美国社会中犹太人与黑人之间既团结合作、又对立斗争的历史和现实状况,展示了他们在共同工作和生活过程中存在的矛盾和冲突。

《房客》反映了美国现代社会关系中存在的危机,表现了犹太作家和黑人作家在这种情况下的困惑、苦闷与迷惘。在极端的"以自我为中心"思想的影响下,他们相互之间持有偏见和歧视,无法保持宽容和谅解的心态,没能实现和睦相处。造成这种困窘生存状况的原因是多方面的,有社会因素的影响,但是最主要的还是他们个人方面的问题。就小说中的细节而言，马拉默德主要从以下几个方面探讨了莱瑟和威利面临困境的根源。

第一，犹太作家莱瑟与社会疏离，无法体验正常的情感，这是导致他在与威利交往的过程中陷入困境的又一个主要原因。马拉默德在小说一开始，便交代了莱瑟的孤苦处境。他是一位单身中年男性，租住在纽约城中一座破败的公寓楼里。他是一位小有名气的职业作家，具有一定的创作经验，已经出版了两部小说，反响都很不错。于是，他立下远大志愿，要获得诺贝尔文学奖。为了实现这个愿望，他一个人生活在即将拆迁的楼房里，不肯搬走，忙于创作第三部小说《允诺的结局》。这部小说讲述的是一位作家不能完成其作品的故事，因此是一部自我反思的小说。为了完成这部小说，他在长达九年半的时间里，埋头创作，断绝了与外界的一切社交联系，甚至完全疏离了正常的社会生活。莱瑟始终不能如愿完成小说，他的精神支柱发生了动摇，内心世界失去了原有的平衡，思想也出现了混乱。同时，莱瑟附近的生活环境也表明，他过着寂寞的生活。他居住的公寓楼，以及周围临近地区的环境不断恶化：楼前的垃圾箱，每星期只被清理两次；人行道上积雪也没有人清扫；楼梯散发出臭味，到处是灰尘、脏物、尿液、呕吐物。以前，这里住满了房客，现在却变成了流浪者、醉鬼和吸毒者经常出没的地方，让人感到空寂和恐怖。虽然他的房间还像以前一样整洁有序，但是周围的环境却变得杂乱无章、不堪入目，让人感觉不到任何希望。

莱瑟没什么朋友，似乎也不需要亲情。在现实生活中，他就如同孤儿过着孤单落寞的生活，没有亲情，也没有友情和爱情。在这种生存状态中，莱瑟过着独来独往的日子。他成了一个极端自私的利己主义者。他生活在一个陌生冷漠的世界里，他在生活的过程中只对"自我"负责。人出于"自我"的需求，想要满足自己的欲望，追求自己的利益，这是无可厚非的。但是，莱瑟却以牺牲他人的利益为代价，把自己利益的实现建立在他人的痛苦之上，并且因此阻断了与他人之间正常的社会联系。具有讽刺意味的是，莱瑟对房东说，自己的小说描述的是人性与仁爱，一部像《圣经》一样经典的作品。莱瑟过于强调"自我中心主义"，体验不到正常人的情感，对外在世界表现出漠然置之和冷酷无情。在与他人相处的过程中，他往往持有一种居高临下、冷漠的态度。他无法积极主动地与他人交往，因此陷入困境之中。

第二，莱瑟不理解爱的意义，做事违背伦理准则，这也是导致他在与他人交往过程中陷入困境的又一个主要原因。威利在公寓楼里举行的晚会，莱瑟来参加仅仅是出于对女性的渴望，只是因为自己还从来没和黑人女孩交往过。他认为这是自己性经历中的一种缺憾，所以渴望能够尝试一下黑人女性。莱瑟不顾传统伦理规范的约束，持有不严肃的性观念。他只想满足自己的欲望，并不认为自己混乱的性生活有什么不妥的地方，导致与黑人之间的关系逐渐紧张起来。

　　莱瑟在处理与犹太女性艾琳的关系时，也违背伦理准则。与玛丽的关系没能让莱瑟感到满足，他甚至更加爱恋威利的女友艾琳。他对艾琳产生了更为强烈的思慕之情，并且达到走火入魔的地步。但是，莱瑟对艾琳的感情并不是真正的爱恋，也从来没有打算承担起对艾琳的责任。他只是想与她保持性关系，而不愿意同她谈婚论嫁。他认为不能让与艾琳的恋情弄糟自己创作的心境，这件事情处理得越快越好，否则可能会很难处置。但是实际上，与艾琳的恋爱不但没有耽搁莱瑟的创作，却反而激发了他的创作灵感，他的创作发生了神奇的转变，他有了前所未有的放松感觉，对完成作品也充满了信心。马拉默德借助这一故事情节对比阐明自己的观点，那就是爱是最主要的救赎方式。莱瑟认识到，生活中有比创作更为重要的东西，但是他并没有将这种意识付诸实践。他不懂得生活中的真爱的内涵，没有将生活中的真爱视为人生中最为珍贵的东西。因此，他无法完成关于爱的小说。

　　第三，莱瑟过于强调创作的意义，把创作等同于人生，这是他在人际交往的过程中陷入困境的另一个主要原因。莱瑟认定，自己必须履行作家的道德职责，全身心地投入创作之中。同时，莱瑟的创作处于封闭和隔绝的状态，这也是他面临的一个主要问题。他迷恋创作的"形式"，认为"形式"就是创作的真谛所在，"惯例""规则"和"条理"则是灵感的来源。在他的观念中，"形式"可以扩展自己的观点，从而把创作顺利地进行下去。他相信，自己想要创作出伟大的作品，也要付出时间和精力，因为形式能给出许多可能性，需要花费一些时间，才能确定下来。莱瑟陶醉在"以自我为中心"的美学享受之中，无法摆脱由此产生的困窘的生活状态。

　　第四，莱瑟注重的这种创作方式，让他痛苦不堪。因此，他无论如何修改都无法创作出完美的作品。他常常陷入创作的困境之中，站在窗边，试图从街道、城市和人群中找到灵感。他的这种创作理念无异于空想，在实践中很难行得通。被动的创作过程对他很难有所帮助，他也无法找到人生的出路。沉溺于创作的生活,让莱瑟陷入"以自我为中心"的极端。他过于关注自我,强调自我的目的,他无法适应外在的现实世界,对生活中的一切快乐都无动于衷,对一切美好的事物都漠然置之。即使偶尔外出散步时,他也很少能发现美丽的景色。他所感受到的,只有垃圾散发的臭气和肮脏的景象。这些令人颓丧的、阴暗的画面,投射出他抑郁而黯然的内心世界,他始终无法摆脱心灵的困窘状况。结果是,莱瑟无论怎样呕心沥血,都不能完成这部被自己视为伟大的爱的作品,这成为困扰他的一个最大的问题。他因此焦虑不安,备受折磨。小说始终无法结尾,这意味着莱瑟始终没有找到人生的目的和意义。

　　莱瑟在生活中漠视自己的同胞和异族友人,渐渐远离仁爱与美好,他不关心任何人,不关注任何具体的事物。他对爱知之甚少,也不肯付出爱——就像他的名字一样。也许,他的作品以追求爱的真谛和意义为主题,但是在这种伦理观的指引下,他把道德责任看作抽象的、空泛的概念,他的理想注定无法实现。有关爱的小说必然无法完成,其第一个结局就是毁灭性的。小说的结尾处,莱瑟居住的公寓起火了,大楼剧烈地震动。他专心致志,沉浸于创作之中,认为是邻居的楼房着火。楼梯上火苗呜呜作响,他却心无旁骛地继续创作。最后,大火吞噬了房子和莱瑟,他的作品也毁之一炬。马拉默德以这一结局表明自己要传达的信息,"以自我为中心"的观念只能使人陷入生活的困境之中。

　　虽然每个人都有"自我"的理念,都有满足自己需要和欲望的倾向,但是在莱瑟眼里,他人的存在只具有工具性的价值,他的意图就是为了自己的利益。从小说的意蕴来看,马拉默德实际上是想指明,莱瑟的伦理困境就是由这种价值观引起的,它使得莱瑟在与他人交往的过程中,无法形成亲密和谐的关系,因而无法摆脱困境。

　　小说中的另一位主人公黑人作家威利也过于强调"自我",他也因此在与犹太人交往的过程中陷入危机与困境之中。威利是一位不知名的黑人作家,他同莱瑟一样,也生活在孤单和痛苦之中。但与已经出版了两本小说的职业作家莱瑟相比,威利没有接受过专业的文学创作训练,只是自学成才的文学爱好者。威利与莱瑟一样迷恋创作,也因为沉溺于创作而陷入困境之中。他期望通过创作,实现自己的愿望,成为黑人民族的代言人,表达他们特有的"黑人性"本质。从这个意义上来看,威利是一个典型的黑人居住区中的黑人形象。在他的观念中,黑人的生活充满痛苦和磨难。威利以自己熟悉的哈雷姆黑人社区和黑人的经历为原型,反映黑人生活的苦难,甚至刻画一些暴力冲突事件。他试图通过创作小说摆脱以前生活的压力。他甚至为自己起了一个笔名,其中暗含文学创作和暴力反抗的象征意义。他希望这个新名字,可以抹去自己对过去的记忆。也就是说,他希望通过文学创作和暴力反抗的方式,能够为黑人争取做人的权利,获得做人应有的地位。

威利尽最大努力,想要更好地为黑人创作,实现自己的创作目的。他认为,黑人民族文化传统同样悠久,黑人的思想和创造力同样丰富。他们也作出了流芳百世的贡献,成就了美国的繁荣和富饶。他决心通过自己的创作,唤醒黑人的民族意识,传承黑人的历史和文化。但是,威利的创作直接表现憎恶、痛恨、恐惧和愤怒等情感,缺少形式和结构,叙述也杂乱无序。他的作品没有必要的形式来组织章节内容,存在一些显而易见的问题,例如重复过多、素材没有充分利用、各部分之间没有关联、结构比例不适当、重点不突出,等等。威利过度关注自己的创作目的,迷恋并执着于自我的世界,他从不考虑或者完全拒绝他人的创作方法。他作品的手稿就是由几章自传和几篇短篇小说组合而成,因此威利也陷入困境之中,无法完成自己的作品。

威利也像莱瑟一样,将文学创作与世俗之爱对立起来。在与白人女友艾琳交往的过程中,他对艾琳没有回报以应有的关爱。他们之间形成了陌生、冷漠的关系。艾琳一直关心照顾着威利,她相信,只要威利坚持创作,就会成为出色的作家。在与威利交往的过程中,艾琳悉心照料威利的日常生活。她是一位通情达理、勤奋工作、忠诚于男友的女性。威利不工作,她独自一人赚钱,维持两个人的生活。她不但不抱怨,反而安慰他,让他觉得自己还有美好的前途,现在的处境也不是那么艰难。但是,威利对艾琳的态度却很让人失望。他把艾琳介绍给莱瑟时,只是说她是自己的白人女友,没有介绍她的名字。他不让艾琳在公共场合牵他的手,也从来不带她去哈雷姆的黑人居住区。这些都表明他没有足够重视艾琳。后来,他认为与艾琳在一起生活使他无法创作,因为艾琳四处走动,把他的思路都弄乱了,他无法集中精力去创作。于是,他搬到莱瑟居住的公寓,渐渐疏远艾琳。开始时,他还在艾琳那儿度周末,后来甚至完全搬出她的住处。他去艾琳家的次数越来越少,去的时候也只是为了洗澡,然后拿走一些零用钱。威利在与艾琳交往的过程中,已经忘掉了生活中的温暖和亲情。他远离世俗之爱,也就无法完成作品。这也印证了马拉默德的创作主张。他认为,艺术之美与真实的世俗之爱密不可分,甚至艺术必然要依赖经验中的现实世界。

在马拉默德笔下,莱瑟和威利被刻画成强调"以自我为中心"的人物。莱瑟坚持认为,自己的生活就是为了创作。他经常陷入冥思苦想之中,同现实的生活和社会脱离。威利的创作目的是为了给黑人民族复仇,他经常在作品中刻画世界末日一样的暴力和冲突的场景。对于莱瑟和威利来说,创作已经占据生活的全部。威利想通过生活创造艺术,莱瑟则尽力要在艺术中发现生活。但是,他们都没能获得成功。莱瑟虽然对表现黑人生活的文学作品大发议论,自己却无法找到合适的素材和内容,导致创作常常处于停滞的状态;威利的小说主题立意非常好,却没有适当的形式,无法恰到好处地把这些内容表达出来。当现实世界进入他们的生活,需要他们关注、投入感情时,他们往往把自己同周围的世界隔离开来,正如艾琳在小说中所指出的,他们都是具有过于强烈的自我意识的人物。他们都把自己封闭在各自的精神世界之中,都因此生活在困境之中。

莱瑟的创作失败了,因为他不懂得生活中的真爱,却要在小说中表达爱的主题;他陷入形式的局限中,远离真实世界,因此小说无法结尾。威利的创作也失败了,因为他不能将自己从愤怒的情感中解脱出来,也不懂得如何使用形式进行创作。他们在纽约曼哈顿一座即将拆迁的旧楼里,艰难地探索各自的创作之路,小说也因此继续了马拉默德小说中的"苦难主题"。

### (二) 伦理矛盾的消解

在《房客》中,马拉默德不是简单地阐述莱瑟和威利的生存困境,而是通过描写他们之间关系的发展变化过程,探讨美国犹太人和黑人之间建立"兄弟情谊"、消解民族矛盾的可能性,体现了马拉默德希望美国犹太人与黑人建立"兄弟情谊"的美好愿望。他希望他们能够互补共存,和平共处。为此,他借用犹太作家和黑人作家相互帮助、相互学习、取长补短的情节,来暗指他们之间可以建立同盟关系,实现平等共生的生存模式。在相识初期,莱瑟和威利相互关照、相互赞美、相互欣赏。他们的关系甚至还引起了房东的怀疑,认为他们在搞同性恋。尽管他们对对方还存有怀疑和恐惧,但是彼此之间更多的还是兄弟般的情谊。小说中,两个人之间建立"兄弟情谊"的可能性主要表现在以下几个方面。

第一,莱瑟体谅和理解威利,这是他们之间建立"兄弟情谊"的一个重要途径。莱瑟对威利很友好，把他当作自己孤独创作生活中的一个同伴。他帮助威利，存放他创作时使用的打字机。他提醒威利，要他小心不要被房东找到。莱瑟觉得自己有责任保护威利，因为他们是同行，都是作家。他还出钱帮威利买来了家具，这样，威利就可以生活得更舒适。威利没有收入，莱瑟要他不用担心，因为他在银行的账户中还存有一些钱，他们可以共同使用。莱瑟对威利的体谅和慷慨，可以从以下两个方面来理解：其一，莱瑟同情威利是一个穷苦可怜的黑人。作为一个已经很有名气的作家，他完全可以依靠之前出版作品的收入，过着衣食无忧的生活。与威利相比，他有安身之处，经济生活方面也有一定的保证。其二，莱瑟的行为是出于仁慈的本性和负罪感。犹太人已经融入主流社会，远离了流散和苦难的历史。但是，他们从黑人身上看到自己曾经的遭遇，把黑人现在的苦难看作是自己过去痛苦的象征。正是这种情感，让莱瑟能够容忍威利的粗暴无礼。

第二，莱瑟对威利的生活方式充满渴望，这是他们之间可以建立"兄弟情谊"的一个主要表现。莱瑟羡慕黑人的生活充满激情和活力，他被黑人吸引，把他们看作是力量和神秘的象征。他还改编了布莱克的著名诗歌《虎》。在莱瑟眼里，黑人的生活更充实、更丰富多彩、更注重世俗的享受。小说中，马拉默德把威利和他的黑人朋友们的生活描述得活力四射、灿烂绝伦。莱瑟的精神面貌却与黑人恰恰相反。在马拉默德笔下，莱瑟被刻画成忧郁颓废、死气沉沉的样子："常常布满血丝的困倦的灰色的双眼"，"显现出功利性的嘴唇"，"歪斜的、日益变得瘦削的鼻子"。莱瑟向往黑人的生活，他想象自己走在哈雷姆地区，体验其中的生机与活力。马拉默德在小说中写道："他（莱瑟）看见自己一人在宽阔的黑色海洋中，向非闹市区漂流，虽然这里到处都是灵巧的小船、彩色的小鸟、形形色色的兄弟姐妹。至少，他愉快地走着，不去想创作的事情……"[①] 莱瑟通过威利，了解了创作之外的多彩生活。他参加威利和他朋友们的聚会，还认识了更多的女性朋友。威利的出现，使得他原来沉闷的生活氛围被打破了。他的生活不再单调、压抑，这给他带来了变化和希望，他感觉生活很美好，似乎也看到了人生的意义。

莱瑟与威利拥有共同的事业——创作，这是他们建立"兄弟情义"的一个重要手段。莱瑟与威利曾经像亲密的朋友一样，肩并肩一起坐在

---

[①] Bernard Malamud. The Tenants. New York: Farrar, Straus and Giroux, 1988: 89.

小厨房的地板上。他们来回轮流吸一支皱巴巴的潮湿的香烟，深入探讨文学创作中遇到的问题。在他们的想象中，厨房成了"漂流的小岛，在夏季雨后散发出森林和花朵的气息"①。实际上，在马拉默德的创作意向中，小岛象征着文学创作领域，这里只有他们两个人，他们相互鼓励对方，要写出最好的作品，争取获得诺贝尔文学奖。

威利在创作上遇到困难时，常常向莱瑟发泄自己的愤怨。他一直坚持创作"抗议小说"，他自己也觉得这种创作方式在某些地方偏离了轨道，但是他并不确切地知道偏离出现在哪，为什么会出现这种情况。他在遇到这类问题时，往往在莱瑟那里获得安慰：

> 那个黑人目光仍然呆滞，拍了拍莱瑟的后背。
> "我们都迷上了艺术，老爹。你和我都真的陷入困境。"
> 他们像亲兄弟一样相互拥抱。②

在创作过程中遇到困难时，他们彼此同情，并且通过拥抱的方式来安慰对方。他们的关系亲如兄弟。

莱瑟被威利小说的主题深深地打动了，他认为，威利的小说内容丰富，有好的创意。读过威利小说的手稿之后，他指出，这是一部天才之作。他说："威利，首先你是一名作家。你书稿中的自传和五篇短篇小说，这两个部分都给人留下深刻的印象，令人深深感动。"③ 同时，他也指出其中的不足之处，传授给威利一些文学创作技巧。他还给了威利一本字典和一本语法手册，并且告诉他，如果他遇到任何感兴趣的东西，他们都可以讨论。这一切使得威利很感动，他甚至认为莱瑟的血液中也许有黑人的成分。威利表达了对犹太人的好感，他从心底里敬慕莱瑟的创作技巧。他从图书馆借来莱瑟已经出版的著作，仔细认真地阅读。他认为，莱瑟的第一本书太吸引人了，读过之后，他一直在自言自语。他对莱瑟说，他喜欢莱瑟创作的方式，因为作品形式完美、语言精练。他没想到这本书会这么出色，对莱瑟的创作技巧和对形式的把握表示由衷的佩服。

---

① Bernard Malamud. The Tenants. New York：Farrar, Straus and Giroux, 1988：48.
② Bernard Malamud. The Tenants. New York：Farrar, Straus and Giroux, 1988：54.
③ Bernard Malamud. The Tenants. New York：Farrar, Straus and Giroux, 1988：71.

这一时期，两人之间的"兄弟情谊"是完美无缺的。他们一起饮酒，讨论创作中的心得。莱瑟认为，威利最新手稿的第一章写得更加出色："形式很好""写得不错""打动人心"。他大声朗读约翰·济慈说过的一句话："我更加确信，优秀的创作几乎就是世界上最重要的事情。"① 威利表示赞同。他们两个人都认为，创作是一件令人愉快的、伟大的事情。莱瑟和威利有着不同的喜好，但是莱瑟显然对黑人的生活方式感兴趣，同样威利也深深地被犹太文化所吸引。马拉默德通过两个人的关系传达了这样的信息：犹太民族和黑人民族可以很好地合作，他们可以在生活和事业中平等相处。马拉默德在两人的"兄弟情谊"构建了一个宽容、和平的社会。

在小说即将结束的时候，马拉默德还虚构了两个异族婚礼，这也是阐明犹太人和黑人之间建立"兄弟情谊"可能性的一个方面。在莱瑟的想象中，他和威利两人同时身处于一个非洲的黑人部落，但却是一个充满犹太意味的地方。他和玛丽举行了婚礼，主持仪式的是当地黑人部落的酋长。此时此刻，威利则与女友艾琳结成了伉俪，为他们祝福的是犹太拉比。实际上，马拉默德凭借这两个婚礼，表达了耐人寻味的寓意：犹太民族和黑人民族之间不再有歧视和压迫。无论是犹太人还是黑人，都能够放弃以往的恩怨，对对方采取容忍的态度，从而实现民族相容的局面。这种道德寓意在接下来拉比的话中呈现出来了。他提醒莱瑟和威利，异族通婚的婚姻生活中会存在许多困难，一起生活不是那么容易的。婚姻中除了爱情，还得生活，所以他们需要彼此信任，相互宽容，理解对方。拉比说道："我要求你们记住婚姻是一种契约。你们要同意爱对方，并且维持婚姻长久。我要提醒你们记住亚伯拉罕和上帝的契约，还有通过他我们与上帝的契约。如果我们能够遵守与上帝的契约，那么保持彼此之间的契约也就容易了。"② 也就是说，如果犹太人和黑人能够做到彼此信任和宽容，做到相亲相爱，他们就能够保持和谐的关系，维系相互之间的团结和联盟。显然，犹太人和黑人之间存在相互吸引的倾向，不同民族之间并不存在不可逾越的鸿沟。正如拉比所说："也许有一天，上帝会让以窦玛利的后裔'和以色列人生活得如同一个民族一样。"③

---

① Bernard Malamud. The Tenants. New York: Farrar, Straus and Giroux, 1988: 106.
② Bernard Malamud. The Tenants. New York: Farrar, Straus and Giroux, 1988: 216.
③ Bernard Malamud. The Tenants. New York: Farrar, Straus and Giroux, 1988: 216.

马拉默德从艺术的角度，象征性地刻画主人公的爱情和婚姻生活。通过拉比的叙述，借用《希伯来圣经》中的神话原型，他真实地表达了自己的希望：美国的各个民族能够团结、和睦地相处。马拉默德曾经指出，自己创作《房客》的目的，就是为了让现代世界的人类社会呈现不同景象——让不同民族的人民彼此增进了解。他没有将两个民族置于不公平的等级关系之中，而是让他们平等对待彼此。马拉默德把两对异族夫妇的婚礼作为小说的结尾，这也许是他内心憧憬的结局，一种实现民族和谐共存的美好幸福生活愿望。

马拉默德在小说中让莱瑟和威利平等地参与到社会生活中去，使他们在人格上相互尊重，达成彼此间的和谐关系。他清楚地表明，如果莱瑟和威利以宽容和谅解的态度，继续维护彼此之间的"兄弟情谊"，他们之间就有合作和结盟的可能。如果他们之间的关系这样发展下去，他们就可以和睦相处，就都能顺利地完成作品。马拉默德在创作中费尽心思，让莱瑟和威利摒弃惯常的偏见与猜疑。他们联合起来，相互学习，吸取对方的长处，弥补自己的不足。马拉默德借此指出，不同民族在相处过程中，如果对彼此保持宽容和体谅的心态，就有可能成功地建立和谐友好的"兄弟情谊"，消解矛盾，进而在相互信任中推进各自事业的发展。

马拉默德寄希望于各民族、种族、阶层的相互信任和矛盾消解，但是真实的情况并没有这么简单，不同的民族在交往过程中还存在矛盾和斗争等不和谐现象。在现实生活中，犹太人和黑人两个民族之间的关系并不一直是和谐友好的，彼此间的歧视和偏见仍然没有彻底消除。第二次世界大战之后，美国犹太人的经济和社会地位逐渐提高，他们中的大多数人跻身于中产阶级行列。犹太人向来看重对子女的教育，而且擅于经营致富。他们创造了众多的经济奇迹，大量的犹太富翁和成功人士涌现出来。因此，经过多年的努力奋斗，犹太人已经融入美国主流文化之中。1948年以色列建国，美国犹太人看到了希望，他们认为自己的民族可以重新振兴，因此增强了民族自尊心。

美国黑人的遭遇却与此形成鲜明的对比。现今美国黑人的境况虽然已经得到很大的改善，但是由于长期受到种族歧视政策的影响，他们的生存环境还很恶劣，职业身份和社会地位在二战前后也没有明显的改变。境遇的不同必然产生心理上的差异以至隔阂。莱瑟和威利交往的挫折就说明了这一点，他们的创作事业也因此遭受重大挫折。

马拉默德创作《房客》的目的，是要阐明不同民族如何解决彼此间的矛盾和冲突，从而建立"兄弟情谊"。从这个意义上说，他在描写莱瑟和威利的分歧和斗争时，显然是把他们当作镜子，想让读者从他们的遭遇中获得启示，看清问题的本质。他并不是为了描述莱瑟和威利如何在争斗中摧毁对方，而是为了说明他们怎么做，才能尽量避免矛盾和冲突，创造和谐美好的生活。

民族间的矛盾和冲突主要是由"他者化"现象引起的。《房客》中的这种"他者化"现象，体现在莱瑟和威利对彼此的偏见和歧视的态度上。不同民族在交往的过程中，应该正确对待"自我"与"他者"之间的关系，这样才能摆脱民族关系中的困窘状况。马拉默德对民族文化交往中的"他者化"现象，进行了猛烈的抨击。莱瑟把自己设置在主流文化之内。他认为，自己处于社会生活的"中心"位置，黑人威利就应该生活在"边缘"地带。他将威利隔绝到主流社会之外，人为地把生活在同一世界的人分裂成对立的双方，造成彼此间的敌意与冲突。他借莱瑟和威利，表达了对民族问题的态度：一方面，他抨击民族关系中过于强调"自我"、无视道德规范、实施种族歧视的行为，以期对其进行纠正；另一方面，他也对民族关系的发展充满信心。他抨击的目的是为了拯救，为了使不同民族的人民在交往过程中能够走出困境。

莱瑟的"他者化"倾向首先表现在他的思想意识之中。莱瑟一个人居住在自己创建的"孤岛"上，他生活在一个缺乏情趣的世界中，而且这是他有意识寻求的一种生活方式。他不断地采取各种手段，在自己的四周建造起屏障，同周围的世界和其他人隔离开来。莱瑟的"他者化"倾向还表现在他歧视威利的态度上。犹太人过去常常遭受歧视，被认为是劣等人种，他们因为有明显的种族特征，所以常常在生活中处于"边缘"地带。现在，莱瑟却反过来对威利持有种族歧视的态度，他一直认为，黑人是卑微粗俗的，并对威利的生活方式表示厌恶。莱瑟自以为是文明和教养的象征，贬低黑人民族，把他们看作是尚未开化的野蛮人。他眼中的威利，就是庞然大物般的野蛮人，威胁自己和在这之前住在这里的房客所代表的西方文明，这是"他者化"倾向的一种表现。莱瑟并不是心甘情愿帮助威利摆脱困境。威利因为创作上遇到困惑而用头撞墙，这时莱瑟不但没有尽力去帮助他、安慰他，反而抱着幸灾乐祸的态度，在一边袖手旁观。莱瑟嫉妒威利的创作才能，将威利视为自己创作工作中的一个陪衬，认为威利即使能够获得诺贝尔文学奖，也一定是在自己之后。

莱瑟能够察觉出威利身上不同的气味,这是他将对方"他者化"的一种象征。莱瑟第一次去威利的房间时,就从一堆用了好长时间的、有些脏兮兮的手稿中,闻到了一种难闻的气味。后来,在他阅读威利手稿的过程中,这种气味多次出现。他对黑人持有蔑视的态度,在他的观念中,威利身上包括他使用过的物品,始终都散发出令人讨厌的气味。这种状况一直持续到他被威利小说手稿中的情节打动为止。读完威利的书稿后,莱瑟开始同情以威利为代表的黑人,把他们看作是受苦受难之人。他再次阅读书稿,虽然不断地闻,但还是没闻出什么味道来。他摒弃民族歧视的观念,不再将黑人"他者化",威利身上的难闻气味也就消失了。

莱瑟对威利冷酷无情,这也是"他者化"倾向的一个方面。尽管马拉默德本人是犹太白人,但是他并没有袒护莱瑟,而是给出了明确的价值判断标准。莱瑟从来没有把威利当成一个真正的同伴来平等地对待。威利的女友艾琳是犹太白人,他对此充满嫉妒。他一直被艾琳吸引,不断找机会接触艾琳,仅仅因为她是威利的女友,抢走艾琳就可以毁掉威利。威利为了在创作上尽快赶上莱瑟,逐渐冷淡艾琳。莱瑟则趁人之危,夺人所爱。从这个细节可以看出,在莱瑟的观念中,威利仍然不是与他地位平等的朋友。他与威利相处时,采取歧视的态度和恶毒的手段,两个人之间的关系也因此发展为仇视对方。

莱瑟对黑人做出了卑鄙恶劣的行径,这是"他者化"倾向的一个标志。小说中,黑人愿意和犹太人交往,他们没有恶意,但是,犹太人却蔑视黑人,认为他们是劣等民族,残酷地剥削和压迫他们,甚至做出龌龊的事情。莱瑟在聚会中诱奸了黑人姑娘玛丽,他的恶劣行为曝光以后,威利和他的黑人朋友们憎恨并且一起羞辱莱瑟。在这个事件中,马拉默德所持的态度很明显,他指责莱瑟的所作所为,批判了莱瑟的行为。在被威利和他的朋友接受,与他们建立友谊之后,他的举止行径却令人鄙夷和厌恶。马拉默德通过这件事指出,有些犹太人外表美丽,内心却邪恶、卑鄙。他们打着文明的旗号,却做出猥琐的行为。马拉默德对犹太人和黑人交往过程中存在的问题,进行了客观的分析。他没有偏袒自己的同胞,也没有对黑人持有歧视的态度。他认为,犹太人必须公正、平等地对待黑人,做事凭良心、讲道德,消除"他者化"的思想倾向,这样他们之间才能建立"兄弟情谊"。

威利在与莱瑟交往的过程中,也有"他者化"倾向,马拉默德对此也进行了抨击。威利也将莱瑟视为"他者",对莱瑟持有偏见,这是"他者化"倾向的一个主要方面。在他的观念中,犹太人都冷漠无情,他们是金钱、知识和技巧的象征。两个人第一次见面时,莱瑟遵守传统的礼节,伸出手对威利表示友好和欢迎。但是威利非常固执,他根本就没有与莱瑟握手的意图。马拉默德借这一情节表明自己的观点,仅仅依靠习俗、规则和空口的应酬话,无法消除黑人对犹太人的偏见,属于不同民族的两个人也无法兄弟般地一起生活和工作。威利根本就不信任犹太人,这是"他者化"倾向的一种主要表现。他与莱瑟一起探讨文学创作,莱瑟说出自己的创意,他却拒绝透露自己小说的内容和细节。他把自己的打字机临时存放在莱瑟家里,但是却心怀戒心,不肯把自己的创作手稿让莱瑟保管。威利对莱瑟持有戒备之心,他们友好关系的表面之后潜藏着矛盾和冲突。

　　黑人常常也能够感受到犹太白人身上的气味。玛丽在第一次聚会上,没有和莱瑟上床。她用力地把他推开,原因就在于她闻出他身上的气味。她接着解释,"不是指个人",是指他"发出犹太白人的气味"。威利在创作时总是远离艾琳,他认为,他只有远离犹太白人,才能创作出纯粹的黑人文学。凭借气味,就可以识别出民族间的不同。马拉默德借这一情节指出,靠这种方法区分民族差异是多么荒唐可笑。同时,他也表明,这种观念在人的意识中根深蒂固,就像人的感觉功能一样,很难彻底根除。看上去,莱瑟和威利的关系好像受到私生活的影响。他们因为女友等方面的问题不断发生矛盾和冲突。实际上,民族文化差异才是引发"他者化"现象,导致关系急剧恶化的主要原因。相互间的偏见和歧视,使得他们都将对方视为"他者",彼此之间的距离越拉越远。

　　马拉默德旗帜鲜明地反对剥削和压迫黑人的行为,认为犹太人只有放弃这种行为,才能建立起与黑人之间的"兄弟情谊"。美国黑人也是这个国家的公民,应该像其他人一样,得到美国宪法赋予的一切权利,应该拥有相应的国民待遇。然而,黑人在现实生活中往往遭遇不公正的待遇,他们在经济、文化和社会生活中仍然受到歧视、剥削和压迫。对于贫穷的黑人来说,犹太店主、房东、老板显然都是剥削、压迫他们的力量。威利对犹太人在经济方面的控制,感到无比的愤怒,这在他的创作经历就可以看出来。威利不但嫉妒莱瑟在创作中的成就,而且还痛恨他看不起自己。对威利来说,现实生活中的文化氛围挥之不去。这种生活对他而言是一种苦差,他在这样的文化环境中也不会感到舒心和愉快。

文化生活中的遭遇更加增强了威利对犹太人的仇恨,他们无法消除彼此间的分歧与矛盾。

在小说中,马拉默德表现威利的被"边缘化"、被歧视和被压迫,他的意图在于要引起政府的关注,对黑人问题给予更多考虑。马拉默德关注美国黑人的公民权利。他认为,他们应该能够像其他民族一样享受生活,获得平等地位和更好的福利,这样才能改善目前的民族关系。莱瑟和威利之间的竞争和嫉妒使得他们相互猜疑,产生严重的矛盾和冲突。马拉默德借此指出,不同民族在交往时,只有消除竞争和嫉妒的心理,才能建立和谐美好的民族关系,走出生存困境。美国社会的阶级划分主要以种族的形式表现出来。也就是说,犹太人不大会受到社会的歧视,他们的肤色确保了被同化的可能性,处境也不像黑人那样岌岌可危。美国黑人对主流社会和文化深恶痛绝,同时对于犹太人取得的成就感到失落、不满、嫉妒甚至仇恨。莱瑟作为成功的作家,他所取得的一切成就以及相对富有的生活引起了威利的忌恨;威利拥有众多情投意合的黑人朋友,还有漂亮的白人女友艾琳,这也导致了莱瑟的嫉妒。

莱瑟和威利之间的矛盾和冲突不断加剧,展开了你死我活的生死搏斗。小说的最后,在黑漆漆的夜晚,他们在公寓楼周围的灌木丛中见面。虽然看不见彼此,但是都感受到了对方极度的痛苦。他们用最恶毒的语言相互辱骂,"仇恨黑人的犹太吸血鬼","反犹的猿猴"。在这种情况下,暴力冲突也是无法避免的。他们攻击彼此的薄弱之处,"莱瑟感到他那把有缺口的斧头,深深砍入对方的头颅,同时,呻吟中的黑人也用剃须刀一般尖利的利刃,砍下对方的下体"。① 残忍的复仇手段也体现了他们相互间的民族偏见:莱瑟在潜意识中认为黑人智力低下、没有智慧,留着脑袋也是虚有其表;威利则无意识地认定犹太人性能力低下,性器官留着也派不上用场。莱瑟和威利互相残杀,导致共同毁灭的结局。

莱瑟和威利之间的争执是由民族文化的差异引起的。作为著名的美国犹太作家,马拉默德一直对犹太人与黑人之间的矛盾冲突比较关注。他没有简单地支持任何一方,也没有直接给出解决的方法,而是以作家特有的敏锐的观察力和丰富的想象力刻画了两种民族文化传统和民族特性的差异。马拉默德试图找到消解民族矛盾的办法,他希望小说能够引发读者的思考:对抗和冲突是不可取的、没有任何意义;暴力杀戮也只

---

① Bernard Malamud. The Tenants. New York: Farrar, Straus and Giroux, 1988: 230.

是破坏性的,解决不了问题;以恶报恶更不可行,复仇只能导致毁灭。犹太作家莱瑟和黑人作家威利需要互相学习:莱瑟需要威利那种对待生活的态度、那种真实的生活经历;威利则需要莱瑟帮助自己加强对形式和技巧的理解和运用。这样他们才能够消除分歧与矛盾,互助合作,完成自己的作品。在某种程度上,《房客》回应了民族间伦理关系由对立走向和解的可能性。

小说的结尾,莱瑟和威利成为一个本体中不可分割的两个部分,缺少任何一方都不完整。离开大楼之后,他们又在本能的驱动下返回来。威利虽然感到很痛苦,但是只有在这里,他才能够进行创作;莱瑟也需要威利与他一起在苦难中共同奋争。马拉默德把他们塑造成一对相辅相成的人物,他们仿佛是对方的影子,这种组合显示了莱瑟和威利之间的相似性,也表明了不同之处。他们相对独立、相互映衬、相得益彰,从而更加凸显每个人的独特含义。马拉默德借此指出,犹太民族和黑人民族需要在交往中弥补彼此的不足之处。

马拉默德构想了犹太民族和黑人民族在交往时的理想模式:黑人积极主动地与犹太人交往,成为主流社会的一员,同时保留自己独立的民族身份;犹太人不把黑人看成粗鲁的野蛮人,他们享有平等的地位,在相互尊重的基础上,就可以实现和平相处,达成民族和解。不同民族文化可以拥有不同的生活方式、不同的文化模式,保留各自文化的独特性。同时,也要深刻地理解对方文化的内涵,平等地生活在一起,相互映衬,相互彰显。这样,才能共同构建一个和谐的世界。

马拉默德反思了如何解决现代世界民族间矛盾和冲突的问题。在各民族为争取自身权利开始激烈斗争的年代,他客观地指出各民族存在的偏执和弊端,提醒他们不要让各自的民族文化和历史蒙蔽自己的判断力,掩盖事实的真相,而要公正地看待自己和他人,善待自己,也要厚待他人。这不仅是犹太人或者黑人所面对的问题,而且是整个人类所面临的问题。小说结尾的"发发慈悲"包括对他人的关心,是对"自我"的否定。通过这一结尾,马拉默德清楚地表明自己的立场,那就是不同民族文化要相互理解和宽容,尊重彼此不同的传统,这样才能相依生存,和谐发展,走出生存的困境。马拉默德借助小说中的相关人物,借助自己独特的叙事方式和视角,表达自己对生活的感受,对如何处理人际和民族关系问题做出了具体的阐释。他认为在多元化的现代生活中,无论是美国犹太人还是黑人,都不能走封闭的"以自我为中心"这条道路。这条路固然可能满足自我利益,但是这种自我利益的实现是以切断正常的社会交流为代价的。只有从自我的世界中走出,才能建立与其他民族之间正常的情感交流。莱瑟和威利应该打破"以自我为中心"理念在自己周围虚设的界限,进入互动的交往中。只有这样,他们才能摆脱对自我的迷恋,完成各自的作品,走出生活的困境。

# 第六章 无奈的现实世界与充满道德力量的精神世界

马拉默德通常被认为是一个现实主义作家,他的大多数作品尤其是早期作品皆以写实风格为主。在这些小说中,我们可以看到生活在纽约贫民区的犹太移民的真实面貌。大量的细节以形象的现实性和具体性感染读者,使读者如临其境,如见其人。

以《杂货店》为例,作者对与主人公萨姆的肖像作了细致入微的描写:"他是个身材高大的人,厚厚的臂膀,肩有些溜,头发灰白了,在这个没有灯罩的大灯泡下,更为明显,强烈的灯光对他的眼有些妨碍,水不停地从他发红的眼睑上滴下。他太乏了,不住地打着呵欠。"① 一个上了年纪的疲惫不堪而又勉强支撑的犹太老人跃然纸上,令人顿生同情。

"真实地再现典型环境中的典型人物"是现实主义风格的另一主要特征。现实主义要求作家从丰富多彩的现实生活中选取有意义的人物与事件,经过个性化和概括化的艺术加工,创造出典型的环境,提炼出典型的形象。马拉默德的小说主要是以社会最底层的普通犹太人作为描写对象的,其中有这么一类人物,他们通常以失意者和受害者的形象出现,他们不是坏人却总是遭遇不幸,这就是犹太文学传统中的"施勒密尔"。

---

① [美]伯纳德·马拉默德:《魔桶:马拉默德短篇小说集》,吕俊、侯向群译,南京:译林出版社,2001:14。

一般来说,"施勒密尔"都是遵从传统、敬畏上帝的犹太"小人物",他们苦苦挣扎在理想和现实的永恒冲突中,善于自嘲,带有真实而伤感的滑稽色彩。

在《最后一个莫西干人》中,萨斯坎德就是这么一个典型的"施勒密尔"形象。穷困潦倒的他宁可在意大利流亡也不愿被遣送到以色列。但是他在罗马无以为生,只能"靠喝西北风活着"。因为丢掉了护照,他得不到做买卖的许可证,被意大利人抓到后,他卖了母亲的结婚戒指来贿赂他们,使自己不被遣返。他自嘲地说:"意大利人还是挺有人情味儿的。"①

在《天使莱文》中,裁缝马尼斯彻维兹也算是一个善良却饱受苦难的"施勒密尔"人物。对于苦难这份"上帝的赐予",他十分无奈,认为自己"算不上是有才能的人",对于这份大礼难以承受:

>  对于他来说,太多的苦难不都算浪费了吗?在他那里苦难只能变成更多的苦难,此外它什么也变不了。他的痛苦不会给他带来面包,也不会把墙上的缝隙堵塞,更不会在半夜抬起厨房里的桌子……"②

现实主义创作手法的最重要特征就是描写的客观性,要求作家通过对现实生活客观、具体的描写,从作品的场面和情节中自然地表现出作家的思想倾向和爱憎感情,而不要从作家自己或借人物之口特别地说出来,这一点在马拉默德的小说中同样表现得很突出。从字里行间我们可以体会到马拉默德对他笔下这些小人物的深切同情。在描写移民苦难生活的同时,他也着重表现了他们坚忍的生活毅力,高度赞扬了他们的可贵品质,并通过他们的喜怒哀乐反映出更广大范围的人类世界。人们把马拉默德这种写人的精神从痛苦和孤独中得到升华的基调称为"不幸者的人道主义",而马拉默德正是这种不幸者的人道主义的代言人。③

---

① [美]伯纳德·马拉默德:《魔桶:马拉默德短篇小说集》,吕俊、侯向群译,南京:译林出版社,2001:118。
② [美]伯纳德·马拉默德:《魔桶:马拉默德短篇小说集》,吕俊、侯向群译,南京:译林出版社,2001:101。
③ [美]伯纳德·马拉默德:《魔桶:马拉默德短篇小说集》,吕俊、侯向群译,南京:译林出版社,2001:2。

第六章　无奈的现实世界与充满道德力量的精神世界 | ·157·

　　不过在 40 多年的创作中，马拉默德短篇小说的风格并非一成不变，从完全写实到"充满了离奇的内容和自由的笔法"，著名评论家理查德·吉尔曼曾在《新共和国》杂志上盛赞马拉默德将"现实主义与虚幻主义融合在一起做到天衣无缝，观察让位于想象"①。事实上，在一些早期传统风格的叙事作品中，我们已经可以看到马拉默德善于运用想象的力量感染读者。

　　在小说《生存的代价》中，主人公萨姆因为隔壁即将开张一家现代化的食品店而恐慌不已，他甚至将这种恐惧感和童年记忆中诡异的凶宅联系起来：

　　　　那当儿，他常跟两个小伙伴到河边去玩耍，必定要路过一所很高而又窄得出奇的木房子，双尖形的房顶也怪模怪样，里面还发生过一起恐怖的凶杀案，后来就成为一所凶宅，没人再敢住进去了。……一间一间的屋子都悄无声息，但是其中却有个波浪悄悄翻滚的深坑，只要你仔细想一想，一切罪恶其实都是从那儿涌现出来的……如今店铺里虽然空空荡荡，却还令人忆起他们已逝去的光顾的情景，以及在一排排倾斜的货架之间发出的无言的回想，在某种意义上说，这是最叫人胆寒的事……

　　　　但是，他一闭上眼睛，脑海里就浮现那片空店铺，像是一个没完没了的旋转的大黑窟窿。他即使躺下，也睡不着，却深深陷入沉思：要是这种结局也落在我身上怎么办？②

　　"尖顶"式的凶宅具有哥特式的风格，散发出死亡和阴暗的气息。这种以怪异夸张的浪漫气质而著称于世的建筑兴盛于中世纪，通常为天主教堂，具有强烈的宗教寓意，尖顶如同熊熊燃烧的火舌，象征着焦灼不安的灵魂企图超越苦难的现实生活，趋向光辉灿烂的彼岸世界的强烈愿望。

　　同时，中世纪也是犹太信徒的黑暗时代，基督教会掀起的反犹浪潮迫害了很多犹太人，这段不堪回首的历史是犹太民族的心头之痛。而这

---

　　①　[美] 伯纳德·马拉默德：《魔桶：马拉默德短篇小说集》，吕俊、侯向群译，南京：译林出版社，2001：序。
　　②　[美] 伯纳德·马拉默德：《银冠》，武汉：长江文艺出版社，1998：225。

段哥特式的幻想在无形中丰富了作品的思想内涵和艺术感染力——在传统的犹太移民看来，来自新世界的强大力量，给他们带来的恐惧感并不亚于中世纪的黑暗。

## 一、现代主义的叙述风格

文学叙事是时间、空间、语言、动作、叙事角度、逻辑结构等多方面的结合体，而现代主义小说则往往打乱这些传统的功能序列，而展现出另外的面貌。笔者认为，首先，马拉默德小说故事的发生没有一个十分清楚确定的时间，没有完整的故事叙述，有一些甚至没有结尾。和存在主义文学作品一样，虽然有人物所处的环境的确定性，但与传统文学中的典型环境不同，它既不表现时代特征和历史进程，又不为塑造典型人物服务，这个背景只提供一个人物活动空间，为展示生存状态服务，提供主观感受和自由选择的条件，人物完全是被偶然性地抛入了这个环境，因此，人与人之间没有必然联系。马拉默德的人物就活在阅读者的当下，名字可有可无，他们共同的身份仅仅是犹太人；只有一个笼统的职业，他们共同的职业是苦难和创伤；还有一种抽象的性格，那就是失败和挫折；再有就是统一的对于美好生活的期望与救赎的等待。我们对小说中人物的容貌、年龄、历史知之甚少。主人公往往在一登场时就清清楚楚地明白自己的处境，小说发展过程中没有轰轰烈烈、刻骨铭心的事件，完全是平凡的生活琐事。在小说结尾，这种处境或者仍然没有改变，或者比以前更恶化了。比如一蹶不振的弗劳瑞廷，十分伤心地把一幅试画的画布踢碎了（《男鸨的报复》）；在小说结尾，他又毁了自己的画，五年的殚精竭虑付诸东流，他绝望地用刀刺进了自己腹部。这种圆周性的结构表现出追寻的徒劳，但实际上人物的思想已经发生了变化，再也不是最初的那个人了，而是经历了思想的苦痛挣扎，这可以被称为一种思想的暗流。马拉默德的小说使用的是平民化的语言，并且还有很多粗俗的口语或者白痴式的傻言傻语，甚至毫无意义的音节。马拉默德称自己受到了卓别林剪辑的影片的启示，他的小说情节淡化，不重叙事，完全是由一个个跳跃的片段构成，节奏灵活，片段之间的转换类似于电影蒙太奇，用三言两语便从上一个场景切换到下一个场景。

其次，在叙述方式上，马拉默德的小说视角独特，常常用多角度叙事，甚至大量加入内心独白或内心沉思。传统的文学叙事需要具体的时间、空间、语言、动作、叙事角度和逻辑结构等,但在马拉默德的中后期创作中,部分小说风格出现了明显的现代主义特征。突出表现为情节的淡化,叙事不连贯,甚至全文是由一个个跳跃的片段构成,节奏灵活,可以用三言两语便可从上一个场景切换到下一个场景。《我的儿子是凶手》就是这方面一篇出色的代表作,其在行文上的独特之处是运用大量的内心独白或内心沉思以表达父亲和儿子的主观感受,同时灵活运用了人称和视角的自由转换。下面这一段文字出自于这篇小说,被评论家公认为是马拉默德现代主义文学风格的最典型写照,我们在探讨关于马拉默德叙事视角的时候也引用过:

他醒来,感到他父亲就在走廊里,在那儿听着,他听他睡觉和做梦,听他起床,摸起裤子。他不想穿上鞋子,他也不想去厨房吃饭,他面对着镜子,但双眼紧闭着,坐在卫生间里一坐就是一个小时,一页一页地翻着他读不懂的书,那种孤独让他痛苦。父亲站在门边,儿子能听得见他在听。

我的儿子就像一个陌生人,他什么也不告诉我。

我打开门,看见父亲在走廊里,你干吗站在那儿,为什么不去工作?

因为我现在是放寒假,不是放暑假,放暑假我才去打工。

你站在这又黑又有味的走廊里,盯着我的一举一动到底要干什么?我想你什么也看不见,你为什么总是偷偷地监视我?

我父亲回到他的卧室里,过了一会儿,又回到走廊里来倾听。我听见他有时候在他屋里,但是他不和我说话,我也不知道这究竟是怎么回事。

对于父亲来说,这真是一个令人害怕的感受,或许过几天他会给我写一封信。

我亲爱的父亲,

我亲爱的儿子哈里,把你的门打开,我的儿子成了囚犯。①

上面这一段中作者选用了三个人称进行父亲与儿子的心理对白:第

---

① [美]伯纳德·马拉默德:《魔桶:马拉默德短篇小说集》,吕俊、侯向群译,南京:译林出版社,2001:340。

一人称，第二人称和第三人称。第三人称首先被用来叙述人物行为，而第一人称"我"和第二人称"你"在父亲和儿子的独白或对白中用得较多，"你"与"我"的在称呼上互不相容，更突显了两者间的对立。二人各自从自身的角度发出疑问，父亲总是揣测儿子的想法，而儿子则认为父亲管得过多，不给自己一点隐私权。父亲的无奈与疑问，儿子的孤独与反感，父亲追根究底，儿子避而不答，两者的紧张关系使得整篇文章弥漫着一种浓烈的火药味。

这篇小说与马拉默德以往的写实主义风格迥然不同，缺乏基本的故事情节，也没有任何关于儿子与父亲的外貌描写，两者都是高度抽象化、概念化的形象。儿子哈里代表着一代与父辈隔离、对未来又迷惘的年轻人，不愿重蹈父辈的覆辙，又苦于无新路可觅，因而自暴自弃走向绝望；而父亲里欧对儿子饱含深情，却感到烦恼万分，他竭尽全力却不能走近他的心灵。小说通篇都是父亲与儿子有声的对白或无声的独白，两者似乎在对话却不能真正地"对话"，意识的潜流在全文缓缓流淌，把过去和现在、回忆和想象交织在一起，形成了时间和空间的跳跃，深刻地揭示了人物的内心世界，把两代人感情上的对立、认识上的鸿沟剖析得淋漓尽致。

在现代主义作品中，自由直接思想和自由间接思想也是作家表现人物心理常用手法之一。自由直接引语和自由间接引语不同于一般直接引语和间接引语，其前后既没用引号，也没有引述分句和连接词。

在《威尼斯的玻璃吹制工》中，在主人公费尔德曼决定忘记他邂逅的女子时有这么一段心理描写：

> 他后来不再想她了，如果你一文不名地想又能怎么样？就像一个飞吻一样，那个吻也随风飞走了。唉，弗德尔曼，你这位老兄，再有一次机会，你可以把握得久些。把握什么？我一无所有，我也没有什么可以放弃的，零减零还是等于零。再说多了就离死不远了。①

第一句"他后来不再想她了"，完全是第三者的口气，来自于第三人

---

① [美]伯纳德·马拉默德：《魔桶：马拉默德短篇小说集》，吕俊、侯向群译，南京：译林出版社，2001：351。

称全知者的转述,说明费尔德曼已有心忘记这个女子;但紧接着作者通过自由间接引语"你"的质问又表现出了弗德尔曼内心的矛盾:一方面他想忘记这个女人,另一方面又希望能够再有一次机会。在"把握什么?"之后作者又运用自由直接引语,写出费尔德曼内心深处的绝望。

  自由间接引语和自由直接引语之间的交叉运用适合表现小说人物的复杂心理。自由直接引语往往可以使人物的意识活动不加叙述者的介入直接展现在读者面前,而自由间接引语或多或少地使用了叙述者的表达方式,人物的意识活动是通过叙述者间接地传达给读者的;自由直接引语能够自由、真切、无间断地呈现出人物的意识活动,自由间接引语则在一定程度上受到叙述者的介入,参考了旁观者的意见,但在表现内心矛盾的时候也是不可或缺的。

  另外,与传统文学中的典型环境不同的是,现代小说的环境只提供人物的活动空间,并不具有鲜明的时代印记。为了展示人物最真切的生存状态,有的小说故意忽略了人物的外在,对于他们的相貌不作详尽描写,甚至连名字也可有可无,如《男鸨的报复》中的主人公就以一个字母"F"代替,一些人物异化成动物,如《犹太鸟》中的施瓦兹,但这并不影响读者对他们个性的认知,因为苦难就是他们的生活,失败便是他们的命运,他们都有一个共同的名字——犹太人。

## 二、独特的犹太式幽默

  20世纪的黑色幽默文学打破了传统的悲剧和喜剧的界限,通常用喜剧的形式表现悲剧的内容,使不幸和痛苦成为嘲弄的对象,实际上表现的是一副绝望的面具。马拉默德的短篇小说在传统犹太文学的基础上融合了黑色幽默文学的艺术手法。他的独特的犹太幽默在同时代的作家中可谓别具一格,这一点贯穿于他整个创作历程中,他总能以看似轻松的笔调向读者描绘出一个苦难深重的世界,让人在悲剧中发笑,在喜剧中流泪。

  在本章开头,笔者已经指出了"施勒密尔"形象在其现实主义创作手法上的重要性,而这一形象同样是他苦乐参半的幽默中的一笔宝贵财富。"施勒密尔"人物的自我解嘲是对现实的反讽精神的体现,这些犹太小人物命运卑微,面对苦难身不由己又无力抵御。在传统日渐式微的现代社会,一些人随波逐流,一些人墨守成规,另一些人则在文化的夹缝中茫然不知所措。借助于对这些小人物悲剧经历的描述,结合犹太民族的伤痛记忆,马拉默德是以苦涩的幽默来控诉命运的不公。

但另一方面,这种自我解嘲的方式也使得这些卑微的生命顽强地生存着,他们并不因苦难就放弃生活的希望。这种超脱的乐观精神通过暗喻、反讽、双关等手法屡屡出现在马拉默德的短篇小说中。

在《最后一个莫西干人》中,费尔德曼在萨斯坎德简陋的家中发现一条小金鱼,颇感意外,"他还挺喜欢宠物"。食不果腹的萨斯坎德自然是不可能有闲情逸致专门养宠物的,但是这一小金鱼的存在证明他对于生活依然充满热望,而并不怨天尤人。在苦难和困境中,"不怒而笑"的生活态度并不完全是逆来顺受的表现,而是精神自我在经过磨炼后所具有的超然态度。如果幽默只能发泄对现实的不满,而不能赞美人性的美好,那么这部作品充其量是表达了一时的愤懑,却不能给人以恒久的感动。

而触动费尔德曼心灵深处的"鱼"其实不仅是生命活力的象征,也隐含着一定的宗教意义。"鱼"在早期基督教中有着特殊的含义,当初为了躲避罗马帝国的迫害,早期的基督教信徒们把耶稣鱼作为联系的暗号,因为在希腊语中,"鱼"的拼写正是耶稣、基督、神、儿子、救主这五个希腊字的开头字母。在马拉默德作品中,类似的基督教元素屡见不鲜,典型的便有当费尔德曼从流浪汉的居所回来之后,这个年轻人神思恍惚,又一次回到墓地的梦境。这种以荒诞梦境寓意道德重生的独特写法使这篇小说充满了神秘的宗教色彩。

从自私虚荣到慷慨施予,从对同胞的漠不关心到对生命的同情尊重,一系列的离奇遭遇与情感经历促成了费尔德曼的精神升华,也暗示了其犹太性的重新获得以及基督文化的渗透影响。最终,费尔德曼原谅萨斯坎德所做的一切,虽然失去了手稿,他却获得一颗宽恕之心。而马拉默德大胆地将传统精神的回归放置于更广阔更宽泛的文化语境中解读,对于处在多元文化社会的现代人也有着重要的启示意义。

同样,马拉默德在题名和人名的选择上也常用隐喻或双关的手法,使得事物和人物更具有象征意义,如"魔桶""银冠",又如"弗兰克"与"圣弗朗斯西","西门·萨斯坎德"与"圣彼得"(原名西门),"莱文"(Levin)与"爱"(Love)。

例如"魔桶",它本身只是一个萨尔兹曼用来储藏求婚者个人资料的普通小桶,却在利奥身上发挥了神奇的魔力。利奥在跳进"魔桶"之前,根本不懂得什么是爱情,他结婚只为了当拉比。而当他从"魔桶"里跳出来后,却说"爱情终于来到了我的心底",开始真正地去爱别人。"魔桶"不仅在爱情方面具有超自然的魔力,它还改变了一个人的精神世界。萨尔兹曼不仅是利奥的牵线人,更是他的精神之父。只有萨尔兹曼真正了解利奥需要什么,并作了巧妙安排,利奥才发现了自己灵魂的空虚,并决定通过与那美丽的邪恶姑娘结合,勇敢地面对自己心中的"邪恶",承受他必经的苦难,真正皈依上帝。

又如流浪汉"萨斯坎德",他的全名是西门·萨斯坎德,依据《圣经·新约》《马太福音》第四章第十八段,"彼得本名西门",便很容易将他与基督教圣徒彼得联系起来。圣彼得本是一个渔夫,耶稣选他做门徒,是要他做一个"得人渔夫",把新的信徒领到主的面前。在《最后一个莫西干人》中,萨斯坎德的作用与彼得的使命颇为相似,虽然他是个衣不蔽体的流浪汉,但他成功引导费尔德曼认识了真实的自己,并使他从身份的困惑中醒悟过来,重拾悲悯之心。他多次出现在费尔德曼的梦中,把这个年青人引向犹太人的地下墓穴通道,引起费尔德曼的好奇。而在现实中,费尔德曼确实找到了那块墓地,那里的墓碑上记录着纳粹的罪恶和父辈的苦难,唤醒了年青犹太人的历史记忆。在费尔德曼为了遗失的手稿多次寻访无果,几欲放弃的情况下,萨斯坎德又显圣般地出现在圣彼得大教堂,他正在做卖念珠的小买卖。作者巧妙地重叠了这个犹太流浪汉的多重意象,描述了这戏剧性的一幕:

> 他用颤抖的手记下一两处笔记,然后就离开了教堂,沿着宽阔的楼梯向下去。在到楼梯底下时,他看到了萨斯坎德。他的心猛地一跳,不知他是否仍在看墙上的画,已经满满一船的使徒中又偷偷地增加了一个?①

可见,萨斯坎德不仅本身是一个犹太历史的背负者,也是现代人精神危机的人格外化,他既像一面镜子一样照出众生百态,又像圣徒一样为众生指引自我救赎之路。在整篇小说中,萨斯坎德如同费尔德曼的"分身"一样如影随形:当这个年青人刚到意大利,沉醉于自己的喜悦

---

① [美]伯纳德·马拉默德:《魔桶:马拉默德短篇小说集》,吕俊、侯向群译,南京:译林出版社,2001:130。

时，萨斯坎德像鬼魅一样出现在他身后；在费尔德曼为了遗失的手稿而失魂落魄时，萨斯坎德多次潜入他的梦魇，引导他去寻找民族的历史记忆和艺术创作的真谛。萨斯坎德这个人物在费尔德曼的精神蜕变（或精神成长）中起到了关键性的作用，类似于前者"精神父亲"的位置。

在他的小说中，通过双关和暗喻，将美好的爱情与心中的邪念结合，将伟大的传道者与潦倒的小人物重叠，达到灵魂富足、充满智慧光辉的英雄不是社会精英，而是这些看似滑稽可笑的边缘人物。他们饱经磨难和考验，经历了对"物质"与"心灵"的痛苦追求之后，终于得到灵魂上的超脱和精神上的成熟。

这种不可思议的表现手法是马拉默德式的幽默，他的作品并不顺应传统的定式思维，拯救犹太人的天使可以是一个混迹酒吧、与女招待调情的黑人，而受欺骗的艾伯特（小说《银冠》的主人公）却在最后一刻成为杀害父亲的刽子手。神秘的思想和荒诞的人物在马拉默德的短篇小说中随处可见。

犹太式的幽默还表现在故事情节的荒诞性上。《犹太鸟》这篇小说将高度严肃的主题与看似古怪的情节糅和在一起，表现出丰富的想象力。一只会说犹太语的鸟飞进纽约一户家庭，它自称名叫施沃兹，愿意留下来成为这个家庭的一员。而男主人科恩是一个反犹太主义者，尽管施沃兹与他的儿子和妻子感情深厚，并且知恩图报辅导他儿子的功课；科恩却总是对犹太鸟心怀不满，动辄对它兴师问罪，最终趁妻子和儿子不在的时候杀害了它。犹太鸟最终将自己的死归结为"反犹行动"。这样的结局似乎滑稽可笑，但实则寓意深刻。科恩常常抱怨犹太鸟身上有股味道，施沃兹回答说："每个人身上都有味。有些人有味是因为他们的思想或因为他们的身份，而我有味是因为我吃的食物。"这里的"味"暗指其"犹太性"，而这"味"正是千百年来，犹太人被迫改宗、遭驱逐、被屠杀的根本原因。将一个荒诞传奇的事件作严肃认真的处理，赋予寓言以幽默的效果，把喜剧色彩平添给悲剧性的结局，让人欲哭无泪、欲笑无声，这比单纯描述某人的悲惨经历更具有振聋发聩的力量。

犹太式的幽默还表现在故事情节的反英雄主题上，马拉默德这样形容自己小说中的人物："他对自己的命运俱慈，不能自脱，但终能迁就得过；他是个可笑又可怜的主体与客体。"马拉默德小说的人物形象是对传统犹太文学中笨拙无能的施勒密尔（Skei Le Mil）这一原型的继承。犹太作家擅长描写施勒密尔式的人物是和犹太人屈辱的历史联系在一起的。

在马拉默德看来，从某种意义上来说，每一个犹太人都是一个施勒密尔，起码与施勒密尔有某些相似之处。马拉默德短篇小说中的人物社会地位低贱卑下，且很少是正常的，他的作品中有白痴、鬼魂、媒人、古怪倔强的鞋匠、堕落的拉比、被抛弃的老人、平庸的艺术家，写他们的戏剧性人生，写他们的滑稽怪相，读来让人忍俊不禁。

其实，施勒密尔的形象只是一个外衣，其内核应该是黑色幽默，这些人物类似于一些反英雄。反英雄是一个与英雄相对立的概念，作者通过这类人物的命运变化对传统价值观念进行批判，代表着个人主义思想的张扬、传统道德价值体系的衰微和人们对理想信念的质疑。一般来讲，文学作品中的反英雄分为以下几种：积极向上的普通人、从虚幻中惊醒的人们、失去信念的现代人和荒原人。

马拉默德小说的人物更接近于从虚幻中惊醒的人们，这种悲剧主人公往往是传统意识形态或价值观念的代表，主人公的命运与它们紧密相联，一毁俱毁。反英雄暴露的问题往往具有普遍性，他反映的是社会范围内人的生存矛盾和价值观念危机。

在前面章节我们已经探讨了马拉默德小说的主题和人物，我们可以看到抱怨、斥责上帝的杂货店主和寄人篱下的流浪汉等，传统英雄所持守的价值观正逐渐离他们远去，犹太人传统的救赎观和受难观正在走向虚无。这些人物往往处在一种悖谬中，他们总也得不到自己追求的东西，事情的发展总是与他们的期望相反，他们看不到救赎的希望，看不到痛苦的尽头，不管如何努力改变，也逃脱不了注定失败的人生轨迹。他们嘲笑自己所尊重的，拆毁自己所建构的，否定自己所肯定的，他们实际上是在价值混乱的社会中被异化。总之，马拉默德的小说塑造了在这个现时世界沉浮的小人物，他们或与社会格格不入，或成为在利益的驱使下为非作歹有悖于传统价值观的转型期人。马拉默德正是借着这些悲剧性的故事，以悲剧的精神渗透人生，又以喜剧的精神超脱人生，他的小说与其说是充满泪水的笑，不如说是带着笑声的泪，它是在喜剧的表面下掩盖的悲剧，是绝望的喜剧。

## 三、创作中的两个世界

犹太教认为人类生存所面对的是两个世界：一个是现实的世界，另一个则是永恒的拯救悔过的世界。生命同时具有尘世和超尘世的存在，它既是世俗的寄存又指向超越，并将人从世俗的存在中解放出来。人的生活处在两个不和谐的世界里：一方面是世俗的人性受到压抑，另一方面是人的精神要获得自由。犹太教的这一思想贯穿马拉默德的全部小说，并成为他描写的两个出发点。

（一）无奈的现实世界

马拉默德的主人公同时生存在两个世界之中，在现实世界里他们往往是失败者，尽管他们向往美好的生活，吃苦耐劳，奋力挣扎与拼搏，却依然无法摆脱命运的束缚。现实生活总是晦涩的，像一张无形的网束缚着人们。

> 有时候我觉得，你的生活是怎样开始的，它就会照老样子下去。我生下来才一星期，我妈就死了，埋了。我从来也没见过她的脸，连照片也没见过。五岁那年，有一天我老头子离开我们住的那间连家具一起租来的房间，出去买包烟。他就此远走高飞，那是我最后一次看到他。我是在孤儿院里长大的。八岁那年，他们把我寄养在一个待人很凶的人家，我逃跑了十次。后来我又从另一个人家逃出来。我对自己的生活考虑得很多。我对自己说："经历过这一切，你还指望发生什么呢？"当然，你也能理解，这中间我也碰过一点好运，可是极其难得，极其渺茫。结果往往跟开头一样，一无所得。①

弗兰克的身世和对生活的感慨是处在社会底层的人民生活现状的写照。现实无论对老一辈人还是年轻人都没有多大改变，充满不同的苦涩。《店员》中的莫里斯在俄国人对犹太人大屠杀时从军队逃到美国，他投奔到美国来得到了什么呢？用莫里斯自己的话讲："岁月消失，他既没发财，也没人同情，生活困顿，世风日下。到处是店铺、不景气、烦恼，实在太多了。美国变得太复杂了。"② 他每天工作十六个小时仍不能维持家庭生计，临终也未能摆脱缠绕他一生的贫困。在莫里斯死后，弗兰克接过了杂货店，他比从前更勤奋，更劳累，他增加外卖，晚上十点钟以后才关门，接着又到一家咖啡店做夜班，这样拼死拼活地干也只能使他

---

① ［美］伯纳德·马拉默德：《店员》，杨仁敬译，南京：江苏人民出版社，1980：19。
② ［美］伯纳德·马拉默德：《店员》，杨仁敬译，南京：江苏人民出版社，1980：24。

和海伦母女俩人勉强维持生计,尽管他希望攒钱供海伦上大学的想法越来越坚定,但现实离这一愿望却越来越远。在小说结尾时,他仍苦苦地期待着海伦的爱情和生活的转机。

在小说《基辅怨》结尾时,受了三年牢狱之苦的雅可夫才刚刚走向法庭,审判遥遥无期,结局不明(尽管历史事件中的门德尔贝利斯最终被宣告无罪)。对犹太人来说,世俗间的痛苦仿佛是与生俱来的,因此雅可夫感到命运如同恶魔主宰他的一切,"一夜之间,生活变得没有价值。无罪的人生来有罪。人的价值比肉体的价值还低","对于一个犹太人来说,不管他到哪里去,他身上总背了一个丢不掉的包袱——当苦役的条件、被解雇的可能性和易受责难的命运"。①

马拉默德从不让现实僵局和困境得到明确解决,而是让其如流水一样延续下去。美国文学评论家丹尼尔·霍夫曼认为马拉默德写作才能充分发挥的时候,他的最佳之处是对于不圆满的生活的直觉与对于失望和丧失的彻悟。他不愿意安排快乐的结局,这可以被看作是一种道德的现实主义,一种冷静的判断:生活是艰难的,尤其对一个犹太人,而道德的和解是成熟的标志。马拉默德更注重的是普遍意义——一种历史的经验和《圣经》的启示带给人们的普遍意义。

### (二) 充满道德力量的精神世界

在另一方面,马拉默德更注重对人类精神生活的描写,他将传统信仰和宗教精神价值协调于现代生活的世界之中,借助大量象征主义和魔幻主义手法,将现实与想象世界放在同一作品中,生动地展现这些生活在社会底层小人物的精神世界。在《店员》中,在海伦眼里父亲莫里斯是这样一个人:"运道和他,即使不能说是一对天生的敌人,至少也称不上朋友。他起早摸黑地干活。他是诚实的化身——诚实是他立身之本,他一贯待人诚实;叫他去骗人,他会大发脾气,然而他却信赖骗子手——他从不贪图任何人的任何东西,却老是越过越穷。他越卖力干,似乎到手的越少。"② 从这段话里,不难看出莫里斯在现实生活中与穷困为伍,是个失败者,尽管他十分勤奋,但所获得的少得可怜。然而,他高贵的人品却是一流的,他诚实得甚至连防备之心都没有。犹太人在这个

---

① [美] 伯纳德·马拉默德:《基辅怨》,杨仁敬译,南京:江苏人民出版社,1984:65。
② [美] 伯纳德·马拉默德:《店员》,杨仁敬译,南京:江苏人民出版社,1980:12。

世上所拥有的与他们在精神上所拥有的总是不相称,正如《基辅怨》中雅可夫所说的:"犹太人住宅区几百年来还是老样子,住房拥挤不堪,臭气熏天。它的世袭财产就是精神财富,它所欠缺的就是繁荣。"①

在马拉默德的作品里,哪怕再卑微的小人物,甚至像弗兰克这样的流浪汉,也有着不可思议的精神世界。尽管邪恶总使他违背自己的意愿:"一想到自我克制这个念头,就觉得它美——一个能照自己希望那样行事的人才有的美好情操——有了克制只要自己愿意,就可以做一个有益的人。"②他认为:"他一直生活得缺乏意志力,辜负一切良好的意图。"时代的变迁、生活的动荡不安、遭受迫害这些外在的变化很难引起马拉默德主人公内心相应的变化;相反,使他们的犹太信念更加坚定,更加清晰。他们常常是命运和生活中的被迫者,但却是精神的主动选择者,显示出超凡的勇气和力量。正是这种超凡的力量和勇气,使弗兰克获得道德重生。

"找工作"在《店员》和《基辅怨》中均有象征意义。他的主人公们从表面上看来过着颠沛流离的生活,到处流浪是为了更好的生活和收入,但他们的内心总是被另外的事物所吸引。弗兰克最终停留在莫里斯的杂货店里,那里除了贫穷的困扰、倒霉的运气,根本没有任何美好前景可言。莫里斯也说铺子等于是牢房,劝他另找个好点的事做,但他执意做下去。他每天从早干到晚,忍辱负重,所得无几,甚至连生存都难以得到保证,但他却乐在其中。他有意去体验莫里斯的贫穷,有意选择他的那种寒碜生活,并从中得到快感。贫穷使他变得没有任何贪欲,摆脱了从前的自我,一心只为他人着想。弗兰克和莫里斯一样在这个小杂货店里找到了归宿,他们需要的是一种职责——对自己和对他人的责任,而不是职业。

入狱前,雅可夫为谋生四处漂泊,在非犹太区,他隐名埋姓,不敢说自己是犹太人,过着心惊胆战的生活。被捕后,他的真实身份暴露出来,他又"成为"犹太人,并且找到了犹太人该做的事情,即为拯救民族和人类受苦。弗兰克和雅可夫从此不再流浪,因为他们找到了精神寄托和归宿。

人类世界还有很多不可见的领域,我们无法依据空间和时间这些现

---

① [美]伯纳德·马拉默德:《基辅怨》,杨仁敬译,南京:江苏人民出版社,1984:34。
② [美]伯纳德·马拉默德:《店员》,杨仁敬译,南京:江苏人民出版社,1980:33。

象性术语，而要依据世界自身，依据生命与感情、爱与恨、渴望与沮丧、希望与绝望这些不可公度的元素来思考这个世界。道德主题使马拉默德的作品更多地展示人的内心情感和精神世界。无论是莫里斯、弗兰克还是雅可夫，他们都有着超脱的精神世界，现实并没有使他们堕落、丧失理性，他们在失败中不放弃微小的希望，在生活的磨难中依然保持道德纯洁，追求精神自由。

马拉默德在他的作品里所表现的精神世界主要体现在道德观上，它既不像基督教那样教人忏悔祈祷，也不像佛教那样强调因果报应，教人隐退遁世，而是提倡通过善行、道德自新来拯救世界，拯救人类自身的犹太教伦理道德观。显然，马拉默德认为道德的力量是神圣的。当这种神圣的力量被赋予现实的存在时，它意味着现实，同时也意味着不朽，意味着灵验。马拉默德对高尚的品质和痛苦而又不成功的生活的描写使神圣和世俗形成鲜明的对照。在他的小说里，他一直在描绘神圣和世俗两种存在状态：一方面芸芸众生在现实的苦海里挣扎求生；另一方面他们通过对道德的崇高信仰来圣化生活。一方面是为世人所熟悉的或是曾经经历过的世俗生活；另一方面是神秘的超自然现实，这种神秘的力量并不是因为它遥不可及，而恰恰是由于它的普遍存在，我们通过莫里斯、弗兰克、雅克夫感受到神圣的存在。马拉默德的主人公最终能够对这个世界的习俗、浮华、艰辛漠然视之，他们生活在自己的精神世界里，并相信个人具有取胜的能力。马拉默德通过对世俗精神的描绘表达道德力量的神圣，他的不同凡响之处是他描绘了尘世中生命所具有的、能够成为神圣的特殊品格。他的作品包含着寓言和现实、精神的自由和世界的重负。在现实困境和道德冲突中，他的主人公总是最终从忍耐、仁爱、宽恕、牺牲等教义中寻找出路；他的人物不断使自己从社会的牺牲品转化为神话式的救赎者，以此实现灵魂净化、精神升华。苦难的历程成为道德力量的试金石，他们在坚守自己的信念、追求精神自由和道德升华中获得一种胜利感。

# 附录

## 附录一　伯纳德·马拉默德生平及著作年表

1914年4月26日，生于美国纽约布鲁克林区威廉博格医院。

1928—1932年，就读于布鲁克林伊拉斯谟·霍尔中学（Erasmus Hall High School）。

1929年，母亲伯莎·马拉默德去世。

1932—1936年，就读于纽约市城市学院，1936年获得学士学位。

1936年秋，开始攻读哥伦比亚大学的硕士学位。

1934—1936年，从事演员引导员、饭店侍应生等工作。

1936—1939年，在纱线厂、百货商店工作，做其他临时工。

1939—1940年，在布鲁克林拉斐特（Lafayette）中学当见习教师，4.5美元/月。

1940年，华盛顿人口普查局职员。

1940—1948年，在纽约伊拉斯谟·霍尔中学当晚间课程教员。

1942年，获得哥伦比亚大学硕士学位。

1943年，在《门槛》（Threshold）、《美国序曲》（American Preface）上开始发表短篇小说。

1945 年 11 月 6 日，与安·德·恰拉（Anne de Chiara）结婚，搬到格林威治村，在国王大街一号居住。

1947 年，儿子保罗出生。

1948—1949 年，在哈莱姆中学教授晚间课程。

1949—1961 年，任俄勒冈州立学院（Oregon State College, Corvallis）英语系副教授，教授写作课程。

1950 年，在《时尚芭莎》《党派评论》和《评论界》上发表短篇小说。

1952 年，《天生运动员》发表，女儿詹娜出生。

1956—1957 年，获《党派评论》洛克菲勒基金，享受年假，去欧洲旅游，住在罗马。

1957 年，《店员》出版。

1958 年，短篇小说集《魔桶》发表，《店员》获得美国文学与艺术学术和学院罗森塔尔奖。

1959 年，《魔桶》获得国家图书奖。

1961 年，《新生活》发表，在佛蒙特州本宁顿市本宁顿学院语言文学部任职。

1963 年，《头号白痴》出版，游览意大利和英格兰。

1965 年，游览法国、西班牙和前苏联。

1966 年，《基辅怨》出版。

1966—1968 年，在哈佛大学任客座讲师。

1967 年，《基辅怨》获得国家图书奖和普利策奖，加入美国艺术与科学学院。

1968 年，访问以色列。

1969 年，《费德曼画像》出版。

1971 年，《房客》出版。

1973 年，短篇小说集《伦布兰特的帽子》出版。

1979 年，《杜宾的生活》出版。

1979—1981 年，担任国际笔会美国分会主席。

1980 年，加入美国文学与艺术学院学会。

1982 年，《上帝的恩赐》出版。

1983 年，《马拉默德故事集》出版，获得美国文学和艺术学院学会金质奖。

1985 年，获得意大利蒙代罗奖。

1986 年 3 月 8 日去世。

## 附录二  伯纳德·马拉默德主要英文作品参考

**Novels**：

1952，The Natural. New York：Harcourt, Brace.

1957，The Assistant. New York：Farrar, Straus& Cudahy.

1961，A New Life. New York：Farrar, Straus& Giroux.

1966，The Fixer. New York：Farrar, Straus& Giroux.

1969，Pictures of Fidelman：An Exhibition. New York：Farrar, Straus& Giroux.

1971，The Tenants. New York：Farrar, Straus& Giroux.

1979，Dubin's Lives. New York：Farrar, Straus& Giroux.

1982，God's Grace. New York：Farrar, Straus& Giroux.

**Short Story Collections**：

1958，the Magic Barrel：Farrar, Straus& Giroux：

The First Seven Years, The Mourners, The Girl of My Dreams, Angel Levine, Behold The Key, Take Pity, The Prison, The Lady of the Lake, A Summer's Reading, The Bill, The Last Mohican, The Loan, The Magic Barrel.

1963，Idiots First：Farrar, Straus& Giroux：

Idiots First, Black Is My Favorite Color, Still Life, The Death of Me, A Choice of Profession, Life Is Better Than Death, The Jewbird, Naked Nude, The Cost Of Living, The Maid's Shoes, The German Refugee, Suppose a Wedding (a scene from an uncompleted play).

1973，Rembrandt's Hat. New York：Farrar, Straus& Giroux：

The Silver Crown, Man in the Drawer, The Letter, In Retirement, Rembrandt's Hat, Notes from a Lady at a Dinner Party, My Son the Murderer, Talking Horse.

1983，The Stories of Bernard Malamud. New York：Farrar, Straus& Giroux：

Take Pity, The First Seven Years, The Mourners, Idiots First, The Last

Mohican, Black is My Favorite Color, My Son the Murderer, The German Refugee, The Maid's Shoes, The Magic Barrel, The Jewbird, The Letter, In Retirement, The Loan, The Cost of Living, Man in the Drawer, The Death of Me, The Bill, God's Wrath, Rembrandt's Hat, Angel Levine, Life Is Better Than Death, The Model, The Silver Crown, Talking Horse.

**Other Stories:**

Benefit Performance. Threshold 3, no. 3 (Feb. 1943): 20 – 22.

The Place Is Different Now. American Preface 8, no. 3 (Spring 1943): 230 – 242.

An Apology. Commentary 12, no. 5 (Nov. 1951): 101 – 112.

Novelists at Work, ed. by John Kuehl, 70 – 86. New York: Meredith Publishing Co., Appleton – Century – Crofts, 1967. (early draft for Idiots First.) An Exorcism. Harper's 237, no. 1423 (Dec. 1968): 76 – 79.

A Wig. Atlantic 245, no. 1 (Jan. 1980): 33 – 36.

Alma Redeemed – a Story. Commentary 78, no. 1 (July 1984): 30 – 34.

In Kew Gardens. Partisan Review no. 4 (1984) and no. 5 (1985): 536 – 40.

A Long Ticket for Isaac. Creative Writing and Rewriting: Contemporary American A Lost Grave. Esquire 103 (May 1985): 204 – 205.

# 参考文献

## 一、英文部分

[1] Alan Cheuse& Nicholas Delbanco. Talking Horse – Bernard Malamud on Lifeand Work [M]. New York: Columbia University Press, 1996.

[2] Alvin B. Kernan. The Tenants: Battering the Object. In Bernard Malamud [M]. Harold Bloom, ed. New York: Chelsea House Publishers, 1986.

[3] Arthur Hertzberg ed. The Zionist Idea: A Historical Analysis & Reader [C]. New York: Macmillan Publishing Company, 1982.

[4] Bernard Malamud. The Natural [M]. New York: Avon Books, 1980.

[5] Bernard Malamud. The Tenants [M]. New York: Farrar, Straus and Giroux, 1988.

[6] Cathy Caruth. Unclaimed Experience: Trauma, Narrative and History [M]. Baltimore and Maryland: Johns Hopkins UP, 1996.

[7] Clavin Goldscheider. Jewish Continuity and Change: Emerging Patterns in America [M]. Bloomington: Indiana University Press, 1986.

[8] Cynthia Ozick. Remembrances: Bernard Malamud. In The Magic World of Bernard Malamud [M]. Evelyn Avery, ed. Albany: State University of New York Press, 2001.

[9] Deborah. M. Horvitz. Literary Trauma: Sadism, Memory, and Sexual Violence in American Women's Fition [M]. Albany: State University of New YorkPress, 2000.

[10] Edward A. Abramson, Bernard Malamud Revisited. New York: Twayne Publishers, 1993.

[11] Emily Miller. Budick, Blacks and Jews in Literary Conversation. London: Cambridge University Press, 1998.

[12] Evelyn Avery, ed. The Magic Worlds of Bernard Malamud. Albany: State University of New York Press, 2001.

[13] Ezra Cappell ed. American Talmud—The Cultrual Work Of Jewish American Fiction [C]. Albany: State University of New York Press, 2007.

[14] Frances Bacon. Collected Works of F. Bacon. Vol. VII. [M]. Routledge: Thoemmes Press, 1996.

[15] Gene Lyons. A Chosen People [J]. Newsweek, 1983 (3): 86 - 87.

[16] Geoffrey Hartman. Trauma Within the Limits of Literature [J]. European Journal of English Studies, 2003, 7 (3).

[17] Harold Bloom. Bernard Malamud [M]. New York, New Haven: Chelsea House Publishers, 1986.

[18] Harvey Kudler. Bernard Malamud's Natural and Other Oedipal Analogs in Basebal lFiction. New York: St. John's University, 1976.

[19] I. B. Singer. The Yiddish Writer and His Audience. In Creator and Disturbers: Remirciscercces Jewish Intellectuals of New York [M]. New York: Columbia University Press, 1982.

[20] Irving Howe, World of Our Fathers [M]. New York: Harcout Brace Jovanovich, 1976.

[21] Isaac Rosenfeld. Preserving the Hunger: An Isaac Rosenfeld Reader [M]. Detroit: Wayne State, 1988.

[22] Iska Alter. The Good Man's Dilemma—Social Criticism in the Fiction of Bernard Malamud [M]. New York: AMS Press, Inc., 1981.

[23] Israel Shenker. For Malamud It's Story [J]. New York Times Book Review, Vol. 76 No. 3 October, 1971: 20.

[24] James M. Mellard. Four Versions of Pastoral. In Bernard Malamud [M]. Harold Bloom, ed. New York: Chelsea House Publishers, 1986: 101 - 113.

[25] Jeffrey C. Alexander. Towards a Theory of Cultural Trauma. Jeffrey C. Alexander (ed). Cultural Trauma and Collective Identity [C]. Berkeley: University of California Press, 2004.

[26] Jeffrey Helterman. Understanding Bernard Malamud [M]. Columbia: TheUniversity of South Carolina Press, 1985.

[27] Jeffrey Gurock. American Jewish Orthodoxy in Historical Perspective [M] New Jersey: Ktav, 1996.

[28] Joel Salzberg. Bernard Malamud: A Reference Guide [M]. Boston: G. K. Hall, 1985.

[29] John Wakerman. A Companion Volume to Twentieth - Century Authors [M]. New York: H. H. Wilson, 1975.

[30] Jonathan Baumbach. The Economy of Love [J]. The Kenyon Review, Vol. 25 No. 3 Summer 1963.

[31] Joseph Campbell. The Hero with a Thousands Faces [M]. New York: Meridian Books', 1996.

[32] Judith A. Boss, Ethic for Life [M]. New York: McGraw - Hill Companies, Inc., 2004.

[33] Julius H. Greenstone. The Messiah Idea in Jewish History [M]. The Macmillan Company, 1955.

[34] J. Trachtenberg. The Devil and the Jews [M]. New York: Merdian Books, 1961.

[35] Kakutani Michiko. Malamud Still Seeks Balance and Solitude [N]. New York Times, 1980 (7): 4 - 9.

[36] Kathleen G. Ochshorn. The Heart's Essential Landscape: Bernard Malamud's Hero [M]. New York: Peter Lang, 1990.

[37] Ken Capobianco, Jay Cantor. An Interview with Jay Cantor [J]. Journal of Modern Literature, 1990 Vol. 17, No. 1 (Summer): 3-11.

[38] Kirby Farrell. Post-traumatic Culture [M]. Baltimore and London: The Johns Hopkins University Press, 1998.

[39] Lawrence L. Langer. Malamud's Jews and the Holocaust Experience. In Critical Essays on Bernard Malamud [C]. Joel Salzberg, ed. Boston: G. K. Hall, 1987: 115-125.

[40] Lenora E. Berson, The Negroes and the Jews [M]. New York: Random House, 1971.

[41] Leslie A. Field and Joyce Field eds. Bernard Malamud and the Critics [C]. New York: New York University Press, 1970.

[42] Leslie Field & Joyce Field eds. Bernard Malamud: A Collection of Critical Essays [C]. Englewood Cliffs: Prentic-Hall, 1975.

[43] Lionel Kochan. The Jews in Soviet Russia since 1917 [M]. London: Oxford University Press, 1970.

[44] Lucas. F. L. Tragedy: Serious Drama in Relation to Aristotle's Poetics [M]. London: The Hogarth Press, 1957.

[45] Luckhurst Roger. The Trauma Question [M]. London: Routledge, 2008.

[46] Mark Shechner. After the Revolution: Studies in the Contemporary Jewish Imagination [M]. Bloomington: Indiana University Press, 1987.

[47] Marshall Sklare. American Jews [M]. New York: Random House, 1971.

[48] Max. I. Dimont. Jews, God and History [M]. New York: New American Library, 1962.

[49] Max Nordan. Address at the First Zionist Congress [C]. in: B. Netanyahueds. To His People. New York: New York Press, 1941.

[50] Max Schulz. Bernard Malamud's Mythic Proletarians. Radical Sophistication: Studies in Contemporary Jewish American Novelist [C]. Athens, Ohio: Ohio University Press, 1969.

[51] Melvin J. Friedman. The American Jewish Literary Scene, 1979: A Review Essay in Studies in American Fiction [J]. 1980 (8): 239-246.

[52] Moshe Idel. Hasidism: Mystical Messianism & Mystical Redemption [M]. New Haven: Yale University Press, 1998.

[53] Norman Mailer. The White Negro. In Advertisement for Myself [J]. New York: SignetBooks, 1960: 306.

[54] Philip. Davis, Bernard Malamud: A writer's Life [M]. New York: Oxford University Press, 2007.

[55] Philippe. Codde, The Jewish American Novel [M]. Indiana: Purdue University Press, 2007.

[56] Philip Roth, Pictures of Malamud [N]. New York Times Book Review. 1986 (4): 20.

[57] Rita Nathalie Kesofsky. Bernard Malamud: A Descriptive Bibliography [M]. New York: Greenwood Press, 1991.

[58] Robert Alter. A Theological Fantasy. In Critical Essays on Bernard Malamud [C]. JoelSalzberg, ed. Massachusetts: G. K. Hall & Co. 1987.

[59] Robert M. Seltzer. Judaism: A People and Its History [M]. New York: Macmillan Publishing Company, 1987.

[60] Robert Solotaroff. Bernard Malamud—A Study of the Short Fiction [M]. Boston: Twayne Publishers, 1989.

[61] Ruth Wisse. The Modern Jewish Canon: A Long Journey through Language and Culture [M]. New York: The Free Press, 2000.

[62] Sheldon J. Hershinow. Bernard Malamud [M]. New York: Frederick UngarPublishing Co., 1980.

[63] Sidney Richman. Bernard Malamud [M]. New Haven: College & University Press, 1966.

[64] Sigmund Freud. The Ego and the Id [M]. New York: W. W. Norton & Company, Inc., 1960.

[65] Sol Liptain. The Jew in American Literature [M]. New York: Bloch Publishing Co., 1966.

[66] Steven Nadler. Brauch Spinoza and the Naturalization of Judaism, in MorganM. L. & Peter E. G. eds. Modern Jewish Philosophy [C]. London: Cambridge University Press, 2007.

[67] Takaki Ronald. A Different Mirror – A History of Multicultural America [M]. New York: Little, Brown and Company, 1993.

[68] Thomas Lask. Malamud's Lives [J]. New York Times Book Review, 1979 (1-21): 43.

[69] Will Herberg. Protestant – Catholic – Jew: An Essay in American Religious Sociology [M]. New York: Anchor Book, Doubleday & Company, 1960.

[70] Zachary Newton Adam, Narrative Ethics [M]. Cambridge: Harvard University Press, 1995.

[71] American – Jewish Literature [M]. New York: McGraw Hill Book Company, 1964: 1956.

## 二、中文部分

[1] 埃利·巴尔纳维. 世界犹太人历史: 从创世纪到二十一世纪 [M]. 刘精忠, 等, 译. 北京: 中国人民大学出版社, 2007.

[2] 伯纳德·马拉默德. 店员 [M]. 叶封, 译. 上海: 上海译文出版社, 1980.

[3] 伯纳德·马拉默德. 店员 [M]. 杨仁敬, 译. 南京: 江苏人民出版社, 1980.

[4] 伯纳德·马拉默德. 魔桶 [M]. 吕俊, 等, 译. 南京: 译林出版社, 2001.

[5] 伯纳德·马拉默德. 基辅怨 [M]. 杨仁敬, 译. 南京: 江苏人民出版社, 1984.

[6] 伯纳德·马拉默德. 马拉默德短篇小说集. 吕俊, 侯向群, 译. 南京: 译林出版社, 2003.

[7] 程孟辉. 西方悲剧学说史 [M]. 北京: 商务印书馆, 2009.

[8] 丹尼尔·斯特恩. 伯纳德·马拉默德访谈录 [J]. 杨向荣, 译. 现代文学, 2008 (8): 34 – 40.

[9] 加里·纳什. 美国人民 [M]. 刘德斌, 等, 译. 北京: 北京大学出版社, 2008.

[10] 查理·伯特曼. 犹太人. 冯玮, 译. 上海: 三联书店, 1992.

[11] 查尔斯·S·卡弗. 人格心理学 [M]. 梁宁建, 等, 译. 上海: 上海人民出版社, 2011.

[12] 冯基华. 犹太文化与以色列社会政治发展 [M]. 北京: 社会科学文献出版社, 2010.

［13］傅勇．伯纳德·马拉默德——一位独特的美国犹太作家．北京：外语教学与研究出版社，2010．

［14］弗兰西斯·培根．新工具［M］．许宝骙，译．北京：商务印书馆，1973．

［15］弗洛伊德．弗洛伊德论创造力与意识［M］．北京：中国展望出版社，1986．

［16］弗洛伊德．精神分析引论［M］．彭舜，译．西安：陕西人民出版社，2001．

［17］格非．小说叙事研究［M］．北京：清华大学出版社，2002．

［18］顾晓鸣：犹太——充满"悖论"的文化．杭州：浙江人民出版社，1990．

［19］赫舍尔．人是谁［M］．隗仁莲，译．贵阳：贵州人民出版社，2014．

［20］贺雄飞．犹太人之谜［M］．北京：时事出版社，1996．

［21］贺雄飞．信仰与危机——犹太思想与中国问题［M］．北京：华龄出版社，2010．

［22］黄小铭．马拉默德长篇小说《店员》的犹太性与人物评析［J］．江西大学学报，1993（1）．

［23］敬南菲．出路，还是幻象：从《应许之地》《店员》《美国牧歌》看犹太人的美国梦寻［D］．上海：上海外国语大学博士学位论文，2010．

［24］克劳斯·费舍尔．德国反犹史［M］．钱坤，译．南京：江苏人民出版社，2007．

［25］利奥·拜克．犹太教的本质［M］．傅永军，等，译．济南：山东大学出版社，2002．

［26］莱辛．汉堡评剧［M］．张黎，等，译．上海：上海译文出版社，1981．

［27］勒内·韦勒克奥斯汀·沃伦．文学理论［M］．刘象愚，等，译．上海：三联书店，1984．

［28］李岫．马拉默德的《伙计》与茅盾的《林家铺子》［J］．北京师范大学学报，1986（4）：38－43．

［29］林太．犹太人与世界文化［M］．上海：三联书店，1993．

［30］刘海铭．小人物的脸谱集［J］．外国文学，1986（7）．

［31］刘精忠. 宗教与犹太复国主义［M］. 北京：中国社会科学出版社，2010.

［32］刘洪一. 走向文化诗学［M］. 北京：北京大学出版社，2002.

［33］罗伯特·M·塞尔茨. 犹太的思想［M］. 赵立行，等，译. 上海：三联书店，1995.

［34］罗森布鲁姆精神创伤之后的生活［M］. 田成华，等，译. 北京：中国轻工业出版社，2001.

［35］马丁·布伯. 论犹太教［M］. 刘杰，等，译. 济南：山东大学出版社，2002.

［36］诺亚·卢卡斯. 以色列现代史［M］. 杜先菊，译. 北京：商务印书馆，1997.

［37］诺思罗普·弗莱. 批判的剖析［M］. 天津：百花文艺出版社，1998.

［38］欧阳基. 伯纳德·马拉默德作品中的异化问题［J］. 文史哲，1980（5）.

［39］欧文·豪. 父辈的世界——东欧犹太移民移居美国以及他们发现与创造生活的历程［M］. 王海良，等，译. 上海：三联书店，1995.

［40］潘维新. 马拉默德短篇小说的象征手法［J］. 西南师范大学学报，1986（1）.

［41］潘光，等. 犹太民族复兴之路［M］. 上海：上海社会科学院出版社，1998.

［42］潘光. 犹太文明［M］. 北京：中国社会科学出版社，1999.

［43］钱满素. 美国当代小说家论［M］. 上海：学林出版社，2000.

［44］乔国强. 论伯纳德·马拉默德与当代美国犹太文学运动［J］. 天津外国语学院学报，1999（3）：48-550.

［45］乔国强. 美国黑人作家与犹太作家的生死对话——析伯纳德·马拉默德的《房客》［J］. 外国文学评论，2004（1）：25-300.

［46］乔国强. 美国犹太文学［M］. 北京：商务印书馆，2008.

［47］乔国强. 美国犹太小说中的两种基本人物类型［J］. 英美文学研究论丛，2007（1）：185-195.

［48］乔国强. 文学伦理学批评之管见［J］. 外国文学研究，2005（1）：24-270.

[49] 乔国强. 一部寓言犹太民族历史的启示录——论马拉默德的长篇小说《上帝的恩赐》[J]. 当代外国文学, 2007 (2): 133-1390.

[50] 乔伊斯·卡罗尔·欧茨. 马拉默德: 无趣的人与伟大的作家 [A] // 蔡宸亦, 编译. 外滩画报, 2008 (268): 21-26.

[51] 让·雅克·卢梭. 社会契约论 [M]. 李平沤, 译. 北京: 商务印书馆, 2011.

[52] 任建东. 道德信仰论 [M]. 北京: 宗教文化出版社, 2004.

[53] 汝信. 犹太文明 [M]. 北京: 中国社会科学出版社, 1999.

[54] 塞缪尔·S·科亨. 犹太教——一种生活之道 [M]. 徐新, 张利伟, 等, 译. 成都: 四川人民出版社, 2009.

[55] 斯宾诺莎. 伦理学 [M]. 贺麟, 译. 北京: 商务印书馆, 1983.

[56] 叔本华. 作为意志和表象的世界 [M]. 石冲白, 译. 北京: 商务印书馆, 1982.

[57] 叔本华论说文集 [M]. 范进, 等, 译. 北京: 商务印书馆, 1999.

[58] 隋清娥. 鲁迅小说意象主题论 [M]. 济南: 齐鲁书社, 2007.

[59] 圣经. 南京: 南京爱德印刷有限公司, 2008.

[60] 魏啸飞: 《伙计》中的"相遇"哲学 [J]. 外国文学, 2002 (5).

[61] 魏啸飞. 美国犹太小说中的犹太精神 [D]. 中国社会科学院博士学位论文, 2001.

[62] 伍蠡甫. 西方文论选 [M]. 上海: 上海译文出版社, 1958.

[63] 伍茂国. 现代小说叙事伦理 [M]. 北京: 新华出版社, 2008.

[64] 雅各·瑞德·马库斯. 美国犹太人, 1585—1990: 一部历史 [M]. 杨波, 等, 译. 上海: 上海人民出版社, 2004.

[65] 亚里士多德. 诗学 [M]. 郝久新, 译. 北京: 九州出版社, 2007.

[66] 伊哈布·哈桑. 当代美国文学 [M]. 陆凡, 译. 济南: 山东人民出版社, 1980.

[67] 俞国良. 社会心理学 [M]. 北京: 北京师范大学出版社, 2007.

[68] 曾令富. 美国犹太文学发展的新倾向 [J]. 外国文学评论,

1995（4）.

[69] 曾艳钰：论马拉默德小说创作中的自然主义倾向［J］. 外国文学研究，2003（4）：45-490.

[70] 张璐. 人人都是犹太人——马拉默德短篇小说解读［D］. 西北大学硕士学位论文，2007.

[71] 张群. 当代美国犹太小说之基本主题刍论［J］. 英美文学研究丛论，2001（00）.

[72] 张少康. 中国历代文论精选［M］. 北京：北京大学出版社，2003.

[73] 张世英. 论黑格尔的精神哲学［M］. 上海：上海人民出版社，1986.

[74] 郑玲.《伙计》和《装配工》中的犹太教思想解析［D］. 黑龙江大学硕士学位论文，2006.

[75] 周南翼. 追寻一个新的理想国［D］. 厦门大学博士学位论文，2001.

[76] 周海金：论犹太人的苦难观//傅有德主编：犹太研究（第7辑）［C］. 济南：山东大学出版社，2009.

[77] 周祖炎. 试谈马拉默德笔下的"移民英语"［J］. 外语教学，1987（4）.

[78] 朱维之. 希伯来文化［M］. 上海：上海社会科学院出版社，2012.

[79] 沃尔特·拉克. 犹太复国主义史［M］. 徐方，等，译. 上海：三联书店，1992.

[80] 西格蒙德·弗洛伊德. 论无意识与艺术［M］. 北京：中国人民大学出版社，1998.

[81] 徐新. 反犹主义解析［M］. 上海：三联书店，1996.

[82] 徐新. 走向希伯来文明［M］. 北京：民主与建设出版社，2001.

[83] 徐新. 犹太人文化史［M］. 北京：北京大学出版社，2011.

[84] 杨仁敬. 美国当代作家马拉默德和他的小说［J］. 译林，1980（1）：175-180.

[85] 钟志清. 当代以色列作家研究［M］. 北京：人民文学出版社，2006.

[86] 朱迪丝·赫曼. 创伤与复原 [M]. 杨大和译. 中国台北：时代文化出版公司，1995.

[87] 朱光潜. 西方美学史 [M]. 北京：人民文学出版社，2004.

[88] 邹智勇. 马拉默德笔下的受难形象 [J]. 武汉理工大学学报，2001（2）.

# 后 记

　　第一次接触马拉默德的作品，是本科时期在杨立民教授编著的《现代大学英语——阅读》教程上偶然读到一篇叫做 *The First Seven Years* 的文章。文章以细腻的笔法，描写了一个呆头呆脑的傻瓜索贝尔的爱情故事。在我当时的理解中，这与其说是爱情故事，不如说是单恋的故事。他从希特勒的魔掌下逃出，来到美国，因为穷困潦倒，只能做一个修鞋的学徒。他没有任何野性的奢望，只求鞋匠老板的十四岁女儿快快长大成为自己的妻子，因而他不计工钱，不讲条件，日复一日地敲打，在皮革气味中等待了五年。当鞋匠费尔德像处理贱价商品似的把女儿硬塞给爱读书的小伙子马克斯时，索贝尔悲愤之下，泪流满面地说出了自己埋藏在心底五年的愿望。鞋匠老板费尔德起初认为他疯了，知道自己女儿对他也有意后竟又起了恻隐之心。为了不让这个又老又丑的索贝尔绝望，以两年为期，答应了这个助手的要求。

　　在学生时期，这篇小说引起了我极大的阅读兴趣，欲罢不能地阅读了数十遍，以至于小说的具体情节历经10余年后依然记忆犹新。当阅读到费尔德犹豫是否应该向马克斯收取资费、内心在挣扎时，我不禁既为他的斤斤计较感到好笑，又替这个小老板为女儿前途担忧感到无奈。到小说的最后，读到这个已经"罢工"几天的助手——索贝尔在第二天一大早就来到了店里，为了爱情，朝皮革砰砰砰地敲打起来时，心里不禁又如石头落地一样轻松。

在后来的求学和教书经历中，我坚持不断地阅读马拉默德的所有文学作品，一次又一次地被作品中所展现的作者的写作功力，以及作者对人生和人性的思考的深度所震撼。随着自己年龄的增长和人生阅历的增加，每一次重新阅读，对于作家和作品都有了新的理解。打算将自己积累多年的阅读心得整理成册，是在近两年开始讲授"二战后美国文学"课程开始的。每阅读一篇马拉默德的作品之后，自己都会写下一些感悟和心得。同时，伴随着国内外对于马拉默德文学成就研究的兴起，相关评论也逐年增加。在与同时讲授美国文学课程的同事就这个想法进行交流以后，大家决定趁热打铁，在平时授课的空余进行资料收集和整理工作。

但是，著述的过程并不如预料的那么简单，为了更好地领悟马拉默德作品中隐秘的思想，为了能以清晰、流畅的思路去阐释他的抽象的意向和寓意，我不仅大量并反复阅读了马拉默德的作品，而且阅读了大量相关的哲学、神学、犹太教以及现代西方文论等书籍。由于经常阅读到深夜，头脑中全部都是各种人物形象，以致辗转反侧、夜不能寐。

在研究过程中，也有很多同学和同事对于我选择的题目表示不解。因为国内对于马拉默德的研究起步较晚，相关材料很少；国外对于这位作家的研究虽然已经成熟，但是很多著作是在国内难以借阅的，这会给我带来很大的困扰。尤其在写到马拉默德作品的犹太性主题和救赎主题的时候，我深深感觉到自身知识水平的欠缺，未能深入、细致地将马拉默德的创作主题的寓意表达得尽如人意。当然，这依然会是我今后研究的方向。这本书的出版并不是我研究的结果，而是我研究的开始。

在一年多的写作过程中，我要感谢我的单位——唐山学院的领导对于我科研工作的支持，为我写作此书提供了宽松的环境和宝贵的时间；也感谢我的同事们为我分担教学工作，使我能够潜心做研究。同时要感谢我的学生，是她们牺牲自己的休息时间帮助我去国家图书馆借书、复印资料、查阅期刊等。他们的理解、关爱和支持，使我能够静下心来，踏踏实实地读书、写作，最终完成书稿。

最后感谢西南交通大学出版社各位老师的支持，正是他们认真细致的工作，才使得拙著得以面世。

由于学术水平有限，书中的一些观点和想法或许有疏漏和不足之处，敬请专家、学者和其他读者给予批评指正。

**林琳**
2015 年 3 月